니 데
KB251568

바깥의 길

바람의 결 5

송진용 新무협 판타지 소설

초판 1쇄 찍은 날 § 2005년 7월 13일
초판 1쇄 펴낸 날 § 2005년 7월 23일

지은이 § 송진용
펴낸이 § 서경석

편집장 § 문혜영
편집 § 장상수 · 서지현 · 최하나

펴낸곳 § 도서출판 청어람
등록번호 § 제1081-1-89호
등록일자 § 1999. 5. 31
어람번호 § 제2-0645호

주소 § 경기도 부천시 원미구 심곡1동 350-1 남성B/D 3F (우) 420-011
전화 § 032-656-4452   팩스 § 032-656-4453
http://www.chungeoram.com
E-mail § eoram99@chollian.net

ⓒ 송진용, 2005

ISBN 89-5831-634-9 04810
ISBN 89-5831-430-3 (SET)

송진용 新 무협 판타지 소설

Fantastic Oriental Heroes

바람의 길

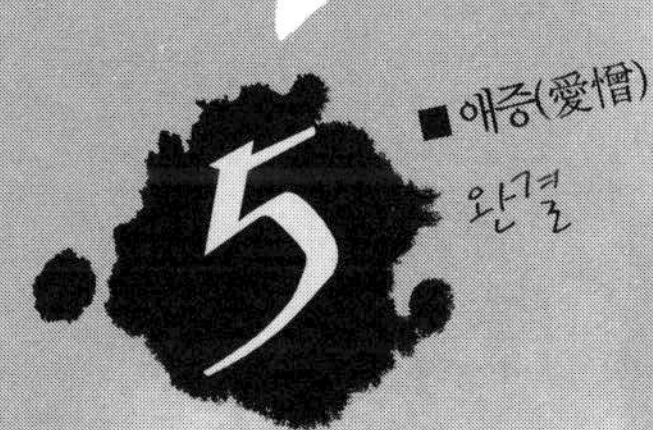

5 ■애증(愛憎)

완결

도서출판
청어람

목차

■제1장■

무릉도원(武陵桃源)의 고사

무릉도원(武陵桃源)의 고사

밤이 깊었다.

무진은 좀체 자리에 눕지 못하고 일렁이는 촛불을 마주해서 앉아 있었다. 오늘 낮, 우문강을 죽여 첫 번째 복수를 하던 그 흥분이 좀체 가라앉지 않았다.

탁자 위에는 우문강이 쓰던 두 자루의 만도가 놓여 있었다. 그를 천외쌍도라고 불리게 했던 강족의 보도이자 기련파의 보물이다.

만도 곁에는 그가 제 사부를 시해하고 훔쳤다는 기련파의 장문영부가 놓여 있었다.

옥을 깎아 정교하게 용과 호랑이를 아로새긴 것이었는데, 은은한 서기가 감돌고 오랜 세월의 무게가 내려앉아 있는 귀물이었다.

그리고 그 곁에 한 권의 낡고 얇은 책자가 있었다.

우문강이 토왕곡에서 훔쳐 냈다는 무음비경(無陰秘經)이다.

잘 활용한다면 인간의 한계를 벗어나 불사불괴의 선경에 드는 신서(神

書)가 된다. 그러나 무혼불괴시와 마정치제를 만드는 비법이 적혀 있으니 세상에 나와서는 안 되는 마경(魔經)이기도 한 것.

그것이 지금 무진의 눈앞에 놓여 있는 것이다.

그것들을 바라보는 무진의 마음이 더욱 어두워졌다.

"대체 토왕곡에는 이와 같은 것들이 얼마나 숨겨져 있단 말인가?"

무진은 자신이 하고자 하는 일이 단순히 아버지의 복수만을 위함이 아니라는 걸 절실히 느꼈다.

하나씩 진실이 드러날수록 아버지의 죽음에 얽힌 일들이 감당할 수 없도록 크고 심각해져서 이제는 두려울 지경이 되었다.

그러나 여기서 멈출 수도 없었다. 토왕곡에서 벌어지고 있는 흉계를 막지 못하면 강호에 엄청난 재앙이 올 것이기 때문이다.

이 모든 일들이 아버지를 둘러싸고 벌어졌고, 이제는 자기 한 몸에 모였다는 것이 무진을 숨 막히게 했다.

어떻게 보면 흑룡보주와 흑풍객, 그리고 무광 노스님까지 바로 이 일을 위해서 존재해 온 것인지도 모른다. 그러나 지금 토왕곡의 흉계를 막을 열쇠를 쥐고 있는 사람은 결국 무진 혼자였다.

벌써 많은 사람들이 그러한 내막도 알지 못한 채 희생되었다. 그 속에 염능파가 있고 이칠이 있었다.

기벽강도 어떻게 보면 희생자들 중의 한 사람이다. 칼을 부러뜨리고 의기소침해서 물러나지 않았던가.

또 흑룡보의 신검대 중 절반 이상이 왜 죽어야 하는지도 모른 채 마정지체의 잔혹한 손속 아래 덧없이 죽었다.

그렇다면 벌써 토왕곡에서 불어온 혈풍이 강호에 퍼지기 시작한 것이라고 해야 하리라.

무진이 그런 생각들로 마음이 심난해져 있는데, 문득 촛불이 바람을 맞은 듯 흔들리고 어두운 불 그림자가 크게 일렁였다.

무진이 아주 잠깐 몸을 굳혔다. 방 안에 나 아닌 또 다른 사람의 기척이 있었기 때문이다.

"우문강 그놈이 마물을 만들어내느라고 그동안 원기를 많이 상했었던가 보다."

음울한 음성이 들려왔다. 무진이 천천히 돌아보았다. 벽에 붙어 서 있는 흑의괴인이 번쩍이는 눈으로 노려보고 있었다.

"당신이었군. 찾아올 줄 알았지."

무진이 싸늘하게 말했다. 흑의괴인은 낙화신장의 주인인 상운춘이었다.

상처로 뒤덮인 얼굴이 웃음을 짓는다고 씰룩거리자 더 끔찍해 보였다.

"으흐흐흐, 네가 정말 우문강 그놈을 죽이리라고는 생각하지 못했다. 이건 놀라운 일이야."

"당신에게 그가 있는 곳을 가르쳐 줘서 고맙다고 말하기를 바라나?"

"공치사를 받자고 온 건 아니다. 네놈과 한 번 더 거래를 하고 싶다."

상운춘이 턱짓으로 탁자에 놓여 있는 무음진경을 가리켰다.

"그걸 다오."

"어렵게 우문강을 죽이고 빼앗아왔는데 순순히 달라고?"

"물론 대가를 지불하지."

"……?"

"이제 네가 찾는 원수는 나를 포함해서 네 명이 남았다. 그렇지?"

"그렇다."

"그들 중 두 놈을 찍어주마."

무진의 얼굴에 잠시 갈등의 기색이 스쳐 지나갔다.

자기 혼자서 찾아다니려면 두 명을 찾는 데 얼마나 더 시간이 걸릴지 모른다. 상운춘의 제안은 무진의 마음을 흔들리게 하기에 충분했다.

"시간이 없다."

상운춘이 그런 무진의 갈등을 읽고 재촉했다. 그는 무진이 반드시 들어줄 것이라고 믿는 듯했다.

무진은 여전히 심각한 고민에 빠져 있었다.

비급이 다시 이자들 손에 들어간다면 우문강이 했듯이 무혼불괴시와 마정지체를 또 만들어낼 것이다. 그리고 그 피해는 애꿎은 사람들에게 돌아온다. 하지만 나머지 원수들을 찾는 일을 혼자서 감당하기에는 너무 막막하고, 오랜 시간이 걸릴 것이다.

'내가 해야 할 일.'

무진은 그렇게 중얼거렸다. 그리고 비급을 집어 들었다.

"좋아, 당신이 그렇게 원한다면 비급을 주지."

무진이 비급을 머리 위로 던져 올렸다.

상운춘이 흐릿한 그림자를 남기며 빠르게 몸을 날렸고, 탁자 위에 놓여 있던 한 쌍의 만도가 동시에 쩽, 하고 뽑혀 나왔다.

번쩍!

허공에 눈부신 칼빛이 걸렸다.

"으헛!"

놀란 상운춘이 급히 신형을 틀었다. 그러나 무진의 손에 들린 두 자루의 칼은 그를 노리는 게 아니었다.

파라라락—!

수백, 수천 가닥의 칼빛이 그물처럼 한순간 허공을 뒤덮었는데, 그 안에서 절세의 기서이면서 마물이라고 해야 할 무음진경이 눈송이처럼 잘게 쪼개지고 있었다.

그 수많은 조각들이 방 안을 가득 메우며 흩어져 날렸다. 놀란 상운춘의 얼굴이 분노로 일그러졌다.

"이놈!"

그가 무진의 가슴을 향해 맹렬하게 두 손을 뻗어 장력을 쏟아냈다. 암경이 우르릉거리며 쏟아져 나가고, 낙화신장의 손 그림자가 회오리를 말아 올렸다.

무진이 오른손에 쥐고 있는 만도를 쭉 뻗어 후려쳤다. 그러자 싸늘한 도광 한 가닥이 낙뢰처럼 떨어져 상운춘의 장력과 부딪쳤다.

쾅!

가죽 포대 안에 단단히 뭉쳐 있던 공기가 일시에 터진 듯한 무거운 굉음이 터져 나왔고, 웅웅거리는 칼의 울음소리가 높아졌다.

"흥!"

무진이 만도를 탁자에 꽂고 옷소매를 떨치며 두 손을 빠르게 뻗어냈다. 우르릉거리는 기음과 함께 자색의 장력이 곧장 상운춘의 낙화신장과 다시 부딪쳤다.

펑! 하는 또 한차례의 폭음이 울렸을 때, 상운춘은 한 모금의 피를 토해내며 비틀거리는 걸음으로 물러서고 있었다.

무진 또한 핼쑥해진 낯빛으로 우뚝 멈추어 섰는데, 가슴 앞에 세워 들고 있는 수도가 자색 기운을 두르고 은은히 빛나고 있었다.

장력과 장력의 격돌에서 무진은 결코 상운춘에게 밀리지 않았다. 아니, 상운춘이 오히려 손해를 보았으니 무진의 장력에 깃든 자부신공의 위력이 이미 그를 앞지른 것이다.

몇 번 탁한 숨을 내쉬어 들끓는 기혈을 가라앉힌 상운춘이 음침한 소성을 흘렸다.

"흐흐흐, 과연 자부신공을 대성했구나."

"그렇다. 아버님의 한을 풀어드릴 수 있게 된 거지."

무진의 눈빛에 살기가 어렸다. 일곱 살이 되던 그날 밤, 아버지를 에워싸고 공격하던 다섯 원수의 모습이 생생하게 떠오른 것이다. 그때 상운춘은 이미 기력이 다한 아버지의 가슴에 낙화신장을 때렸었다.

"흐흐흐, 너는 결국 네 아비의 꼴이 되고 말 것이다."

상운춘의 그 말이 무진의 살기를 폭발시켰다.

그가 이얍! 하는 기합성과 함께 와락 달려들며 다시 일장을 때렸다. 무섭게 뻗어나오는 자줏빛 장력을 향해 상운춘이 다시 한 번 그의 낙화신장을 쳐냈고, 꽝! 하는 폭음이 다시 터졌다.

기파의 회오리가 가라앉았을 때 방 안에 그의 모습은 없었다. 장력이 격돌하는 순간 무진의 힘을 빌어 벼락처럼 창문을 뚫고 날아가 버린 것이다.

무진이 분한 숨을 내쉬었다.

*   *   *

"속만 내보이고 얻은 건 없으니 너답지 않은 거래를 했군."

백염노인, 손숙숙의 비웃음에 상운춘이 눈살을 찌푸리고 말했다.

"우리가 너무 느긋해하고 있었다."

"어떻게 된 거냐? 너는 겁을 먹은 것처럼 보인다."

"휴, 그 어린 놈은 제 아비의 모든 걸 물려받았다. 아니, 곽문탁이가 살아났다고 해도 그놈보다 무섭지는 않을 거야."

상운춘의 말에 손숙숙도 눈살을 찌푸렸다. 노인의 얼굴에 회의와 의문이 함께 떠올랐다.

"당시에 곽문탁이는 천하제일이라 할 만했다."

"그랬지. 때문에 우리들 다섯 명이 함께 그를 상대했던 거지."

“그런데 무진 그놈이 그 나이에 벌써 제 아비를 뛰어넘는 성취를 이루었다는 건 믿을 수 없어.”

“흑풍객, 그 미련한 놈이 그렇게 만들어줬다고 해야겠지.”

“흥! 이정청이 뭐가 그리 대단해서?”

“손가야, 너는 모른다.”

상운춘이 탄식하고 입을 닫았다. 그리고 한참 만에 다시 말했는데, 자괴감이 깃들어 있는 어조였다.

“어쩌면 우리는 다시 힘을 모아서 그 어린 놈을 상대해야 할지도 몰라.”

“뭐라고?”

“우문강이 그놈에게 죽었으니 우리 네 명이서 과연 옛날 곽문탁을 해치우듯이 그놈을 해치울 수 있을지…….”

내상이 가볍지 않은 듯 창백해진 얼굴로 숨을 헐떡이며 말하는 상운춘이었다.

그를 물끄러미 바라보던 손숙숙의 얼굴이 조금씩 굳어져 갔다.

“정말 그 정도냐?”

상운춘이 그를 한 번 매섭게 흘겨보고 나서 말없이 운기조식에 들어갔다.

그런 오랜 동료를 바라보는 손숙숙의 마음이 더욱 어두워졌다. 그가 우두커니 검은 하늘을 바라보다가 중얼거렸다.

“하늘은 끝내 우리 편이 아니란 말인가?”

그 시간, 무진도 어지러워진 객방 한가운데 우두커니 서서 혼자만의 깊은 상념에 빠져 있었다.

그는 전력을 다해 상운춘을 들이쳤고, 그를 죽일 작정이었다. 그러나 그는 가볍게 자신의 장을 받아 넘기고 빠져나갔다.

"나 혼자서는 그들을 감당할 수 없단 말인가?"

그런 생각이 무진을 의기소침하게 했다.

남아 있는 네 명의 원수가 두려워서가 아니다. 그런 자들을 거느리고 있는 토왕곡에 대한 두려움이 싹튼 것이다.

아직 대라천주란 자는 나타나지도 않았다. 수라도의 고수들도 겨우 금 오신 한 명을 보았을 뿐이다. 그러니 그곳에는 얼마나 많은 고수들이 숨어 있고, 얼마나 많은 위험이 도사리고 있는지 모른다.

그게 지금 무진을 두렵게 하고 있었다.

그러나 무진은 물러설 생각이 없었다.

"찾아간다."

그가 입술을 지그시 깨물었다.

반드시 찾아가서 자부동천을 손에 넣을 작정이었다. 그것이 토왕곡의 수중에 들어가도록 할 수는 없다.

흑룡보주에게도 나누어주지 않을 작정이다. 흑룡대제 진천무, 그는 비록 사백이라는 신분이지만 야심이 큰 사람이었다. 그에게 자부동천의 힘이 더해진다면 어쩌면 무림이 그로 인해 또 다른 곤경에 처하게 될지도 모른다.

아버지의 뜻은 그 자부동천을 세상에서 완전히 격리시키는 것이었다고 생각했다. 자부선노가 동천을 토가족에게서 떼어놓았다면, 아버지는 선노의 뒤를 이어 그것을 영원히 폐쇄시켜 버리려고 했던 게 틀림없었다.

"나는 아버지의 뜻을 이어간다."

무진은 자기 자신에게 그렇게 다짐해 주었다. 세상에 나와서는 안 될 것들이라면 그렇게 해야 하는 게 옳은 일이라는 믿음이 생겼다.

다음날 아침이 되었다. 밤새 한잠도 자지 못한 무진은 퍼석퍼석한 입을 식어버린 차 한 잔으로 축이고 객잔을 나섰다.

천하는 넓다. 겨울로 접어들고 있는 마른하늘 높이 매 한 마리가 맴돌고 있었다.

'어디로 가야 할 것인가?'

한적한 길 위에 홀로 서서 무진은 문득 막막해지는 심정이 되었다.

이 넓은 천하, 이 하늘 아래 어디에서 토왕곡을 찾는단 말인가. 아무것도 알지 못한 채 세상을 다 뒤져야 한다면 평생이 오히려 짧을 것이다.

우선은 토가족들이 집단으로 거주하는 곳을 찾아보는 게 좋을 것이라는 생각이 들었다. 현청에 가면 현민들에 대한 호적이 있을 것이니 토가족 출신을 찾을 수 있을 것이다.

백당촌(白唐村)에서 다시 하루를 묵은 무진이 천천히 걸어 악양현(岳陽縣)에 이른 것은 오후 늦은 무렵이었다.

악양은 호남에서도 큰 현성이다. 거리마다 행인이 넘쳐 나고 물길을 타고 올라온 각처의 산물이 풍부해서 저잣거리가 흥청거렸다.

돌판이 가지런히 깔린 동쪽 관도를 따라 천천히 걸은 무진은 어둑어둑해질 무렵 금성표국(金星鏢局)에 이르렀다.

칠 벗겨진 아름드리 나무 기둥과 빛 바랜 기왓골에 뿌리내리고 자라 있는 풀들이 오랜 세월의 풍상을 말해 주듯이, 금성표국은 백여 년의 역사를 가지고 있는 호남제일의 표국이다.

무진이 다가가자 문을 지키고 있던 두 명의 장정이 아래위를 훑어보았다.

"무슨 일로 오셨소?"

"표물을 맡기러 왔소이다."

"표물?"

장정들이 다시 한 번 무진을 훑어보는 건 그의 행색이 초라해서이다.

"은자로 환산해서 천 냥 이하의 물건은 취급하지 않소."

"그래요?"

무진이 살짝 눈살을 찌푸리고 고개를 갸웃거렸다. 그의 심중에는 과연 우문강의 두 자루 만도와 기련파의 신물이 얼마의 가치가 있을까? 하는 의문이 들었다.

하찮은 물건이라도 그것에 의미를 둔 사람에게는 천금보다 귀할 수 있고, 주먹만한 금덩이라 할지라도 보물을 쌓아두고 사는 사람에게는 하찮은 것일 수 있다.

무진이 묵묵히 서 있는 걸 못마땅하게 바라보았지만, 두 장정은 함부로 대하지 못했다. 굳이 등에 지고 있는 고풍스런 칼이 아니더라도 차림새와 몸짓에서 무진이 무림인이라는 걸 느낄 수 있었기 때문이다.

표행에 나서면 언제나 가장 경계하고 조심해야 하는 자가 바로 무림인들이었다. 행색만으로는 그가 지닌 무공의 고하를 알 수 없으니 실수하지 않으려면 그저 신중하고 조심스럽게 대하는 수밖에 없다.

표국의 문을 지키고 있는 두 장정은 표국의 밥을 먹고 있는 사람답게 그런 일에 눈치가 빨랐다.

"무슨 물건을 맡기시려고 하오?"

"두 자루의 칼이오."

"칼?"

장정들의 얼굴이 동시에 찌푸려졌다. 그것을 받을지 거절할지는 자신들이 결정할 일이 아니었으나, 병장기의 운송은 어떤 표국에서도 꺼려하는 일인지라 눈살부터 찌푸렸던 것이다.

표국은 되도록 무림인들과의 거래를 하지 않으려고 했다. 잘못 휘말리면 표국의 존립이 위태로워질 만큼 심각한 피해를 입기 때문이다. 그런데 칼이라니.

"악양에는 세 개의 표국이 있소이다. 우리 금성표국을 제외한 두 곳은 표물을 받는 데 그리 까다롭지 않으니 당신에게 편의를 제공해 줄 것이오."

"내 표물을 받지 않겠다는 거요?"

"우리는 병장기를 취급하지 않는다오. 그래서 하는 말이니 노여워 마시구려."

"흐음."

이번에는 무진이 눈살을 찌푸렸다.

표국이란 의뢰인의 물건을 그가 원하는 곳까지 옮겨다 주고 그 대가로 돈을 받아 운영하는 곳이다. 그러니 무진의 생각에는 표행에 드는 가격을 정하는 게 문제가 될 뿐, 무엇을 맡기든 그들이 문제 삼을 건 없었다.

"무슨 일이냐?"

중년의 텁석부리대한이 걸걸한 음성으로 그렇게 묻고 다가왔다.

안뜰에서 표물을 점검하고 수레에 싣는 걸 감독하고 있다가 정문에서 두 명의 수하가 낯선 청년을 붙잡고 옥신각신하는 걸 본 것이다.

한 명이 재빨리 다가가 그에게 귓속말을 했다. 말하는 중에도 무진을 힐끔힐끔 바라보는 것이 무언가 좋지 않은 말을 하는 듯했다.

무진은 우두커니 서서 허공만 바라보고 있을 뿐 꼼짝하지 않았다.

텁석부리대한이 부리부리한 눈으로 무진을 쏘아보며 곧장 다가왔다. 체구가 커서 그가 무진 앞에 버티고 서자 자못 위압적인 분위기가 우러났다.

"어디서 온 뉘시오?"

대한이 대뜸 그것부터 물었다. 무진이 쓴 미소를 짓고 머리를 흔들었다.

“정처없이 떠도는 몸이니 어디서 왔노라고 말하기가 거북하오.”

“낭객이오?”

“그렇다고도, 아니라고도 할 수 있지.”

“흠.”

대한이 눈을 더욱 부릅뜨고 제 턱수염을 쓸며 못마땅하다는 듯 무진을 노려보았다.

마음 같아서는 당장 불호령을 내서 쫓아버리고 싶은데, 무진의 꺼칠한 얼굴과 은은한 빛을 띤 채 무겁게 가라앉아 있는 눈길을 대하고는 망설이지 않을 수 없었다.

“칼을 맡기시겠다고?”

“그렇소.”

“한 번 보여주시겠소?”

대한이 턱짓으로 무진이 들고 있는 길쭉한 것을 가리켰다.

무진은 우문강의 두 자루 만도를 헝겊으로 둘둘 말아 쥐고 있었는데, 사람들의 시선을 끌고 싶지 않아서였다.

무진이 헝겊을 조금 풀고 한 자루를 꺼내 대한에게 건네주었다. 검은 빛으로 번쩍이는 낡은 가죽 칼집이 그것의 내력을 말해 주는 듯했다.

교룡피의 가죽에 철심을 박고 상아를 깎아 덧댄 것으로, 칼집 전체에 눈 쌓인 산맥과 구름이 정교하게 새겨져 있었다.

처음에는 귀품스럽고 우아했을 테지만 낡고 손때가 묻어 검게 변한 지금은 그 문양마저 잘 보이지 않을 만큼 칙칙하게 변해 있었다.

칼을 받아 든 대한이 음, 하고 신음을 흘렸다. 칼에서 느껴지는 살기와 귀기가 손바닥이 얼얼할 정도로 강렬했던 것이다.

칼은 그것을 쓰는 사람의 성품을 닮아간다.

아무리 훌륭한 보도, 신검이라고 할지라도 마귀의 손에 들려서 함부로 휘둘려지고 많은 사람의 피를 빨아들이면 마도(魔刀), 귀검(鬼劍)으로 변하고 만다.

대한은 칼에서 그 품성을 느끼고 두려워할 만큼 감각이 예민하게 단련된 고수였다.

텁석부리대한이 아주 조심스럽게, 천천히 칼을 뽑았다. 자루를 비틀자, 쨍— 하는 작고 날카로운 울림과 함께 칼이 꽉 물고 있던 칼집에서 풀려나 한 치가량 솟아올랐다. 당장 번쩍이는 빛이 쏟아져 어둑해져 가고 있는 주위를 밝혔다.

"아!"

텁석부리대한이 놀란 외침을 터뜨렸다. 그는 두어 치 정도 칼을 뽑아 보았을 뿐, 더 이상 빼낼 엄두를 내지 못했다.

떨리는 손으로 다시 칼을 칼집에 박아 넣고 자루를 살짝 비틀어 꽉 끼운 대한이 그것을 조심스럽게 무진에게 돌려주었다.

"무시무시한 칼이로군. 역시 우리 표국에서는 이 물건을 맡지 않는 게 좋겠어."

대한이 혼잣말로 중얼거렸다. 무진은 못 들은 척 천천히 헝겊을 둘러 칼을 싸매고 있을 뿐이다.

한 번 칼을 구경하고 난 뒤 대한의 태도는 더욱 조심스러워졌다. 그가 감히 무진을 무시하지 못하고 정중하게 물었다.

"장사의 성함이 어찌 되시오?"

"곽무진."

"허!"

무진이 흘러내린 머리카락을 쓸어 넘기며 담담히 말하자 대한이 신음을 삼키고 눈을 부릅떴다.

"당신이 무정도 곽 소협이란 말이오?"

이번에는 무진이 어리둥절해졌다. 무정도(無情刀)라니?

처음 들어보는 소리고, 낯설어서 어색하기만 한 호칭이다.

대한은 눈을 부릅뜬 채 무진을 뚫어져라 바라보고 있었다. 그가 자신의 대답을 기다리고 있다는 걸 안 무진이 다시 담담하게 말했다.

"내가 곽무진이오만, 그 무슨 소협이라거나 무정도는 아니외다."

"이런, 이런!"

대한이 비로소 정신을 차리고 발을 굴렀다. 그러더니 무진에게 잠깐만 기다리라는 말을 던지고 놀란 말처럼 거칠게 안으로 뛰어들어 갔다.

잠시 후 다시 나온 그가 정문을 지키고 있던 두 장한에게 호령하여 손님을 박대한 것을 꾸짖고 나서 무진을 인도해 안으로 들어갔다.

두 개의 문을 지나자 크고 정청(政廳)이라 할 수 있는 대전이 나왔고, 그 앞에서 세 가닥 수염을 늘어뜨린 초로의 금의인이 기다리고 있었다.

"나는 총표두인 금천산이라 하외다."

육십을 넘었을 노인이 그렇게 자신을 먼저 소개했다. 무진에 대해서는 이미 알고 있었던 듯 더 묻지 않고 안으로 안내해 자리를 권했다. 곧 시비가 향기로운 차와 과자를 내왔다.

"강호에 곽 소협의 위명이 쟁쟁한데 이제야 만나보는구려."

"제 이름이 알려졌다고요?"

"하하, 무림에 몸담고 있는 자 치고 이제는 곽 소협의 무정도를 모르는 자가 없게 되었으니 그만한 성취를 이루기가 쉽지 않았을 것이오."

'무정도……'

무진은 가만히 입속에서 그 이름을 굴려보았다. 사람들이 자신의 칼을 일러 무정하기 짝이 없다고 하는 모양이니 쓸쓸하기만 했다.

지그시 무진을 바라보던 금 총표두가 빙긋 웃고 다시 말했다.

"여산 비무대회의 일과 그 후 형산에서의 무용이 이미 강호에 널리 알려져 있고, 얼마 전에는 신검문주를 꺾었다니 과연 대단하오."

"아니, 그 일을 어떻게 다……?"

"하하, 표국의 일이라는 게 내내 세상 곳곳을 떠도는 것 아니겠소? 황궁에도 표국의 깃발을 꽂은 마차가 찾아가는데, 표사들의 발길이 닿지 않는 곳이 중원천하 어디에 있으리오. 게다가 표국 간에는 서로 연통망이 있어서 각처에서 얻어듣거나 목격한 정보들을 주고받으며 의외의 상황에 미리 대처하니 이 세상에서 표국만큼 소식이 빠른 곳도 없을 것이외다."

"허!"

무진은 금 총표두의 말을 듣고 비로소 표국이 단순히 의뢰받은 물건만 운송해 주는 곳이 아님을 알았다.

"얼마 전 천산평에 큰불이 났을 때 그곳에서 수상한 시체들이 많이 발견되었다고 하던데, 곽 소협은 혹시 그 일을 아시오?"

금 총표두가 찻잔 너머로 넌지시 바라보며 물었다. 무진은 허튼 말로 그를 속일 수 없다는 걸 느꼈다.

"제가 그곳에 있었음은 사실입니다. 하지만 이것은 강호의 일이라 함부로 떠들고 다닐 만한 게 되지 못하니 이해해 주십시오."

"흠, 강호의 일이라……."

금 총표두가 쓴 입맛을 다셨다.

표국은 고수들을 고용하고 있고, 그들의 일이 항상 강호를 횡행하는 것이지만 강호에 몸을 담고 사는 사람들은 아니었다. 어디까지나 그들 스스로가 강호와는 일정한 거리를 두고 있었던 것이다.

그건 그들의 일 때문이기도 했다. 그들은 오직 표물을 운송하는 데에만 모든 힘을 기울일 뿐, 강호의 분란이나 분규에는 결코 끼어들지 않았다. 한 번 뒤섞이게 되면 강호의 생리상 은원이 끊이지 않게 되고, 그러면 표국업을 유지해 나가기 힘들기 때문이리라.

그래서 강호의 무리들은 표사들을 떨떠름하게 바라보았고, 표사들 또한 그들을 늘 경계했다. 그러니 표국은 민간과 강호의 중간쯤에 있는 또 다른 집단이라고 해야 할 것이다.

무진이 강호의 일이니 더 이상 알려 하지 말라고 못을 박아버리자 금 총표두는 더 물을 수가 없었다.

하긴, 천산평과 그 주변에서 있었던 수상한 일의 흔적들이 신경에 거슬리지만, 그것이 관부의 신경마저 곤두서게 했을 만큼 심각한 사건이라면 모르고 있는 게 편할 수 있다.

"좋소. 역시 곽 소협은 어느새 강호의 중심에 우뚝 서버린 모양이구려. 그만한 나이에 벌써 우뚝 섰으니 과연 인중지룡이라 아니 할 수 없소."

"제발 그 소협이라는 호칭을 버려주십시오. 낯이 뜨거워서 견딜 수가 없습니다."

"하하, 호칭이야 아무려면 어떻소? 세상의 말에 흔들리지 않고 제 소신대로 사는 게 중요한 거지. 안 그렇소?"

금 총표두가 다시 넌지시 건너다보며 의미심장한 말을 했다. 무진은 그의 말이 백 번 옳다고 생각했다.

"그런데 두 자루의 칼을 맡기려 하신다고 들었소만?"

"그렇습니다. 정확히는, 칼 두 자루와 다른 물건 한 개입니다."

"다른 물건이라?"

금 총표두의 얼굴이 어두워졌다. 무진이 그것의 실체를 감추고 말하지 않았기 때문이다. 그렇다면 무언가 비밀을 간직한 것이라는 의미인데, 그런 것은 대체로 말썽의 소지가 되곤 했다.

"그게 무엇인지 알려주실 수 없소?"

“제가 주인이 아니라 함부로 발설할 수가 없군요.”

“흠.”

표국의 일에 대해서 아는 게 없는 무진도 그때쯤은 금 총표두가 무엇 때문에 망설이고, 무엇을 걱정하는지 눈치챌 수 있었다. 그가 빙긋 웃고 말했다.

“강호에는 그것에 대해 아무도 아는 자가 없고, 또 지극히 개인적인 것이라 탐내는 자도 없을 것입니다. 그러니 크게 걱정하실 것 없습니다.”

“확실하오?”

“제가 장담하지요.”

비로소 금 총표두의 얼굴이 다시 밝아졌다.

“좋소, 어디 그 칼을 한 번 봅시다. 그래야 어떻게 다루어야 할지 정할 수 있겠소.”

표물의 중요한 정도를 정하겠다는 것이다. 거기에 따라서 호송의 경중이 결정된다.

무진에게서 두 자루의 만도를 건네받은 총표두가 한 자루를 조심스럽게 뽑았다. 칼이 아직 반도 채 빠져나오지 않았는데 싸늘한 살기가 뻗쳐서 주위의 공기마저 냉랭해졌다.

미처 다 뽑지 못하고 칼을 집어넣은 금 총표두가 한숨을 쉬었다.

“이건 정말 보기 드문 칼이로군. 강호에 이와 같은 만도가 있다는 말은 들어보지 못했는데, 대체 어찌 된 일이오?”

“표물로 받아주시겠습니까?”

무진이 역시 칼에 대한 설명을 하지 않으려 하자 잠시 얼굴을 찌푸렸던 총표두가 마음을 정하고 호쾌하게 말했다.

“좋소. 본래 본 표국에서는 병장기류를 취급하지 않으나 이것은 예외로 하지. 곽 소협의 부탁을 어찌 거절할 수 있겠소.”

“감사합니다.”

다음으로 무진이 품에서 꺼내놓은 것은 작은 옥갑과 서찰 한 통이었
다. 단단히 봉인되어 있어서 열어볼 수 없다.

“이것과 함께 섬서 도화곡으로 보내주십시오.”

“섬서 도화곡?”

“거기 가면 기벽강이라는 사람이 있습니다. 그에게 전해주시면 됩니
다.”

“흠. 여산오옹 중의 한 명이로군?”

“여산오옹…….”

무진의 입가에 씁쓸한 웃음이 떠올랐다.

“좋소. 마침 사흘 후 장안으로 떠나는 표물이 있는데, 도화곡이 장안
성에서 멀지 않으니 그 편에 보내면 되겠군.”

금 총표두가 곧 표두 한 사람을 불렀고, 급히 달려온 그에게 무진이 내
놓은 물건들을 맡겼다.

장안까지는 물길과 육로를 거쳐서 열흘 정도 걸린다고 하니 그때까지
는 기벽강이 도화곡에 있을 것이다. 그는 마정지체에게 제 칼을 잃은 대
가로 우문강의 두 자루 만도를 얻은 것이다.

무진은 기벽강의 일을 대신 해결해 주겠다는 약속을 무사히 지킬 수
있게 된 것을 기뻐했다.

떠나기 전 무진이 지나가는 듯한 말로 물었다.

“토가족들이 모여 사는 곳이 혹 어디에 있는지 아십니까?”

“응? 토가족? 아니, 그건 왜 묻소?”

금 총표두가 의아하다는 얼굴로 무진을 빤히 바라보았다. 무진은 잠시
둘러댈 말을 생각해야 했다.

"만나야 할 사람이 있어서 그렇습니다."

그가 겨우 생각해 낸 말이 고작 그것뿐이어서 금 총표두는 피식 웃고 말았다.

"토가족은 중원 곳곳에 널리 퍼져 있는 다른 민족과 달리 주로 호남과 사천에 걸쳐 모여 살고 있는데, 그중 어디를 원하시는 게요?"

지금 있는 곳이 호남 땅이니 우선 이곳의 토가족부터 만나보는 게 좋을 거라고 판단한 무진이 호남을 얘기하자 총표두가 자신이 알고 있는 바를 얘기하기 시작했다.

"그들은 깊은 산속 골짜기에 살면서 좀체 외부로 나오지 않기 때문에 알려진 바가 거의 없다오. 때문에 우리 표국에서도 그 사람들에 대한 정보는 별로 갖고 있지 않지."

옛적, 유방을 도와 한나라를 세우는 데 지대한 공을 세운 장량(張良)이 만년에 유방을 떠나 깊은 골짜기에 몸을 숨겼는데, 그곳이 토가족의 영역이었다고 한다.

장량은 그곳에서 황석공(黃石公)으로부터 받은 양생법을 익혀 우화등선했다는 말이 전해진다.

그와 토가족 사이에는 갈등이 있었지만 서로 잘 타협해서 각자의 경계를 나누었다. 그 후부터 장량이 있는 곳을 장계(張界)라 하고, 토가족이 있는 곳을 가계(家界)라 했는데, 오늘날에는 그 이름을 하나로 합쳐 부르게 되었다.

몇 개의 구름 걸린 산을 넘어야 하고, 몇 개의 깊은 골짜기와 개울을 건너야 하는 곳에 그들의 영토가 있었으므로 아직까지도 그런 곳이 있다는 것을 모르는 사람이 많았다.

금 총표두의 말은 무진을 온통 끌어들였다.

"이것은 동진(東晉) 때의 사람인 도연명(陶淵明)이 '도화원기(桃花源

記)’에서 한 이야기라오……."

진나라 태원 때 무릉(武陵)에 사는 한 어부가 하루는 시내를 따라 배를 저어 갔는데, 한참을 가다 보니 물 위로 향기로운 복숭아 꽃잎이 떠내려오는 것이었다. 향기에 취해 꽃잎을 따라가기 얼마나 했을까. 문득 복숭아꽃이 만발한 커다란 산이 앞을 가로막았다.

자세히 보니 계곡 밑으로 한 사람이 겨우 지나갈 만한 작은 동굴이 뚫려 있었다. 어부는 호기심에 안으로 들어가 보았다. 비좁던 동굴이 갈수록 조금씩 넓어지다가 별안간 확 트인 밝은 세상이 나타났다. 그리고 그곳에는 이루 말할 수 없이 아름다운 풍경이 펼쳐져 있었다.

두리번거리고 있는 어부에게 그곳 사람들이 다가왔다. 그들은 이 세상 사람들과는 다른 옷을 입고 있었으며, 얼굴에 모두 미소를 띠고 있었다. 어부가 그들에게 궁금한 것을 묻자, 그들은 이렇게 대답했다.

"조상들이 진(秦)나라 때 난리를 피해 식구와 함께 이곳으로 온 이후로 우리는 한 번도 여기를 떠난 적이 없습니다. 지금이 어떤 세상입니까?"

어부는 그들의 궁금증을 풀어주고 융숭한 대접을 받으며 며칠간을 머물렀다. 어부가 그곳을 떠나려 할 때 그들은 당부의 말을 하였다.

"우리 마을 이야기는 다른 사람에게 하지 말아주십시오."

그러나 어부는 너무 신기한 나머지 길목마다 표시를 하고 돌아와서는 즉시 고을 태수에게 사실을 고하였다.

태수는 기이하게 여기고 사람을 시켜 그곳을 찾으려 했으나, 표시해 놓은 것이 없어져 찾을 수 없었다.

그 후 유자기라는 고사(高士)가 이 말을 듣고 그곳을 찾으려 갖은 애를 썼으나 찾지 못하고 병들어 죽었다. 이후로 사람들은 그곳을 찾으려 하지 않았고, 도원경은 이야기로만 전해진다.

오늘날 무릉도원(武陵桃源)이라고 말하는 바로 그곳인 것이다.

무진도 그런 고사와 무릉도원에 대한 것은 어렸을 때 여러 번 들어 알고 있었다. 그때는 단지 도연명의 시적 상상이 지어낸 이야기려니 여겼는데, 지금 이렇게 다시 듣고 보니 새로운 느낌이 생겼다.

금 총표두가 웃으며 말했다.

"그곳에 살던 사람들이 바로 토가족이라고 하오. 이후로도 그들은 세상과 어울리려 하지 않고 거기 머물러 살았다고 하더이다. 그래서 오늘날에도 아는 사람이 적은 것이라오."

"그런 일을 금 총표두께서는 어떻게 아셨습니까?"

"하하, 내가 이미 말하지 않았소? 표사들은 가지 않는 곳이 없고, 듣지 못하는 말이 없다고."

"그곳이 어디인지 알 수 있습니까?"

"북서쪽 끝, 사천과의 경계에 대용(大庸)이라는 곳이 있는데, 거기에 가면 혹 알 수 있을지도 모르지."

"대용……."

무진은 그 지명을 단단히 머리 속에 새겼다. 그곳이 과연 토왕곡과 관련이 있는지 없는지는 가서 살펴보면 알 것이다.

"한데, 곽 소협이 굳이 그곳을 찾는 건 어떤 이유가 있어서요?"

"소생의 개인적인 일인지라 말씀드리기 곤란하군요."

"하하, 강호인에게는 언제나 비밀이 많지."

금 총표두가 거기에 대해서는 더 캐묻지 않았으므로 무진은 내심 안도의 한숨을 쉬었다.

무진은 며칠 쉬면서 이런 저런 이야기들이나 나누자며 간곡히 붙잡는 금 총표두를 간신히 뿌리치고 금성표국을 나섰다.

정문까지 배웅 나온 총표두가 못내 서운해하면서 두둑한 전별금을 내놓았으므로 무진은 당황했다.

"표물의 운송비를 받지 않으신 것만도 고마운데 이처럼 전별금까지 내놓으시니 감당할 수 없습니다."

"이것은 강호의 친구를 사귈 때 누구나 하는 일이라오. 관행 같은 거지. 그러니 나와 친구가 되고 싶은 마음이 없다면 모르되, 그렇지 않다면 부디 받아주시오."

금 총표두가 그렇게까지 말했으므로 무진은 차마 거절하지 못했다.

표국을 이끄는 사람이라면 누구든 강호의 고수와 교분을 맺으려 하지 원한을 맺으려 하지 않는다.

그들은 정파와 사파를 가리지 않고 폭넓은 교제를 했다. 그래야 혹시라도 생길지 모르는 분란을 사전에 피해갈 수 있으려니와, 혹 분란이 생겼다고 해도 그들의 도움을 받을 수 있기 때문이다.

이제 무진은 무정도로 불리며 강호의 주목을 받는 신진 고수로 떠올라 있었다. 그러니 금 총표두의 입장에서는 조금이라도 일찍 그와 교분을 맺어두는 게 장차 이로울 것이라는 판단이 설 만했다.

한 가지 일을 해결한 무진은 홀가분한 마음이 되어서 길을 갔다. 대용으로 갈 작정인 것이다.

갈림길에서 북쪽 길을 택해 얼마나 걸었을까. 날이 어두워지려 하고 있었는데, 빠르게 짙어지는 땅거미 속에서 죽립을 눌러쓴 두 사람이 걸어오는 게 보였다. 한 사람은 남자이고 한 사람은 여자인 일행이다.

텅 빈 길이라 그들도 무진을 보았다.

"아?"

누구에게서인가 짧은 탄성이 흘러나왔다. 놀란 것이다.

무진이 의아해하는데 남자가 죽립을 벗으며 소리쳤다.

"거기, 곽 형 아니오?"

“응?”

빠르게 다가오는 사람을 본 무진의 얼굴이 활짝 펴졌다. 그가 넘쳐 나는 웃음을 주체하지 못하고 마주 소리쳤다.

“상 형!”

그는 중상을 입은 당군상을 사천 당문까지 호송해 주기 위해 헤어졌던 상여상이었다.

“이런, 이런, 이런 데서 만나다니 정말 운명이라는 건 어쩔 수 없는 모양이구려!”

상여상이 죽립을 집어 던지고 달려와 무진의 손을 덥석 잡고 마구 흔들어대며 소리쳤다. 무진도 이런 곳에서 뜻하지 않게 그를 만나게 될 줄 몰랐던 터라 반가운 마음을 억누를 수 없었다.

그들이 서로 부둥켜안은 채 떨어질 줄 모르는 걸 묵묵히 바라보던 또 한 명의 죽립인이 ‘흥!’ 하고 낮게 코웃음 쳤다.

■제2장■
철련교화(鐵蓮驕花) 당연실(唐蓮實)

철련교화(鐵蓮驕花) 당연실(唐蓮實)

"일행은?"

무진이 묻자 상여상의 얼굴에 곤란해하는 기색이 떠올랐다. 머뭇거리던 그가 한숨을 쉬고 말했다.

"어차피 만나게 될 사람이니 감출 것 없겠지."

그러더니 저만큼 떨어진 곳에서 기다리고 있는 죽립인에게 손을 흔들었다.

"사매, 이리 와. 네가 찾던 사람이 눈앞에 나타났는데 뭘 망설이고 있지?"

죽립인이 천천히 다가왔고, 무진은 어리둥절해졌다.

"나를 찾던 사람이라고?"

"보면 알 거요."

다가온 자가 낮게 말했다.

"나를 잊지 않았겠지?"

"어?"

의외로 여자의 음성인지라 무진이 깜짝 놀랐다. 죽립인이 쓰고 있던 죽립을 벗어 던졌다.

"아! 바로 너였군."

무진이 깜짝 놀라 눈을 크게 떴다. 표독한 눈길로 노려보고 있는 한 여인이 거기 있었던 것이다. 당문의 여식이라는 당연실이었다.

"나를 이렇게 곤경에 처하게 하고서 아직도 뻔뻔하게 잘살아 있었군?"

당연실이 모질게 말했다. 무진은 머리를 설레설레 흔들고 말았다. 상대하고 싶지도 않다. 그가 상여상에게 물었다.

"어떻게 된 거요? 어째서 상 형이 저 아가씨와 동행하고 있는 거지?"

"곽 형 때문이라오."

"엇?"

상여상이 한숨을 쉬고 어깨를 들썩였으므로 무진은 더욱 어리둥절해지고 말았다.

"당군상을 당문에 데려다준 일을 기억하고 있겠지요?"

"물론."

"아, 일이 이처럼 어렵게 될 줄이야……."

상여상이 땅이 꺼질 듯 한숨을 쉬었으므로 무진은 무언가 나쁜 일이 있었다는 걸 짐작했다.

"이럴 게 아니라 어디 객잔이라도 찾아봅시다. 여기서 밤을 샐 수는 없지 않겠소?"

무진이 상여상의 손을 끌었다. 당연실에게는 눈길 한 번 주지 않은 채다.

상여상이 그녀를 한 번 돌아보고 무진을 따라 떠나자 내내 노려보고 있던 당연실도 거리를 둔 채 그들을 뒤따랐다.

잠시 후 그들은 길가에 있는 허름한 객잔에 들 수 있었다. 탁자의 먼지를 대충 털어내고 앉아서 기다리자 늙은 주인이 나와 불을 걸어놓았다.

술과 몇 가지 음식을 시키고 나서 무진은 곧 당군상의 일을 물었다.

"그는 당문으로 돌아갔지만 환영받지 못했다오."

"그랬겠지."

무진이 저만큼 떨어진 곳에 우두커니 혼자 앉아서 입술만 잘근잘근 깨물고 있는 당연실을 힐끔 바라보고 머리를 끄덕였다.

"그가 멋대로 파혼을 선언해 버렸으므로 그녀는 물론 당문의 장로들과 가주까지도 몹시 화를 냈다오. 그를 데려간 내가 다 무안할 지경이었소."

"그는 어떻게 되었소?"

"뇌옥에 갇혔다오."

"으음―"

무진이 신음을 흘렸다. 그는 당연실의 철련화에 맞아 중상을 입은 채 죽어도 당문에 가서 죽겠다며 떠나갔다. 당문에서는 그런 그를 뇌옥에 가두어 버린 모양이었다.

"독은?"

무진이 어두워진 얼굴로 물었다. 당군상의 몸에 퍼진 철련화의 지독한 독기는 제거했는지 궁금했다. 그러나 상여상은 무진보다 어두운 얼굴로 고개를 가로저었다.

"그는, 그는…… 폐인이 되었더구려."

"아!"

겨우 목숨을 건졌을 뿐, 독에 중독되어 처참해진 꼴로 뇌옥에 갇혀 있다는 얘기다. 사내다운 호탕함이 있던 당군상의 늠름한 모습이 떠올라 무진을 더욱 괴롭게 했다.

무진이 홱 얼굴을 돌려 저쪽에 앉아 있는 당연실을 노려보았다. 이글거리는 눈길에 살기마저 어린 듯했다.

당연실이 입술을 악물고 그런 무진의 눈길을 마주 쏘아보았다. 그녀의 눈에 가득 어려 있는 독기와 원망이 오히려 무진을 당혹스럽게 했다.

무진이 화풀이를 하듯 상여상에게 빠르게 말했다.

"어떻게 된 거요? 상 형은 어째서 저 철없는 아가씨와 동행하고 있소?"

"나는 당 형을 위해서이고, 저 아가씨는 명령을 받았기 때문이라오."

"말해 주시오."

"당군상을 살리고 싶으면 곽 형을 데리고 오라는 구려."

"저 아가씨는?"

"같은 이유지 뭐겠소?"

"내가 당문에 간다면 뭐가 달라진답디까?"

상여상이 한참 우물쭈물거리다가 겨우 대답했다.

"그들은 당군상이 저렇게 된 원인이 곽 형에게 있다고 믿는다오. 그러니 곽 형에게 책임을 물으려는 거 아니겠소?"

이번에는 무진이 침묵했다.

팔은 안으로 굽는다고, 상여상이 부지런히 당시의 상황을 설명했겠지만 당가의 가주와 장로들은 당연실의 말을 더 믿었을 것이다.

무진의 마음속에 불만이 일었다. 당문의 사람들이 편협하고 이기적이라더니 그 말이 꼭 맞았던 것이다.

"만약 나를 찾지 못하면 어떻게 되는 거요?"

"나야 당문의 사람이 아니니 상관없지만 저 아가씨는 영영 제 집으로 돌아갈 수 없게 된다오. 당문의 문규가 혹독해서 친혈육이라고 봐주는 법이 없거든."

상여상이 질린다는 듯 머리를 설레설레 저었다. 그도 당문의 고집과 편협함에 넌더리가 난 듯했다.

술을 마시고 음식을 먹으면서도 무진은 그 맛을 몰랐다.

젓가락을 멈추고 한동안 허공을 바라보던 무진이 당연실을 불렀다.

"이리 와봐라."

그녀가 매섭게 흘겨보면서도 자리에서 일어나 다가와 상여상 곁에 앉았다.

"너는 당문의 사람 아니냐? 네가 쓴 독인데 네가 해독할 수 없었단 말이야?"

답답해서 따져 보는 말이다. 당연실이 빽, 소리쳤다.

"모든 게 너 때문이야! 네가 나를 무시하지 않았으면 이런 일도 없었어!"

"허!"

무진은 기가 막히고 말았다.

"철련화를 맞은 즉시 해독을 했더라면 괜찮았을 텐데, 너무 오래 지체하는 바람에 당 소저가 지니고 있던 해약도 소용없게 되었다는구려."

상여상이 그녀를 대신해 변명해 주었다.

화난 얼굴로 한동안 그녀를 쏘아보던 무진이 천천히 말했다.

"내가 언제 너를 무시했지? 여산 철웅방 밖의 용담에서 먼저 시비를 걸어온 건 장세걸과 주문룡, 그 두 얼간이였다. 너도 그곳에 있었으니 잘 알 텐데?"

"네가 그들을 때려서 나를 모욕했잖아!"

"그럼 그들의 주먹에 얻어맞고, 그들의 검에 찔려서 죽어야 했단 말이냐?"

"그건······."

"들어봐라. 나는 두 번씩이나 양보했고, 그들은 네 앞에서 자신들의 보잘것없는 실력을 뽐내 보이고 싶은 마음에 더욱 나를 핍박했다. 너도 보았으니 잘 알겠지?"

당연실이 눈길을 떨어뜨리고 입술만 잘근잘근 깨물었다. 그때의 상황은 그녀 자신이 잘 알고 있는 터라 달리 부인할 수 없었던 것이다.

무진이 애써 화를 억누르고 타이르듯 조용조용하게 설득해 나갔다.

"내가 그들에게 따끔한 맛을 보여주지 않았다면 그들은 기어이 나를 때리고 찔렀을 텐데, 어느 멍청이가 그걸 알면서도 가만히 당하고 있겠어?"

"그래도 너는 나를 모욕했어."

"내가 언제?"

"내 흥을 깨뜨려 놓고서도 아무 사과의 말이 없었잖아?"

"허!"

그때 무진은 무심한 눈길로 그녀를 한 번 바라보았을 뿐, 상대하지 않고 스쳐 지나갔다. 당연실은 그걸 자신을 무시한 걸로 받아들인 모양이다.

언제나 주위에서 떠받들어지는 삶을 살아온 그녀였기에 그렇게 여겨질 수도 있었다. 세상의 모든 남자들은 자기 앞에서 쩔쩔매야 하고, 당문이라는 위대한 이름 앞에서 주눅이 들어야 정상이라는 생각이 골수에 박혀 있는 것이다.

그런데 무진이 자기 앞에서 호감을 가지고 있던 두 청년을 무자비하게 때려눕히고 미안하다는 말도 없이 스쳐 지나갔다. 힐끔 바라보는 눈길마저 싸늘한 것이, 경멸의 기색마저 어려 있었다.

그녀는 그때의 상황을 그렇게 이해하고 받아들인 것이다.

분해서 견딜 수 없었다. 자기가 가지고 있었던 남자와 세상에 대한 편견이 산산이 깨져 버렸기 때문이다.

다른 사람들에게는 지극히 당연한 일일지라도, 이미 편견에 길들여져 버린 그녀에게 있어서 그 일은 받아들일 수 없는 모욕이었다.

철웅방에서조차 누구도 무진을 응징해서 자기의 기분을 풀어주지 않았다. 그래서 뒤늦게 찾아온 당군상을 시켜 그를 죽이려 했지만 당군상마저 오히려 무진의 편이 되어서 제멋대로 자기에게 결별을 선언하고 떠났다.

당연실은 점점 나빠지는 그 모든 상황을 이해할 수 없었다.

여태까지는 모든 사람들이 자기를 존중하고 두려워했는데, 무진이 나타나면서부터 모든 게 어긋나기만 했다. 그래서 원한을 품었다.

그녀는, 나를 모욕한 자는 반드시 그 목숨으로 대가를 치르게 해야 한다는 가문의 가르침을 잊지 않았다. 그래서 자기를 배신한 당군상에게 철련자를 던졌고, 일을 그렇게 만든 무진에 대한 원한을 더욱 깊이 품었다.

무진은 억지를 써도 이렇게 심한 여자를 상대하는 방법을 알지 못한다.

그가 머리를 절레절레 흔들고 탄식했다.

"그래서 너는 나를 죽여 네 원한을 풀겠다고 다시 찾아온 것이냐?"

"그렇지 않으면 집으로 돌아갈 수 없어!"

"만약 내가 너를 죽여 당 형의 복수를 한다면?"

"흥! 그렇게 되면 너는 당문의 원수가 되어 세상에서 가장 비참하게 죽을 것이다!"

"그럼 나는 너를 죽이고 당문마저 멸문시켜서 다시는 세상에 그 이름이 알려지지 않게 해야겠구나?”

무진의 비웃는 말에 당연실이 발끈해서 뛰쳐 일어나며 악을 썼다.

“네가 뭔데? 네까짓 게 감히 그렇게 할 수 있단 말이냐?”

보다 못한 상여상이 그녀의 옷자락을 잡았다.

“사매, 참아. 곽 형은 그저 사매를 놀린 것뿐이야.”

“나를 놀리다니? 그것만으로도 저자는 죽어야 해!”

“지금 누가 그렇게 할 수 있겠어? 사매가 스스로 그렇게 하겠어?”

“그건…….”

당연실이 당장 풀이 죽어 우물쭈물했다. 이곳까지 오는 동안 그녀도 무진의 이름이 강호에서 어떤 위치를 갖게 되었는지 잘 알았던 것이다.

“좋아.”

무진이 결연한 얼굴로 말했다.

“내 일을 잠시 접어두고 먼저 당문으로 가주지. 가서 당군상 그 친구를 만나보겠다.”

“응?”

상여상과 당여옥이 동시에 눈을 크게 떴다.

“곽 형, 정말 그래 주실 거요?”

“어쨌든 당군상이 그렇게 된 게 나와 얽힌 일 때문이라는 걸 부정할 수 없으니 모르는 체할 수 없지 않겠소?”

“하하, 역시 맺고 끊는 게 확실한 사나이요!”

상여상이 엄지손가락을 치켜세웠고, 당연실은 흥흥거리며 흘겨보았다.

밤이 깊었지만 무진과 상여상은 쉽게 잠들지 못하고 있었다.

옆방에서는 당연실 또한 잠들지 못하고 뒤척이고 있었으니 모두 저마다의 생각이 깊고 근심이 있는 까닭이다.

"자는 거요?"

상여상이 기어이 일어나 침상에 걸터앉으며 말을 건넸다.

탁자에 엎드려 있던 무진이 돌아보았다. 상여상이 탄식했다. 그의 얼굴 가득 그림자가 진 것을 본 무진이 물었다.

"왜 그러시오? 마음에 근심이 있는 사람 같군."

"곽 형은 아직 모르는 모양이구려."

"뭘?"

"내 아버지에 대한 일 말이오."

"응? 상 방주가 왜?"

"휴—"

무진은 상곡운이 철웅방의 정예들을 이끌고 와 대룡협(待龍峽)에서 천룡검객 오문걸과 화산신검 유재량이 이끄는 흑룡보의 신검대와 싸운 일을 알지 못하고 있었다.

그 싸움에서 철웅방은 비참하리만큼 당해 괴멸되었다.

"아버지가 그동안 쌓아온 모든 게 하루아침에 무너져 버렸다오."

"엇?"

무진이 깜짝 놀랐다. 여산 철웅방에 가보았을 때 그들의 위세가 얼마나 대단했던가. 그런데 하루아침에 무너졌다니, 좀체 믿어지지 않았다.

"역시 흑룡보주의 힘은 아버지가 상대할 수 있는 게 아니었다오."

상여상이 제가 알고 있는 일의 경과를 말해 준 다음에 그렇게 한탄했다.

무진은 한편으로는 자랑스러우면서 한편으로는 애석한 마음이 되었다.

자랑스러운 건, 흑룡보의 커다란 힘이 세상을 놀라게 했다는 우쭐함 때문이다.

보주인 흑룡대제 진천무가 자신의 사백뻘이 되기 때문이고, 함께 토왕곡에 맞서 싸우고 있다는 동지 의식 때문이기도 했다.

게다가 철웅방은 토왕곡의 아홉 천주라는 자들과 맺어져 있지 않던가. 유명밀부나 신검문 등과 마찬가지로 무진에게는 무찔러야 하는 적인 셈이다.

한 가지 마음에 걸리는 건 바로 눈앞에 있는 상여상 때문이었다.

그와 나누고 있는 우정이 무진을 애석하게 했다. 상여상의 비통해하는 모습을 보는 게 미안하기도 해서 연민의 정이 생겼다.

"방주께서 무사하시다니 언제고 다시 위용을 되찾으실 거요."

"틀렸소."

상여상이 머리를 가로저었다.

"아버지의 전갈을 받고 당문을 급히 떠나 이곳에 오는 동안 내내 생각해 보았다오."

"그럼 아직 상 방주를 만나보지 못했군?"

"내일 만나뵐 것이오."

상곡운은 대룡협에서 다시는 회복하지 못할 참패를 당한 즉시 사천으로 사람을 보내 상여상을 부른 것이다. 그에게 후사를 맡기려고 한 것인지도 몰랐다.

그러니 여상은 아직 부친을 만나기 전이었다. 그를 만나기 위해 바삐 길을 접어오던 중 무진을 먼저 만난 것이다.

"그렇게 당당하고 호탕하시던 분이 의기소침해서 산속에 숨어 계신다니……."

상여상의 눈자위가 붉어졌다.

무진은 뭐라고 위로할 말을 떠올릴 수 없었다. 상여상을 위로하는 일이 제가 지금 하고자 하는 일과 대치되는 것이었기 때문이다.

하지만 마음속으로 고소해할 수도 없으니 더욱 난감했다.

"미안하오."

겨우 그 말을 했는데, 상여상이 충혈된 눈으로 무진을 빤히 바라보았다. 그리고 한참 만에야 어눌하게 물었다.

"뭐가? 뭐가 미안하단 말이오? 나야말로 곽 형에게 미안하다고 머리를 조아려야 하는 사람 아니겠소?"

"상 형도 알게 되었군."

"그렇지, 너무 늦게 알았지……. 그러니 나는 허깨비였던 거라오."

끝내 상여상의 볼을 타고 뜨거운 눈물이 흘러내렸다.

그는 제 아버지가 토왕곡의 하수인 노릇을 하고 있다는 걸 전혀 알지 못했다.

상곡운이 끝까지 숨기고 있었던 때문이기도 하고, 상여상이 오랫동안 집을 떠나 외지로 떠돌았던 때문이기도 하다.

상여상은 아버지의 정체에 대해서는 알지 못했지만, 아버지가 품고 있는 야망에 대해서는 어렴풋이 짐작하고 있었다.

독선적이고 단호한 아버지의 성격과 강호에 군림하겠다는 터무니없는 야망. 그게 두렵고 싫었기 때문에 철응방보다는 바깥 세상에서 자유롭게 떠돌며 더 많은 날들을 보냈던 것이다.

그가 그토록 아버지의 반대를 무릅쓰고 기녀의 신분인 새부용 담소옥을 아내로 맞아들이겠다고 고집 부린 것도 그런 반발 심리가 작용한 것이었는지 모른다.

"이제 곽 형을 만났고, 당신이 당 소저를 따라 당문으로 가겠다고 하니 내 어깨가 홀가분하게 되었소."

"상 형은 과연 정이 많은 사람이군. 당군상을 위해 수고를 마다하지 않았고, 또 걱정해 주고 있으니 말이오.”

“별말씀을. 나는 이 길로 아버님을 찾아뵙겠소.”

“지금 말이오?”

“그렇다오. 아버님에게 이제는 그만 헛된 욕심을 버리고 초야에 묻혀서 아들 내외의 효도를 받으며 여생을 편이 지내시라고 권할 참이오.”

“그 말은 상 형 또한 부친과 함께 강호에서 떠나겠다는 것 아니오?”

“그렇소. 나는 원래 강호의 일에는 관심이 없었으니 아쉬울 것도 없지요. 사부님을 찾아뵙고 인사를 드린 다음에 그렇게 할 생각이오.”

“으음—”

무진이 길게 탄식했다.

상여상은 젊은 나이에 강호를 떠나 은둔자가 되기에는 너무 아까운 인재였다. 하지만 어쩌면 그 길만이 그가 지금까지 하지 못했던 효도를 다 하면서 편안하게 살 수 있는 길인지도 모른다.

무진은 상여상이 이 혈겁의 와중에 끼어들지 않기를 진심으로 바랐다.

그가 아버지의 뒤를 이어서 토왕곡 무리와 손을 잡는다면 필연코 적이 될 수밖에 없으니 그게 싫은 것이다.

묵묵히 생각하던 무진이 상여상의 손을 덥석 쥐었다.

“잘 생각했소. 나도 복수를 마치면 미련없이 강호를 떠날 작정인데, 그때 우리가 경치 좋은 곳에서 나란히 띠집을 짓고 산다면 정말 좋지 않겠소?”

“하하, 곽 형도 그런 생각을 하고 있을 줄 알았소. 그럼 내가 먼저 좋은 곳에 자리잡고 기다리고 있을 테니 언제든 오시구려.”

기쁘게 웃은 상여상이 자리를 털고 일어났다.

무진이 아쉬운 마음을 달래지 못하고 간절한 눈으로 그를 바라보았다. 상여상 또한 그래서 두 사람의 뜨거운 눈길은 한동안 떨어질 줄 몰랐다.

"가겠소. 곽 형은 부디 보중하시오."

상여상이 한숨을 쉬고 돌아섰다.

무진의 마음속에 서운하고 쓸쓸한 적막이 가득 찼다. 만나자 바로 이별이라더니, 그와 같은 일을 당하고 나자 더욱 외로워졌던 것이다.

다음날 아침이 되었다. 무진의 방문을 왈칵 열고 들어선 당연실이 눈을 휘둥그레 떴다.

"어맛! 상 가가는 어디로 갔지?"

"그는 제 길을 찾아 떠났으니 다시는 볼 수 없을 거다."

"나한테는 한마디 말도 없이……."

당연실이 서운함을 감추지 못하고 입술을 잘근잘근 깨물었다. 그녀는 이곳까지 상여상과 동행해 오는 동안 정이 든 모양이었다.

하긴, 상여상은 따뜻하고 부드러운 성품을 지닌 풍류남아라 누구든 그와 함께 있으면 정이 들지 않을 수 없다.

"그럼 너는……."

당연실이 불안해진 얼굴로 무진을 바라보며 우물쭈물했다.

"걱정 마라. 나는 한 번 한 약속을 반드시 지킨다."

"그럼 정말 나와 함께 당문으로 가줄 거지?"

당연실의 얼굴에 비로소 웃음이 번졌다.

무진은 그녀의 기세가 여산에서 보았을 때보다 많이 누그러져 있다는 걸 느꼈다.

강호에 처음 나왔을 때는 그토록 기세등등하고 오만했는데, 아무것도 모르는 철부지라 그랬을 것이다.

하지만 그동안 이것저것 겪고 나더니 이제 조금은 강호라는 곳이 제 생각처럼 그렇게 만만하지도 않고, 사람들이 그렇게 호락호락하지도 않다는 걸 알게 된 것인지도 모른다.

사천의 당문으로 가는 길은 북쪽이고, 상여상은 아침 일찍 남쪽으로 갔다. 무진은 당연실과 함께 길을 가면서도 자꾸 뒤돌아보았다. 거기서 상여상이 웃으며 달려오고 있을 것 같은 생각이 들어서다.

그러나 그는 오지 않았고, 어쩌면 이제 다시는 보지 못하게 될지도 모른다. 그것을 잘 알기에 더 뒤를 돌아보게 되는 것인지도 몰랐다.

하루를 걷는 동안 무진도 당연실도 말이 없었다. 무진이 앞서 걷고 그녀는 그의 뒤꿈치만 바라보며 묵묵히 따르고 있을 뿐이다.

그렇게 물 냄새를 따라 걸어서 날이 저물 무렵에는 동정호 서쪽에 이르렀다.

양교진(陽橋津)은 어귀에서부터 많은 상점과 여각의 깃발들이 줄지어 나부끼고 있었다. 생선 비린내가 허공에 떠돌고, 취객들의 노랫소리가 끊이지 않았다.

물가에 있는 작은 나루터가 큰 성의 저잣거리처럼 붐비는 건 이곳이 동정호를 따라 호남으로 내려온 사람들로 항상 북적거리기 때문이었다.

악양 성으로 가는 길목에 있기 때문이기도 하다.

양교진 어귀에는 동정호로 흘러드는 맑은 개울이 있었는데, 지금은 겨울을 바라보는 때라 물이 많지 않았지만 여름에는 넘쳐 나는 흙탕물로 강처럼 넓어질 것이다.

무지개를 걸어놓은 것 같은 돌다리가 그 개울을 가로지르고 있었다. 그래서 이곳의 이름이 양교진이 된 건지도 모른다.

개울 양쪽으로는 아름드리 버드나무가 줄지어 있고, 늘어진 그 가지 사이로 바라보이는 무지개다리는 운치가 있었다.

왼쪽 산 능선에는 우거진 송림을 뚫고 높은 탑이 서 있었다. 강운사(江雲寺)의 고탑(古塔)이다. 맑은 날은 수십 리 밖에서도 그것이 잘 보였으므로 뱃사람들의 이정표 역할을 하기도 했다.

날이 저물어가고 있었다.

무진은 취객들과 어깨를 부딪치며 하나둘 장명등에 불이 켜지는 시끄러운 거리를 천천히 거슬러 올라갔다. 한 번도 뒤돌아보지 않았다.

그와 십여 걸음 떨어져서 뒤따르고 있는 당연실이 그런 무진의 무심한 등을 매섭게 흘겨보았다.

무시당하고 있다는 억울한 감정이 북받쳤지만 예전처럼 마구 쏟아내지 않는 것이어서, 그녀를 알고 있는 사람이 보았다면 의아해할 것이다.

객잔에 걸린 장명등에 불을 붙이고 들어가려는 점소이를 붙잡아 세웠다.

"사천으로 가는 배를 타려고 하는데?"

"지금 말입니까?"

"있나?"

점소이가 재빨리 무진의 행색을 훑어보더니 머리를 설레설레 저었다.

"사흘에 한 번 있는데, 오늘 낮에 떠났으니 사흘 뒤에나 있을 겁니다."

무진의 얼굴에 낭패한 기색이 어렸다. 사흘씩이나 기다려야 한다니…….

"어디 묵을 곳을 정해놓은 게 아니라면 우리 객잔에 짐을 풀어놓고 편히 쉬시면서 기다리는 게 어떻겠습니까? 혹시라도 그 안에 급히 떠나는 배가 생긴다면 제가 즉시 알려 드립죠."

달리 방법이 없으니 그렇게 할 수밖에 없다.

무진이 점소이를 따라 객잔 안으로 들어갔다. 밖에서 그를 노려보고 있던 당연실이 호~ 하고 한숨을 쉬고는 마지못한 듯 따라 들어왔다.

그녀는 어떻게 해서든 무진을 당문으로 데려가야 했다. 아니면 그의 목을 들고 가야 하는데, 그건 가능성이 없으니 선택할 수 있는 길은 하나뿐이다.

"곽무진이라고? 그놈을 데려와라! 그놈 때문에 생긴 일이라면 그놈 스스로 풀어야 할 것이다. 네가 일을 이렇게 만들었으니 역시 네가 그놈을 데려와야지. 그렇지 않으면 다시는 집에 돌아올 생각을 마라!"

아버지이자 당문의 가주인 당옥담(唐玉潭)이 엄숙하게 말했다. 즉시 당연실의 얼굴이 새파랗게 질렸다.

아버지가 빈말을 하는 사람이 아니라는 것을 그녀는 잘 알았다. 그 고집 또한 대단해서 누구도 꺾을 수 없으니, 떼를 쓰고 어리광을 부린다고 그 말을 되돌려놓을 수도 없었다.

그렇게 쫓겨나다시피 당문을 나온 당연실이었기에 지금은 그저 무진이 혹시라도 마음이 변해서 가지 않겠다고 할까 봐 그게 두려울 뿐이었다.

아니꼽고 치사한 것쯤은 이를 악물고 참을 수 있다. 저를 무시하는 것도 참아야 한다.

어떻게든 그를 달래고 꾀어서 무사히 당문까지 데려가야 한다는 것. 그것이 그녀의 결심이고, 유일하게 할 수 있는 일이기도 했다.

"방은 하나면 족해."

점소이와 방 흥정을 하는 무진의 뒤에서 그녀가 그렇게 말했으므로 무진은 물론 점소이까지 깜짝 놀라 당연실을 멍하니 바라보았다.

그녀가 살짝 얼굴을 붉힌 채 다시 확인해 주었다.

"한 방을 쓸 거야."

"허—"

무진은 기가 막혀 할 말을 잃었다. 그가 입만 딱 벌리고 있는데 점소이는 벌써 싱글벙글 웃으며 안으로 달려들어 가 버렸다.

“잠든 사이에 네가 달아나 버리면 어디에서 또 찾겠어?”

“달아난다고, 내가?”

“잘 때도 줄로 묶어놓고 잘 테다.”

“허—”

기가 막히다 못해 이제는 정신마저 혼미해질 지경이 되었다.

“됐습니다. 뒤쪽 객사에 아주 조용하고 아늑한 방을 마련했습죠.”

돌아온 점소이가 대뜸 무진의 어깨에서 봇짐을 벗겨내고는 쪼르르 앞서 갔다.

잠이 올 리 없었다. 그건 당연실도 마찬가지여서 벽을 보고 돌아누운 그녀의 눈이 반짝거렸다.

무진이 제 발목에 묶인 끈을 내려다보고 피식 웃었다. 한쪽은 당연실의 손목에 묶여 있었으니 서로 손발을 묶어두고 있는 셈이었다.

“달아나지 않는다. 그러니 안심하고 푹 자.”

침상 위에 등을 보이고 돌아누워 있는 그녀가 잠들지 못하고 있다는 걸 잘 아는 무진이 그렇게 말했다. 당연실이 등 너머로 쌀쌀맞게 말했다.

“쳇, 그 말을 어떻게 믿어?”

“좋다. 그렇다면 내가 먼저 자도록 하지.”

무진이 심지를 눌러 등불을 끄고 탁자에 엎드렸다. 그는 곧 코를 골며 깊은 잠에 떨어졌지만 당연실은 여전히 잠을 잘 수 없었다.

그렇게 아침을 맞자 두 사람 모두 얼굴이 부스스해졌다. 한 사람은 탁자에 엎드려 잔 잠이 편할 리 없어서 그렇게 되었고, 한 여자는 밤새 잠을 자지 못해서 그렇게 된 것이다.

아침 식사를 하기 위해 객청을 나서자 마주친 점소이가 야릇한 시선으로 그들을 힐끔거렸다. 두 사람 모두 지쳐 보이고 얼굴이 부석부석해 보이니, 밤새 무슨 일이 있었던 건지 나름대로 짐작한 것이다.

무진은 무심했지만 당연실은 매우 거북하고 불쾌했다. 그녀가 잡아먹을 듯이 점소이를 노려보고 지나갔다. 뒤에서 점소이의 입맛 다시는 소리가 들려와 그녀를 더욱 난감하게 했다.

한 사람은 어슬렁거리며 이른 아침 거리를 걷는다. 그 모습이 한가롭게 여행이라도 나온 한량 같아 보였다. 또 한 여자는 뾰로통한 얼굴로 뒤에서 따르고 있었는데, 날렵한 몸매와 활짝 핀 장미꽃 같은 얼굴이 사람들의 눈길을 끌었다.

나루는 아침부터 사람들로 붐볐다. 만선의 깃발을 세운 배들이 떠 있었고, 나그네와 장사꾼들이 뒤섞여 한낮의 저잣거리 같았다.

무진은 버드나무 아래 우두커니 서서 그 사람들의 활기찬 모습을 보고 음성을 들으며 이것이 사람 사는 모습이라고 생각했다.

한 푼의 이익을 위해 고함을 질러대고, 배에서 짐을 내리고 싣는 노동이 힘들 것이지만 그것이 생활이다. 내 가족을 위하고, 나를 위한 땀을 흘리는 일이 어찌 신성하지 않으랴.

무진은 평화란 이런 것이라고 중얼거렸다. 고요하고 잔잔한 것이 아니라 이처럼 시끌벅적한 것. 그 속에 웃음과 희망이 있는 것. 바로 그것이 평화다.

그 사람들 속을 이리저리 오가며 무엇인가를 묻고 다니는 당연실의 모습이 저만큼 내려다보였다. 그녀가 초조해하고 있다는 게 멀리서도 느껴졌지만 무진은 태평하기만 했다.

한참이 지난 후에 당연실이 축 늘어진 어깨를 하고 힘겨운 걸음으로 언덕을 천천히 올라왔다.

"없대."

"사흘 뒤에 있다고 말했잖아."

"쳇, 돈을 준다는 데도 안 가겠다고 버티는 건 뭐람. 사공 놈들이 죄다 못돼 처먹었어."

당연실이 무진 곁에 털썩 주저앉으며 입술을 삐죽거렸다.

아침 햇살을 받아 붉게 반짝이는 그 얼굴을 물끄러미 바라보며 무진은 문득 예쁘다는 생각을 했다.

당연실은 충분히 아름답고 매혹적이다. 몸에 밴 귀티와 싸늘하면서 도도해 보이는 표정이며 분위기가 그렇다.

팔팔하고 지기 싫어하는 고집이 소봉과도 닮았다. 편협한 생각과 심성만 좀 더 너그럽고 넉넉하게 바뀐다면 나무랄 데가 없을 것이다.

"뭘 그렇게 쳐다봐!"

그녀가 무안한 듯 얼굴을 붉히고 빽, 소리쳤다. 무진이 피식 웃었다.

"예쁘구나."

"뭐, 뭐얏!"

당연실의 얼굴이 더욱 붉어졌다. 가슴을 들썩이며 숨을 씩씩거리던 그녀가 발딱 일어났다.

"놀리면 가만두지 않겠어!"

허리에 손을 집고 서서 노려보는 모습이 털을 곤두세운 암고양이 같기만 했다. 무진이 다시 피식 웃었다.

"그만두자."

무료한 침묵이 두 사람 사이에 어색하게 흘렀다. 이렇게 이틀이나 더 기다리고 있어야 한다는 건 고역스럽기 짝이 없는 일일 것이다.

무진이 벌떡 일어섰다.

"어디로 가려고?"

당연실이 엉거주춤 따라 일어서며 물었다. 그녀는 무진이 저를 떼어놓고 달아나 버릴까 봐 전전긍긍하고 있었다.

힐끗 그녀를 바라본 무진이 아무 말 없이 걸어 버드나무 늘어진 언덕
을 떠났다.

강운사까지 오 리 길을 천천히 걷는 동안 무진은 한 번도 뒤돌아보지
않았다. 당연실은 그런 무진의 무관심함이 못마땅하기만 했다. 벌써 하
얗게 눈을 치뜨고 그의 단단한 등을 흘겨본 게 몇 번째인지 모른다.

강운사는 작고 아늑한 절이었다. 고탑에 올라가자 저 멀리 햇빛 부서
지고 있는 동정호의 푸른 물결이 바라보였다.

"봐라, 저것이 세상이다."

무진이 손가락으로 점점이 배가 떠 있는 그 물을 가리켰다.

"뭐가?"

다가온 당연실이 창문 밖을 기웃거렸다.

"핏, 논밭이 있고 숲이 있고 물이 있네. 그게 뭐 어쨌다는 거야?"

"수많은 배들, 그리고 그 안에 있는 사람들을 보란 말이다."

"너무 멀어서 보이지도 않네. 너는 저 배 안에 있는 사람들이 보인단
말이야?"

당연실이 믿어지지 않는다는 듯 입을 삐죽거리며 흘겨보았지만 무진
은 저 멀리 하얗게 펼쳐져 있는 동정호를 바라보고 있을 뿐이다. 그가 제
자신에게 말하듯 중얼거렸다.

"느끼라는 거다. 분주히 오가는 저 배에 타고 있는 사람들. 그 사람들
하나하나를 느껴보란 말이다."

"그게 뭐 어쨌다고?"

"백 사람에게는 백 가지의 사연이 있고 살아온 세월이 있다. 그러나
한 배에 탄 사람들이 가는 곳은 오직 하나일 뿐이다. 배가 닿기로 되어
있는 선착장. 그곳이 모두의 공통된 목표지. 저 배에서는 적어도 제각각
의 삶이 별 의미가 없다는 말이다."

"저 많은 배들은 각기 다른 목적지를 향하고 있어. 똑같은 곳으로만 가고 있는 게 아니잖아?"

"그렇지. 어떤 배를 탔느냐에 따라서 도착하는 곳이 다르기 마련이다. 하지만 공통점은 있다. 그 배가 어디로 가고 있는 배이든 제각각의 사람들은 모두 저마다의 삶을 가지고 있다는 거다."

"쳇, 무슨 소리야?"

"그리고 저 바다처럼 넓은 호수는 그 모든 배와 사람들을 품고 있다. 백 개, 천 개의 선착장이 각기 다른 곳에 있어서 사람들과 배를 갈라놓지만 모두 한 호수 안에 들어 있을 뿐이다."

"응?"

당연실이 눈을 동그랗게 뜨고 무진을 똑바로 바라보았다. 그녀는 그의 말속에서 비로소 무언가 깊고 새로운 의미가 있다는 걸 느낀 것이다.

"당문은 당문의 배를 타고 있는 것이고, 그들 토왕곡의 무리는 또 그들의 배를 타고 있다. 제각각 가는 길이 다르다고 여기겠지만 결국은 강호라는 저 호수 위에서 벗어나지 못하는 거다. 그러니 자기가 타고 있는 배와 그 배가 가고 있는 물길만이 내 길이라고 여기는 삶이 얼마나 부질없는 것이냐?"

묵묵히 생각에 잠겨 있던 당연실이 불쑥 물었다.

"맞아. 나는 당문의 배를 타고 있어. 그렇다면 너는 어떤 배를 타고 있는 거지?"

이번에는 무진이 오래 침묵했다. 그리고 한참 만에 그녀의 물음에 대답했다.

"나는 노도 없고 돛도 없는 빈배를 타고 있었지. 그저 물길이 떠미는 대로 흘러왔을 뿐이다. 그러나 이제는 그 배를 버리려고 한다."

"중이 될 생각이냐?"

"아니, 저 호수가 될 작정이다."

"아!"

당연실이 깜짝 놀라 눈을 동그랗게 떴다.

창밖의 세상을 바라보고 있는 무진의 옆모습이 낯설어 보였다. 그리고 그의 커다란 그늘 아래에서 더욱 작고 초라해져 있는 자기 자신을 보았다. 그 놀라움이 곧 비참함과 부끄러움으로 그녀의 가슴을 가득 채워왔다.

묵묵히 고개를 숙이고 제 발끝만 바라보는 당연실의 얼굴이 달아올랐다.

'나는 얼마나 비좁은 세상 속에서 살아왔던가.'

그런 자각의 부끄러움 때문이었다.

당문이 천하제일의 가문이고, 그 후광을 업고 있는 자기야말로 모두의 존경과 부러움을 받는 게 당연하다고 여겨왔다. 그래서 나를 두려워하고 공경하지 않는 자에 대해서는 미움을 참을 수 없었다. 내가 타고 있는 배가 바로 당문이라는 커다란 배이기 때문이다.

하지만 아무리 큰 배라고 하더라도 저 호수 위에서는 그저 작은 한 점에 지나지 않듯, 당문이라는 배도 강호라는 커다란 호수 위에서는 그와 같다.

무진의 말이 그런 자각을 불길처럼 그녀의 머리 위에 덮어씌운 것이다.

그들이 탑에서 내려왔을 때는 한낮의 태양도 어느덧 기울고 저 멀리에서 황혼이 찾아들 무렵이었다.

동자승과 함께 커다란 회나무 그늘 아래를 서성이고 있던 중년의 중이 잰걸음으로 다가왔다.

"혹시 곽 시주이십니까?"

"내가 곽가가 맞소이다만?"

"역시 그러시군요. 아미타불."

중이 합장하고 머리를 숙였으므로 곽무진도 어색하나마 손을 모으고 마주 인사했다.

"그런데 무슨 일로 소생을 찾으신 건지……."

중이 그 말에는 대꾸하지 않고 품에서 봉인된 서찰 한 통을 꺼내 건네주었다.

"이것을 전해 드리라는 부탁을 받고 기다리던 중이었습니다."

얼떨결에 받아 들고 보니 겉봉에 '곽무진 친전'이라고 또렷하게 적혀 있었다. 무진이 의아한 얼굴로 중을 바라보았다.

"누가 이것을 전해주라고 했단 말씀입니까?"

"소승도 처음 보는 사람인지라 알 수 없습니다."

"어떻게 생겼지요? 언제 이것을 전해주고 갔습니까?"

"두어 식경 전입니다. 제가 대웅전의 당직을 서고 있는 시간이었는데, 한 사람이 찾아와 예불하고 시주 돈과 함께 이 서찰을 맡기고 갔답니다. 잠깐 사이의 일이었던지라 인상은 기억이 잘……."

두어 식경 전이라면 한창 고탑 위에서 동정호를 바라보던 때다.

중이 제 할 일을 다했다는 듯 동자승을 재촉해서 총총걸음으로 떠나갔다. 물끄러미 서찰을 바라보던 무진이 그것을 개봉하고 한 장의 편지를 꺼냈다.

"흠!"

빠르게 그것을 훑어본 무진이 침음성을 흘렸다. 낯빛이 딱딱하게 굳어 있는 게 심상치 않았다.

"뭐지? 무슨 편지야?"

당연실이 고개를 기웃거리며 물었다. 무진이 편지를 조각조각 찢어버리고 아무렇지도 않은 듯 말했다.

"별거 아니다. 너하고는 상관없는 일이니 신경 쓸 것 없어."

■ 제3장 ■
토왕(土王)의 초대(招待)

토왕(土王)의 초대(招待)

그날 밤, 여전히 두 사람은 잠이 들지 못했다. 서로의 발목과 손에 줄을 묶어둔 것도 여전하다.

무진은 탁자에 멍하니 앉아 있었고, 당연실은 벽을 향해 돌아누워 있었다.

"예쁘다."

버드나무 언덕에서 불쑥 했던 무진의 말이 귓속에 가득해졌다.

'쳇, 염치없는 놈 같으니.'

그녀가 벽을 향해 하얗게 눈을 흘겼다. 그래도 그 말이 사라지지 않고, 이제는 머리 속에까지 가득 울려왔다.

가슴이 두근거리고 숨이 가빠져서 당연실은 저도 모르게 한숨을 몰아쉬고 말았다.

"아직도 자지 않고 있어?"

무진의 말에 그녀의 등이 움찔 떨렸다. 대꾸하지 않는 건 말을 받아주면 제 생각이 들킬 것만 같아서다.

그건 자존심 상하고 수치스런 일이다. 그래서 당연실은 실눈을 뜨고 여전히 벽을 노려보면서 가늘게 코를 골았다.

한숨을 쉰 무진이 낮게 중얼거렸다.

"잠시 나갔다 와야겠다. 괜찮겠지?"

"뭣? 어디로 도망가려고?"

당연실이 덮고 있던 이불을 걷어차고 발딱 일어나 앉았다. 무진이 피식 웃었다.

"자는 척하고 있었군."

"시끄러!"

목덜미까지 빨개진 채 빽, 소리친 그녀가 갑자기 손을 잡아당겼다. 그러자 줄에 묶여 있는 발이 번쩍 들려져서 무진이 중심을 잃고 의자와 함께 기우뚱거렸다.

그 모습이 우스웠던지라 당연실은 저도 모르게 깔깔거리고 웃어댔다.

무진도 피식 웃었다. 그는 그녀의 마음을 두텁게 뒤덮고 있던 단단한 오만의 껍질이 조금씩 깨져 가고 있다는 걸 느끼고 기뻤다. 확실히 그녀는 처음 보았을 때와는 많이 달라져 있었다.

"날이 새기 전에 돌아오마. 그러니 혼자 기다릴 수 있지?"

마치 어린아이를 달래는 것 같다. 당연실이 흥! 하고 코웃음을 쳤다.

그녀가 별 반응 없었으므로 무진은 당장 줄을 끊어버리고 밖으로 나왔다.

이미 사위는 짙은 먹물을 풀어놓은 듯 어두워져 있었다. 비가 오려는지 하늘마저 먹장구름으로 뒤덮여 한 치 앞을 분간해 볼 수 없을 만큼 캄

캄했다.

　잠시 객잔의 장명등 아래 서서 방향을 가늠해 본 무진은 오후에 들렀던 강운사 쪽을 향해 천천히 걷기 시작했다.

　마을을 벗어나자 개 짖는 소리도 멀어졌고, 새어 나오는 불빛 하나 없어서 눈을 감은 거나 마찬가지가 되었다. 그러나 무진은 조금도 머뭇거리지 않았다. 마치 올빼미처럼 어둠에 익숙한 움직임이었다.

　개울을 건너고 버드나무 숲을 지나 서쪽으로 반 시진 남짓 걷자 짙은 숲 사이로 언뜻언뜻 강운사의 불빛이 보였다.

　무진은 강운사를 오른쪽으로 두고 꺾어져 부지런히 산을 끼고 걸어갔다.

　여기까지 오는 동안 마주친 사람은 물론 짐승도 없었다. 세상천지에 오직 무진 혼자서 깨어 움직이는 것 같은 적막이 가득했을 뿐이다.

　부지런히 산자락을 따라 걷던 무진이 다시 멈추어 서서 방향을 가늠해 보았다.

　뒤쪽 멀리 강운사 고탑에서 흘러나오는 흐린 불빛이 보였다.

　제가 온 방향이 틀리지 않았다는 걸 짐작한 무진이 다시 얼마쯤 걸었을까. 앞쪽에 지옥의 입구처럼 짙은 어둠을 두르고 음산하게 흔들리고 있는 울창한 숲이 보였다.

　불회림(不廻林)이라고 불리는 유명한 송림이다.

　수백 년 묵은 아름드리 거송들이 빼곡하게 서 있는데, 무려 이십여 리에 이르도록 계속되는 숲이었다.

　불회림 앞에 멈추어 서서 몇 번 숨을 고른 무진이 어깨를 추슬러서 등에 지고 있는 칼의 무게를 온몸으로 확인해 본 다음에 다시 성큼성큼 걸었다. 두려움없이 그 음산한 숲 속으로 들어가는 것이다.

　짙은 소나무 냄새가 훅, 끼쳐 왔다. 얇은 바람에도 무성한 솔가지들이 흔들리며 쏴, 쏴, 하는 바람 소리를 토해냈다.

밖이 어두우니 짙은 숲 속은 더욱 어둡다. 한 치 앞이 보이지 않는 그 어둠 속에서 무진은 눈빛이 파랗게 빛나는 야수가 되었다.

한 걸음 한 걸음 깊숙이 걸어 들어갈 때마다 싸늘한 기운과 흉맹함을 감추고 있는 낮은 숨소리가 바람 소리에 섞여 흘렀다.

그리고 무진이 뚝 멈추어 섰다.

좌우의 어둠을 노려보고 귀를 기울이던 그가 낮게 말했다.

"다섯을 세고 가겠다. 하나, 둘……."

누군가가 몸을 숨긴 채 노려보고 있는 기척을 느낀 것이다. 친구일 리가 없으니 선택은 하나다. 그래서 그들에게 자신들의 행동을 결정하도록 했다.

다섯을 센 후에는 다가오는 자들이 누가 되었든 가리지 않고 베어 넘길 것이다. 매복자들은 그전에 물러가든지, 아니면 스스로를 드러내고 목적을 밝혀야 한다.

"……다섯."

마지막 숫자를 센 무진이 다시 성큼성큼 걸어 들어갔다. 훤히 뚫린 밝은 길을 가듯이 거침이 없다.

싯―

아주 짧고 흐린 파공성이 들려왔다. 왼쪽이다.

그전에 무진은 살갗에 와 닿는 차가운 숲의 기운이 먼저 흔들리는 것을 감지했다.

소리없이 내려앉고 있는 밤이슬보다도 더 미약하고 흔적이 엷은 것.

그러나 무진의 날 선 감각은 그것을 놓치지 않고 잡아챘다.

슬쩍 몸을 뒤로 눕히자 그의 머리가 있던 허공을 뚫고 무엇인가가 빠르게 날아갔다.

보이지도 않는 그것의 몸체를 무진의 손이 파리를 낚아채듯 잡아냈다.

차갑고 섬뜩한 감촉. 쇠의 냉랭한 기운을 뿜어내고 있는 한 자루 비도였다.

'이칠…….'

번개가 번쩍이는 것 같은 그 짧은 순간에 무진은 문득 그를 떠올렸다. 비도 때문이다.

스무 자루의 유엽비도를 허리띠에 가지런히 꽂으며 빙긋 웃어 보이던 이칠의 어눌한 모습이 두 눈 가득 다가왔다.

그는 죽었다. 마중마로 불리는 마정지체를 끌고 스스로 사망의 골짜기로 굴러 떨어져 버린 것이다.

"이놈!"

그 일에 대한 분노가 그 짧은 순간에 무진의 가슴을 뛰게 했다.

이칠의 죽음에 대한 분노이면서, 그때의 일을 떠올리게 한 자에 대한 노여움이다.

팟!

무진의 손을 떠난 비도가 쏘아져 올 때보다 배는 더 빠르게 날았다. 불회림이 거대한 자석이 되어 그것을 빨아들이는 것 같았다.

"욱!"

어둠 속에서 억눌린 신음이 낮게 흘러나왔다.

무진은 그쪽으로 눈길도 주지 않았다. 잠시 서서 흥분으로 달아올랐던 숨을 달랜 그가 다시 성큼성큼 걸어 들어가기 시작했다.

그의 눈길은 오직 앞을 가리고 있는 짙은 어둠에 향해져 있을 뿐이다.

솔 향기를 실은 바람 한줄기가 불어왔다. 오른쪽이다.

쉬익!

그 바람을 끊어내는 짧고 격한 파공성.

"흥!"

무진의 냉랭한 코웃음이 들렸을 때 그의 손은 목을 찍어오는 검은빛의 칙칙한 검신을 두드리고 있었다.

자색 기운을 띤 손. 강철보다 더 단단하고 보도처럼 예리하게 변해 버린 그 손이 비스듬히 쳐낸 곳에서 땅! 하는 맑은 쇳소리가 났다.

"헛!"

어둠이 다급한 숨을 내뱉었다.

동강난 장검이 윙윙거리며 허공을 날 때 그것을 부수어 버린 무진의 철수(鐵手)는 어둠의 목줄을 움켜쥐고 있었다.

그 손에 매달린 어둠이 끅끅거리는 고통스런 신음을 흘렸다. 그리고 무진의 손가락을 타고 뜨거운 선혈이 천천히 흘러내렸다.

끈적거리고 비릿한 그것의 느낌에 무진이 눈살을 찌푸렸다.

털썩―

그의 발 아래 어둠의 조각이 떨어졌다.

흑의에 흑두건을 쓴 자인데, 쥐고 있는 반 토막의 검마저 숯처럼 검었으므로 완벽한 어둠의 일부로 화해 있던 자였다.

목줄기에 뚫린 다섯 개의 손가락 구멍에서 울컥울컥 검붉은 피가 솟구쳐 나오고 있었다.

무진은 다시 걷는다. 소나무 숲은 아직 끝나지 않았고, 어둠은 조금도 엷어지지 않았다.

무거운 침묵이 밤안개처럼 두텁게 내리 덮인 그 적막 속에서 비릿한 열기와 흥분이 살기가 되어 천천히 떠돌았다.

파앗!

이번에는 앞과 뒤에서였다. 집요한 자들이다.

어둠이 흔들리지도 않았는데 검이 먼저 그것을 뚫고 쳐나온 것이다.

무진이 비로소 어깨 너머로 솟아 있는 칼자루를 잡았다.

"난화구류(亂花九流)라고 한다."

천산평의 억새밭에서 벽파도경(劈波刀經)을 한순간에 천 조각, 만 조각 내버리던 흑풍객의 그 검법.

그것이, 그가 무심하게 가르쳐 주었던 그 말이 무진의 머리 속에 울렸다.

객잔에서 손숙숙의 눈앞에 던져 올린 우문강의 무음비경(無陰秘經)을 그렇게 조각내 버렸던 극쾌, 극변의 일초.

무진은 흑풍객의 난화구류를 이미 자신만의 도법으로 바꾸었고, 그것은 언제나 기대 이상의 위력을 보여주었다.

팟—!

무진의 어깨에서 한줄기 창백한 번갯불이 뿜어져 나왔다. 그것이 한순간 검은 허공을 하얗게 밝힌 듯했다. 그리고 허공 가득 흑의 조각이 뿌려지고, 피 안개가 붉은 구름이 되어 걸렸다.

촤르르르—

무진의 주위로 검은 눈과 붉은 피의 비가 쏟아져 내렸다.

죽은 자의 흔적은 그렇게 쏟아지는데, 형체는 없다.

"아!"

어둠 속에서 비로소 누군가의 떨리는 신음성이 들려왔다.

이제 무진은 한 손에 척가보도를 쥐고 있었다. 더 이상 그를 가로막을 수 있는 건 아무것도 없을 것이다.

전신(戰神)이 된 듯, 죽음의 주재자가 된 듯 무진은 검고 무거운 침묵을 두른 채 칼을 늘어뜨리고 우뚝 서 있었다.

그의 온몸에서 뿜어지는 막중한 기도가 먹물 속 같은 어둠마저 부르르 떨게 만들었다.

그 기세 앞에서 어둠이, 불회림이 술렁거리며 흔들렸다.

하나, 둘, 셋…….

나무껍질이 벗겨지고 어둠의 조각이 떨어져 나오기 시작했다. 그렇게 천천히 저를 드러낸 자들이 무려 열한 명이다.

열한 개의 검은 기둥이 무진을 가운데 두고 불쑥불쑥 솟아난 것 같았다.

한순간에 네 명의 동료를 잃은 원한 때문일까. 흑의괴인들은 이제 자신들의 살기를 감추려 하지 않았다.

무진을 향하는 열한 쌍의 눈길이 비수처럼 날카롭게 빛났다.

살기는 있는데 호흡하는 기척이 없다. 제 숨마저 죽이고, 아니, 한순간의 광포한 폭발을 위하여 억눌러 두고 있는 자들.

무진은 눈앞의 괴인들이 예사 살수가 아니라는 걸 온몸의 살갗으로 느끼고 또 느꼈다. 그의 감각들이 곤충의 촉수처럼 예민하게 살아났다.

두려움 따위는 없다. 흥분과 긴장이 있을 뿐이다.

그들과 무진 사이에 팽팽하게 당겨진 적의(敵意)의 끈이 끊어지기 직전.

"그만!"

누군가가 짧고 낮게 명령했다. 그 즉시 흑의인들이 모든 움직임을 멈추고 나무토막처럼 뻣뻣하게 서버렸다.

그들 속에서 한 놈이 성큼성큼 다가와 포권했다.

"실례했소. 자, 저쪽으로."

힐끔 바라본 그자의 눈이 핏빛으로 붉었다. 이 살아 있는 시체 같은 자들을 이끄는 두목이리라.

살아서 제 스스로 퍼득거리는 긴장과 흥분을 가까스로 억누른 무진이 그자를 무시한 채 그가 가리킨 곳을 향해 천천히 걸어갔다.

저 앞쪽에서 갑자기 불길이 확 일었다.

송림 복판에 넓은 공터가 있었는데, 네 귀퉁이에서 일제히 횃불이 밝혀진 것이다.

공터 주위에는 붉고 푸르고 노란 천으로 화려하게 치장한 수십 개의 깃발이 꽂혀 있고, 깃발 곁에는 이십여 명의 흑의괴인들이 검은빛으로 칙칙한 검을 품에 안은 채 석상처럼 도열해 있었다. 송림 속에서 부딪쳤던 자들과 같은 부류의 괴인들이다.

뒤쪽에 흑의괴인들이 있다면, 그들로부터 십여 장 거리를 둔 앞쪽에는 청의 경장에 붉은 허리띠를 두르고 검을 찬 열 명의 준수한 청년 검사들이 늘어서 있었다. 하나같이 영기 발랄하고 날렵해 보이는 것이 인중룡(人中龍)이었다.

그들이 은연중에 뿜어내는 엄숙한 기운이 불회림의 바람마저 붙잡아 두고 있는 듯했다.

일파의 종사가 왕림해 있는 듯한 광경이다.

무진의 시선이 그들을 스쳐 천천히 정면으로 향했다. 거기 네 사람의 노인이 우뚝 서 있었다. 중앙의 교자 위에 앉아 있는 백의인을 좌우에서 호위하는 듯한 모습이다.

사인교(四人轎) 뒤에는 청색 단삼을 입은 네 명의 거한이 팔짱을 긴 채 버티고 서 있었다. 단삼 바깥으로 조각해 놓은 듯한 울퉁불퉁한 근육이 드러나 횃불 아래 이글거렸다.

청동의 역사 같고, 사천왕 같은 체구와 용모를 한 자들이라 어지간한 사람은 보는 것만으로도 오금이 저릴 듯했다.

무진은 자신을 이곳으로 불러낸 자가 바로 저 중앙의 교자 위에 호피(虎

皮)를 깔고 앉아 있는 백의인이라는 걸 짐작했다.

자시(子時) 초, 동쪽 십 리 지점에 있는 불회림(不廻林)에서 만나자.

강운사의 중이 건네준 서찰에는 간단한 그 구절만 적혀 있었다.

그것만으로는 도대체 누가 자기를 부르는 건지 알 수 없었는데, 텅 빈 여백 아래쪽에 조그맣게 적혀 있는 서명이 무진의 정신을 번쩍 들게 했다.

토왕(土王).

편지의 말미에는 먹빛도 선명하게 그 두 글자가 적혀 있었다.

무진은 즉시 대라천으로 불리는 신비인들의 근거지라는 토왕곡을 떠올렸고, 자부동천을 떠올렸다. 그러자 저절로 아버지의 원수인 그들 다섯 명의 천주 중 살아 있는 네 명이 생각났다.

그러나 무진은 곧 머리를 가로저었다. 그들은 천주라는 호칭으로 불렸지 토왕은 아니다.

또 하나의 새로운 인물. 그가 자신을 만나길 원하고 있었던 것이다.

이곳으로 오는 동안 무진은 그자에 대해서 많은 것을 생각했다. 그리고 숲에서 자신을 암습했던 흑의괴인들을 보고 그자의 신분이 결코 천주보다 못하지 않다는 것을 느꼈다.

흑의괴인들은 하나같이 절정의 수련을 쌓은 살수가 틀림없었는데, 그런 자들의 생사를 주관하는 사람이라면 그 위세가 천주라는 자들보다 더하면 더했지 못하지 않을 것이기 때문이다.

그런데 눈앞의 백의인을 보고서는 약간의 실망도 들었다. 어디로 봐도 군림하는 자의 위엄이라든지 고수로서의 기도가 엿보이지 않았기 때문이다.

그는 글방의 수재처럼 청수하게 생긴 중년의 사내였다.

손에 섭선 한 자루를 들었다. 얼굴과 눈이 맑고 깨끗한 데다가 금빛 테를 두른 백색 장삼을 입고, 머리에는 녹옥이 박힌 검은색 건을 썼다.

턱 아래 두어 치쯤 자란 수염을 잘 정돈하고 있어서 더욱 기품이 있어 보였다.

그를 좌우에서 옹위하고 있는 네 명의 노인은 하나같이 검은색 무복 위에 역시 검은 장포를 걸치고 있었다.

굴딱지처럼 주름진 얼굴에 표정이 없었는데, 허리에 각기 흑, 청, 황, 백의 허리띠를 두르고 있었다.

누구보다 그 노인들의 위세가 당당하고 느껴지는 기도가 남달라서 무진은 조금도 방심하지 않고 단단히 경계했다.

한 걸음 한 걸음을 세면서 걷듯, 천천히 걸어온 무진이 십 보 앞에 우뚝 멈추어 섰다.

백의중년인의 맑고 서늘한 눈길이 무진의 온몸을 훑었다.

드디어 무진의 무심한 눈길과 백의인의 눈길이 허공의 한 점에서 딱 마주쳤다.

두 사람은 한동안 말없이 서로를 노려보기만 했다. 한참 만에야 백의인이 깨끗한 얼굴에 한줄기 미소를 떠올리고 입을 열었다.

"곽문탁의 아들이라고?"

"그렇소."

"좋다. 매우 좋아. 그는 훌륭한 이세를 두고 갔구나."

"내 아버지를 아시오?"

"잘 알지."

무진의 눈빛이 이글거리기 시작했다.

잠시 그것을 받아내던 백의인이 침착한 음성으로 물었다.

"어째서 네 어머니에 대해서는 묻지 않는 거지?"

'어머니……'

무진이 눈살을 살짝 찌푸렸다.

"내 기억 속에는 아버지만 남아 있을 뿐이오."

"그건 매우 불행한 일이다."

백의인이 한숨을 쉬고 측은하다는 얼굴로 무진을 물끄러미 바라보았다.

"자세히 보니 네 얼굴 속에는 과연 사매의 형상이 담겨 있구나."

"사매?"

"신녀가 되기 전까지 그녀는 나의 하나밖에 없는 귀여운 사매였지."

"으음―"

"뇌 사매와 나는 사이가 매우 좋았다. 친오누이처럼 말이다."

'뇌 사매……'

백의인의 말속에서 무진은 처음으로 어머니의 성이 뇌씨라는 걸 알았다.

"너는 네 어머니가 보고 싶지 않으냐?"

대답할 수가 없다. 무진은 얼굴을 굳힌 채 침묵하기만 했다. 한동안 그의 대답을 기다리던 백의인이 다시 한숨을 쉬었다.

"휴― 우리 모두 그녀에게, 또 너에게 참으로 몹쓸 짓을 해왔구나."

무진은 여전히 입을 굳게 다물고 있었다.

"곽문탁이 그 친구도 그렇지, 어째서 너에게 어머니에 대한 말은 한마디도 해주지 않았단 말이냐."

과연 아버지는 한 번도 어머니에 대한 말을 해주지 않았다.

"그렇게 해서 천륜을 끊으려 했다면 크게 잘못 생각한 거지. 몹쓸 친구 같으니……."

백의인이 안쓰러움을 가득 담은 눈길로 무진을 바라보았다.

제 혈육에 대한 연민의 정을 품은 것처럼 간절한 눈길이어서 무진은 자칫 마음이 흔들릴 뻔했다.

"네 아비가 나에 대해서도 말하지 않았겠지?"

"들은 적이 없소."

"그렇겠지. 그랬을 거야. 사매에 대한 것마저 철저히 감추고 있던 친구이니 내 말을 했을 리가 없지."

백의인이 자못 서운하다는 듯 혀를 찼다.

그의 말을 들을수록 독한 마음 한쪽이 느슨해졌다. 무진은 그걸 느끼고 깜짝 놀랐다.

'이 사람과는 오래 얘기할 게 못 된다.'

무진이 어금니를 지그시 깨물었다.

"나를 불러낸 이유를 알고 싶소."

"한 번 보고 싶었기 때문이지."

"응?"

백의인이 의외로 간단하게 대답했으므로 무진은 어리둥절해지고 말았다.

"네 이야기를 들었다. 과거의 네 아비를 능가할 만하다는 말을 듣고 깜짝 놀랐지. 그리고 이곳으로 오는 동안 우문강을 죽였다는 소식을 들었다. 나는 내 귀를 의심했지. 하지만 이렇게 직접 보니 과연 그럴 만하다는 걸 알 수 있겠다."

백의인이 연민으로 젖어 있던 여태까지의 눈 대신 이글거리는 눈으로 무진을 쏘아보았다.

"게다가 네가 곽문탁의 아들이자 내 사매의 아들이라니 더욱 보고 싶어질 수밖에."

백의인은 자꾸 그것을 강조하고 있었다. 무진이 코웃음을 치고 말했다.

"나를 회유할 생각이라면 포기하시는 게 좋을 것이오."

"어째서?"

"나는 아직 아버지의 복수를 다 끝내지 못했소."

"그렇겠지. 우문강 한 명의 목숨으로는 만족할 수 없겠지."

"그렇소. 나는 그들을 하나하나 찾아내어 그들이 내 아버지에게 했듯이 그렇게 처참하게 죽일 것이오."

"장하다."

백의인이 노하기는커녕 고개마저 끄덕이며 그렇게 말했으므로 무진은 또 한 번 어리둥절해지고 말았다.

그런 무진의 마음을 안다는 듯 백의인이 부드러운 어조로 말해 주었다.

"그들 다섯 명의 천주는 강호를 휘저을 만한 고수들이다. 개개인이 일파의 종사를 능가한다고 해도 과언이 아니지."

"인정하오."

"그들 다섯 천주는 또한 본 곡의 중요한 일을 담당하고 있고, 그래서 없어서는 안 될 사람들이기도 하지. 하지만 그들을 죽여서 네 원한이 풀어진다면 기꺼이 네 앞에 그들을 내주겠다."

"응?"

"그들을 버리는 대신 너를 얻겠다는 말이다."

백의인이 담담하고 솔직하게 자신의 의중을 말했으므로 무진은 오히려 혼란스러워지고 말았다.

"잊지 말거라, 네 몸속에 흐르는 피의 반은 바로 우리 종족의 것이라는 걸."

"토가족……."

"그렇다. 그 어느 종족보다 위대하고 고귀한 종족이지. 네 몸속에는 바로 그 피가 흐르고 있다."

"으음―"

무진의 얼굴이 일그러졌다.

백의인이 잠시 사이를 두었다가 다시 말했다.

"너는 아버지의 한을 잊지 못하고 있다. 하지만 우리 종족의 한에 대해서는 조금도 알지 못한다. 너에게도 그것을 알아야 할 의무가 있지 않을까?"

"당신은 도대체 누구시오? 당신이 바로 대라천주로 불리는 그 신비인이오?"

"하하하―"

백의인이 유쾌하게 웃었다.

"내가 어찌 그분을 사칭할 수 있으랴. 너는 편지의 서명을 보지 않았단 말이냐?"

"토왕……. 그렇다면 귀하는 바로 토왕곡주시로군?"

"그렇다."

백의인이 순순히 시인했다. 그래서 당당하며 커 보였고, 그 앞에서 무진은 상대적으로 자기 자신이 작아지는 걸 느꼈다.

"이쪽은 토곡사로(土谷四老)시지."

장로 같은 신분일 것이다. 토왕의 좌우에 지켜 섰던 네 명의 노인이 말없이 머리만 조금 끄덕였다.

"나를 따라가자. 네가 살 곳은 탐욕과 허영과 거짓으로 된 이 척박한 땅이 아니다."

"……."

"우리의 영토는 낙원이다. 사랑과 신뢰가 있고 진정이 있는 곳이면서, 신선들과 함께 노니는 선경(仙境)이지."

"선경……."

"그렇다. 그 아름답고 웅장하며 기묘한 경치 속에서 숨 쉬고 있으면 시간을 잊고 인간을 잊는다. 누구나 스스로 신선이 되어가는 거야."

"이곳과는 전혀 다른 세상이로군요?"

"네가 상상하는 것 이상일 거다. 바깥 세상에 나온 지 며칠. 나는 벌써 이 조악하고 지저분하며 이기적인 세상에 염증이 인다."

"……."

무진을 바라보는 백의인의 눈빛이 더욱 부드러워졌다. 그러나 그 속에 담겨 있던 열기는 더욱 뜨거워지고 음유(陰幽)한 기운이 더 깊어졌다.

연민과 사랑과 따뜻함, 그리고 나를 걱정해 주는 진심과 안타까움.

무진은 백의인의 눈길에서 그것을 느꼈다.

'이 세상이라는 것…….'

가만히 그렇게 되뇌어보았다.

자기가 걸어온 지난 삶이 주마등처럼 스쳐 갔다.

어려서는 비참했고 고독했다. 이 넓은 세상에 오직 혼자가 되어서 문전걸식하며 떠돌기를 얼마나 했던가.

지독한 열병에 걸려 땀을 비 오듯 흘리고 온몸을 떨면서도 편히 쉴 헛간 하나 찾을 수가 없었다. 습기 찬 동굴 안에서 이를 악물고 견뎌야 했을 때, 얼마나 서럽고 외로웠던가.

누구 한 사람 찾아와 주지 않는 그 음습한 굴 안에서 제가 할 수 있는 일이라곤 오직 아버지를 부르며 울고 또 우는 것이었을 뿐이다.

어머니의 옷자락에 매달려 칭얼거리며 과자를 달라고 졸라야 할 그 나이에 무진은 세상의 비정함과 저의 외로움을 절실히 느끼고 또 느꼈다.

조금 커서는 비참한 자신의 과거와 암담한 미래에 대한 불안 때문에 하루도 두려워하지 않은 적이 없었고, 청년이 되어서는 오직 피비린내를 맡아왔을 뿐이다.

통쾌했다고 여겼던 왜구들과의 그 싸움들이 낱낱이 떠올랐다. 다시 돌이켜 보니 그것은 지옥의 아수라도였고, 피의 바다와 주검의 숲을 헤쳐 나가던 잔인한 날들이었다.

무진은 자신의 두 손을 내려다보았다. 얼마나 많은 피가, 얼마나 많은 목숨들이 이 손을 적셨고, 이 손에 의해 참혹하게 부서졌던가.

'내 인생은 피의 길을 걸어가는 것뿐이다. 그 끝에서 나 또한 그렇게 피를 쏟으며 죽으리라.'

문득 그런 생각이 들었다.

무진은 비참해진 자신의 삶을 보았다.

악귀처럼 흉포하게 달려드는 인간들의 모습이 눈앞에 있었다. 그것들 속에서 필사적으로 칼을 휘두르는 저 위태로운 자는 바로 무진 자신이었다.

주검이 산처럼 쌓이고, 피가 빗물이 되어 쏟아져 내렸다. 붉게 물든 강과 숲과 언덕들.

거기 이칠이 쓰러져 있었다. 무진을 바라보는 그의 눈이 고통을 부르짖었다.

거기 기벽강이 있고 염능파가 있었으며, 당군상이 있었다.

피가 그들을 물들이더니 드디어 집어삼켰다. 온몸이 찢긴 상여상이 쏟아진 내장을 끌며 그들에게 기어가고 있었다. 필사적이다.

소봉과 수련. 그녀들의 희고 깨끗하던 몸이 쩍쩍 갈라지고, 흰 뼈가 드러나 보였다. 그것을 파먹고 있는 굵은 벌레들.

그녀들이 비명을 지르며 손을 허우적거렸다. 그리고 무진을 바라본다.

무진은 오직 제 앞에 닥쳐들고 있는 악귀들을 베고 또 베어 넘길 뿐이다. 뒤돌아볼 여유가 없다. 그의 몸이 점점 피의 강물 속에 잠겨들고 있었지만 휘두르는 칼은 멈추지 않는다.

무혼불괴시들은 베어도 베어도 죽지 않았다. 그것들의 끔찍한 모습 저편에서 수련과 소봉이 죽어가고 있었다. 원망의 눈길이 무진을 떠나지 않았다.

힘들다. 그리고 지겹다. 칼을 쥐고 있는 손이, 온몸이 물먹은 솜처럼 무겁고 나른해졌다. 모든 걸 다 포기하고 주저앉아 버리고 싶기만 했다.

그 절망과 안타까움과 비통함이 무진의 가슴속으로 밀물이 되어서 밀려들었다.

차라리 나도 저들처럼 죽어버렸으면 좋겠다는 생각이 들었을 때, 그녀의 날카로운 외침 소리가 들려왔다.

"그의 눈을 보면 안 돼!"

아득히 먼 곳에서 꿈결인 듯 들려오는 소리였다.

"그의 눈을 보지 마!"

"당연실……."

무진이 가까스로 그녀의 이름을 불렀다. 참혹하게 일그러져 있는 그의 두 볼을 타고 한줄기 눈물이 흘러내렸다.

"정신 차려! 그의 눈길에서 달아나! 어서!"

뿌옇게 흐려져 있던 무진의 눈 깊은 곳에서 맑은 빛이 반짝였다.

'염 아저씨…….'

불쑥 그 이름이 생각났다. 왜 잊고 있었던 것일까.

외롭고 쓸쓸하던 유년에 그는 아버지처럼 든든하고 자상하게 자기를 지켜준 사람이었다.

'무광 노스님. 흑풍객.'

조금도 기억나지 않던 그 이름들이 번갯불처럼 번쩍이며 떠올랐다. 그러자 무진을 가두고 있던 피의 강이 빠르게 밀려났다.

'나의 삶은 비참한 것만은 아니었다.'

그런 자각이 무진을 깨어나게 했다.

그들이 있었기에 언제나 희망을 가질 수 있었고, 따뜻한 정을 잃지 않을 수 있었다.

"합!"

무진의 입에서 어마어마한 고함이 터져 나왔다.

눈앞에 가득하고, 마음을 어둡고 비통하게 하던 온갖 잡상(雜像)들이 사자후(獅子吼)와 같은 그 한 번의 고함 소리에 퍽! 하고 꺼져 버렸다.

백의인이 잔뜩 눈살을 찌푸린 채 교자의 등받이에 신경질적으로 몸을 기댔다.

그를 무섭게 노려본 무진이 천천히 고개를 돌렸다.

횃불 빛에 그늘이 져서 더욱 시커멓게 보이는 커다란 송림 아래 당연실이 있었다. 흑의괴인 한 명이 그녀의 완맥을 단단히 틀어쥐고 있었는데, 그녀는 고통스러워하면서도 무진에게 눈을 맞추기 위해 안간힘을 다하고 있었다.

번쩍이는 무진의 눈길이 그녀의 눈 속으로 박혀들었다. 당연실이 다시 한 번 부르짖듯이 외쳤다.

"사술이야! 환옥유마안(幻獄幽魔眼)에 빠져들면 안 돼!"

"고약한 계집애로군."

백의인이 혀를 차며 말했다.

무진이 이글거리는 눈으로 그를 노려보며 한 자 한 자 힘주어 말했다.

"그녀를 놔주시오."

"어려운 일이 아니다."

백의인의 맑고 투명한 눈길이 다시 부딪쳐 왔지만 이제 무진은 더 이상 그것에 빠져들지 않았다.

조심하게 된 탓도 있으나, 자부신공을 운용하자 거대하고 뜨거운 진기가 솟아올라 스스로를 보호했던 것이다. 어떠한 사술도 신공의 그 열기를 견디지 못할 것이다.

"당신은 요사한 술수를 부리는군. 그건 소인배나 할 짓이오."

"핫하하! 환괴(幻怪) 공야승(公夜昇)이 소인배로 전락하는 순간이구나."

백의인이 크게 웃었다.

그는 이백 년 전의 기인이다. 섭혼과 기환술로 일세를 풍미했던 사존(邪尊)이고, 정사마(正邪魔)로 삼 분되었던 당시의 강호에서 사계(邪界)를 지배했던 절대자이기도 하다.

그의 악명 높았던 섭혼술이 백의인에 의해 재현된 것이다.

"그를 죽여! 절대로 살려 보내서는 안 돼!"

당연실이 다시 악을 썼다. 그녀는 백의인의 사술을 알아본 뒤 그에 대한 두려움에 사로잡혀서 이성을 잃고 있는 것처럼 여겨졌다.

무진이 다시 그녀를 바라보았다. 완맥을 움켜쥐고 있는 흑의인은 목석처럼 움직임이 없었다. 백의인의 명령이 떨어지기만 하면 당장 그녀의 사혈을 찔러 죽일 것이다.

백의인이 다시 담담한 안색을 되찾고 타이르듯 무진에게 말했다.

"마지막 기회다. 우리에게 돌아오너라. 너는 토가족 사람이다."

"흥! 내 품에 있는 보물이 탐난다고 어째서 솔직하게 말하지 못하는 거요?"

"보물? 핫! 음룡벽옥소를 말하는 거냐?"

"그렇소."

"하하, 토왕곡에 널리고 널린 게 보물이다. 어린아이가 가지고 노는 장난감도 그 음룡벽옥소보다 값진 보물이지."

"자부동천의 비밀은 오직 벽옥소 안에만 감추어져 있지 않소?"

"필요없다."

백의인이 추호의 망설임도 없이 단호하게 말했으므로 무진은 어리둥 절해지고 말았다.

천주라는 자들은 벽옥소를 얻기 위해 혈안이 되어 있지 않았던가. 그 런데 정작 토왕곡주는 필요없다고 한다. 무진은 이게 대체 어찌 된 일인 지 알 수 없었다.

"지금 우리가 지니고 있는 힘만으로도 충분하지. 단언컨대 우리의 힘 을 막을 만한 자들은 어디에도 없다. 그러니 동천 따위는 차라리 열지 않 는 게 좋을지도 몰라."

"대체 무슨 소리요?"

"하하, 동천의 보물들을 포기하겠다는 말이다. 모르겠느냐?"

"허!"

무진이 입을 딱 벌렸다. 설마 이와 같은 말을 듣게 될 줄은 꿈에도 몰 랐던 것이다.

"우리가 얻지 못하는 건 다른 사람들도 얻을 수 없다. 너라고 예외가 아니지. 그러니 지금 이 상태가 좋은 거야. 굳이 깨뜨릴 필요가 없어."

'버린 거다!'

무진의 머리 속이 밝아졌다.

토왕곡주는 자부동천에 대한 욕심을 버렸다. 그래서 그는 홀가분하고 여유로워졌다. 그렇다면 동천의 비밀을 알고 있는 사람들도 모두 그와 같아지면 될 일 아닌가.

'그렇지 않다!'

어리둥절했던 무진이 정신을 번쩍 차렸다. 그러자 등줄기로 식은땀이 흘러내렸다.

모두가 제 욕심을 버린다면 자부동천으로 인해 야기된 이 분란도 없어져야 한다. 하지만 분란은 토왕곡주가 자부동천에 대한 욕심을 버림으로써 본격적으로 시작되려 하고 있었다.

그들이 자부동천을 영영 묻어버리고 저희들의 힘만으로 패도(覇道)의 길에 나서려 하기 때문이다.

그렇다면 여태까지 세상이 잠잠할 수 있었던 건 역설적으로 자부동천이 그들을 가로막아 주었기 때문이라고 해야 하리라.

동천에 대한 미련 때문에 그들은 발이 묶여 있었던 것이다.

이제 그것이 깨지려 하고 있다. 그건 위험하고 절박한 일이었다.

"자, 어떻게 하겠느냐? 네가 선택할 수 있는 길은 두 개뿐이다."

백의인이 재촉했다. 무진이 끝내 자신들의 대열에 동참하기를 거부한다면 이제는 망설이지 않고 죽여 버리겠다는 협박이기도 했다. 그러면 자부동천은 영영 세상에 나타날 수 없게 될 것이다.

백의인의 뜻대로 되는 것이다.

그러나 무진이 그의 설득에 넘어간다면?

역시 백의인의 뜻대로 이루어진다. 자부동천마저 수중에 넣을 수 있게 되니 그렇지 않은가.

무진의 얼굴이 노여움으로 일그러졌다.

"이 교활한……."

■제4장■
보물을 잃다

보물을 잃다

"끄으윽!"

갑자기 고통에 못 이긴 처참한 비명 소리가 들려왔다. 모두의 시선이 일제히 그곳으로 향했다. 거기, 당연실의 완맥을 움켜쥔 채 명령만 기다리고 있던 흑의괴인이 온몸을 비틀며 괴로워하고 있었다.

그녀는 손톱 밑에 감추고 있던 독을 살짝 튕겨서 완맥을 쥐고 있던 자의 얼굴 앞에 뿌렸다. 그자가 숨을 들이마실 때에 맞추었으므로, 독기는 복면을 뚫고 콧속으로 스며들어 갔다. 독에 대해 방심하고 있던 흑의인은 그 즉시 중독되어 한 줌 혈수로 녹아버린 것이다.

"호호호―"

당연실의 뾰족한 웃음소리가 높이 울려 퍼졌다.

이 어둠과 음침한 분위기 속에서 그것은 마치 귀신이 부르짖는 것처럼 들려왔다. 무진은 등줄기가 서늘해지는 것을 느꼈다.

"모두 다 죽여 버릴 테다!"

당연실이 미친 듯 부르짖었다. 대체 어떻게 된 일인지 알 수 없었다. 그녀는 백의인을 보고, 그가 시전한 환옥유마안이라는 사술을 보자 지나친 두려움에 실성해 버린 것 같았다.

그새 흑의인의 꿈틀거림은 잦아들고 있었다. 비명 소리도 멈추었다. 갑자기 살이 썩는 지독한 냄새가 확 퍼졌다.

"부시고루독(腐屍骷髏毒)!"

그것을 본 백의인이 깜짝 놀라 소리쳤다.

"네년은 당문의 계집이었구나!"

"호호호, 이제야 알다니. 이미 늦었다!"

당연실이 갑자기 뛰어나오며 춤을 추듯 두 팔을 요란하게 흔들고 몸을 비틀었다. 그녀의 옷자락이 펄럭일 때마다 담담한 향기가 바람에 섞여 퍼져 나갔다.

백의인의 안색이 더욱 침중해졌다.

"명도향(冥途香)!"

역시 당문이 비장하고 있는 지독한 독이다.

모두가 급히 호흡을 멈추었지만 그중 공력이 약한 흑의괴인 몇 명이 사지를 늘어뜨리고 풀썩, 쓰러졌다.

당연실이 춤을 추듯 옷자락을 펄럭이고 손을 내저으며 사방으로 미묘한 향기를 뿌려댔다. 맹운독향신공(猛雲毒香神功)이라는 당문비전의 독공을 펼친 것이다.

"괘씸한 년!"

백의인 좌우에 서 있던 네 명의 노인 중 흑색 허리띠를 두른 깡마른 노인이 땅을 박찼다.

그의 신법은 극쾌했다. 한 번 움직였는데 허공에 잔상이 쭉 걸렸을 정도였다.

무진이 깜짝 놀라 어깨를 움찔거렸고, 당연실도 벼락처럼 덮쳐 오는 노인을 향해 다섯 손가락을 재빨리 튕겨댔다.

몇 가닥 독기를 품은 음독한 지풍이 노인에게 쏘아져 나갔다.

"고작 혈라지(血羅指) 정도냐?"

노인이 덮쳐 가는 속도를 늦추지 않은 채 허공을 격하고 한 손을 휙 뿌렸다. 위잉, 하는 파공성이 무겁게 밀려 나갔고, 당연실이 '어맛!' 하는 비명을 터뜨리며 떠밀린 듯 뒤로 주르륵 미끄러졌다.

백의인을 노리고 달려들던 그녀가 노인의 일수에 밀려나자 흑의괴인들이 기다리고 있었던 듯 움직였다.

팟! 하고 땅을 구른 소리가 난 듯싶은 순간, 대열에서 빠져나온 세 명이 당연실의 등을 노리고 쇄도해 들었다. 그들의 시커먼 검이 칙칙한 묵기를 뿌리며 허공을 후려쳤다.

그 순간 당연실이 다시 깔깔거리고 웃으며 옆으로 빠르게 맴돌았다. 그녀의 두 손이 활짝 펼쳐졌고, 쐐애액— 하는 파공성과 함께 다섯 개의 철련화(鐵蓮花)가 쏘아져 나갔다.

땡강거리는 소리가 요란하게 터져 나왔다.

"우욱!"

비교적 늦게 반응한 자가 신음을 흘리며 주춤거렸다. 그의 가슴을 뚫고 한 개의 철련화가 박혀 들어간 것이다.

당연실이 공깃돌만한 크기로 개조한 그것은 살 속에 박히면 저절로 다섯 개의 꽃잎이 활짝 펼쳐진다. 살을 도려내기 전에는 뺄 수가 없는 것이다. 게다가 꽃잎 안쪽에 칠채화문독(七彩花璃毒)을 먹여두었으므로 치명적이다.

무진은 바로 그것에 당한 당군상을 보고 철련화의 지독함을 잘 알게 되었다.

그녀를 구하기 위해 뛰쳐나가려던 그가 주춤거렸다. 허공에 난비하고 있는 철련화 때문이다.

가슴에 그것을 맞은 흑의괴인이 그 즉시 쓰러져 사지를 부들거리며 죽어가는 것을 본 모두는 감히 그녀 가까이에 접근하지 못했다.

"지독한 년."

검은 띠를 묶은 노인이 이를 갈았다. 당연실은 두 손에 한 줌의 철련화를 쥐고 있었다. 스무 개는 될 것이다. 그녀가 움켜쥔 손을 이리저리 흔들며 깔깔 웃다가 살기가 뚝뚝 떨어지는 얼굴로 소리쳤다.

"환옥유마안을 쓰는 사악한 것들이 나를 욕해? 너희들은 그럴 자격이 없어!"

그사이, 허공에 뿌려졌던 명도향은 바람에 흩어져서 남지 않았다. 놀랍게도 그 산공독에 당한 사람은 공력이 약한 흑의인 몇 명 뿐이었다. 이곳에 있는 자들이 모두 자신의 내공으로 독기를 물리칠 만큼 대단한 고수들이라는 증거였다.

하지만 철련화는 다르다. 누구든 한 번 맞으면 절대로 그것을 뽑아낼 수 없고, 그 안에 발라져 있는 칠채화문독이 피에 섞여 혈관을 타고 맹렬하게 퍼져 나가는 것을 막을 수 없다.

눈살을 찌푸리고 있던 백의인이 낮고 침중하게 말했다.

"잡아라."

그 말이 떨어진 순간 많은 사람들이 벼락처럼 움직였다.

토왕곡의 사로 중 남은 세 명의 노인이 튕겨진 것처럼 튀어나갔고, 무진이 더 이상 망설이지 않고 몸을 던져 그들에게 부딪쳐 간 것이다.

그리고 멀찍이 떨어진 곳에서 그때까지도 꼼짝하지 않고 제자리를 지키고 있던 열 명의 청년 검사들이 무진을 향해 일제히 돌진해 왔다.

"핫!"

백색 띠를 두른 노인이 뒤로 처졌다가 쫓아오는 무진을 향해 기합과
함께 일권을 때렸다.

우우웅─

허공을 격하고 쏟아져 오는 권경이 웅장한 울음을 토해냈다.

무진도 지체하지 않고 손가락을 튕겼다.

자부신공의 커다란 기운을 한 점에 응축시켰다가 터뜨리는 금강지의
정화가 모두의 눈앞에서 펼쳐진 것이다.

시잇! 하는 가볍고 예리한 파공성이 들리는가 싶었는데, 한줄기 송곳
같은 지력은 거침없이 노인의 권경을 뚫고 뻗어나갔다.

노인이 ‘엇?’ 하고 당황하며 급히 쌍장을 엇갈렸다가 획, 뿌려서 더욱
두텁고 위맹한 장력을 뿜어냈다.

그러나 그 한줄기 지력은 거침이 없었다. 스무 겹의 휘장을 단번에 뚫
어버리는 강전(强箭)의 기세다.

“으아악!”

노인이 참혹한 비명을 터뜨렸다. 그의 가슴에 지력에 실린 신공의 정
화가 박혀든 것이다.

십이성의 자부신공이 뭉쳐 있는 콩알만한 기환(氣丸). 그것이 노인의
가슴속으로 파고들어 무서운 폭발을 일으켰다.

콰앙─!

그 순간 노인의 상체는 가루가 되어 흩어졌다. 형체를 찾아볼 수 없게
된 것이다.

“앗!”

그 무시무시하고 끔찍한 모습에 백의인이 저도 모르게 비명을 터뜨렸
다.

“나를 막는 자는 모두 죽는다!”

무진이 야수가 포효하듯 부르짖었다. 진기가 충만하게 실린 일성에 막 그에게 부딪치려 하던 열 명의 청년 검사가 주춤했다.

그때 당연실은 세 명의 노인을 맞아 위태로운 상황에 처해 있는 중이었다. 그녀는 날렵한 신법으로 이리저리 방향을 바꾸며 철련자를 던져 내서 겨우 제 몸을 지키고 있었다.

노인들은 그녀가 손을 흔들 때마다 재빨리 물러서거나 주춤거렸다. 철련자에 대한 두려움이 컸던 것이다.

무진은 그녀가 오래 버티지 못할 것임을 알았다. 철련자는 곧 바닥날 것이고, 그러면 일 초를 견디지 못할 것이다. 그전에 자신을 가로막고 있는 청년 검사들을 뚫어야 했다.

"이얍!"

그가 검사들 속으로 뛰어들며 우렁찬 기합성을 터뜨렸다.

두 줄기 지력이 바람을 가르고 뻗어나가자 그들이 분분히 흩어졌다.

이처럼 금강지를 쏘아내는 것은 내력의 빠르고 심각한 손상을 가져온다. 무진은 최대한 내력을 보존해야 한다고 느꼈다. 그렇지 못하면 이곳을 벗어날 수 없을 것이다.

백의인은 장로라는 저 노인들을 합한 것보다 무서운 고수일 것이고, 천주라는 자들보다도 뛰어날 것이다. 그의 섭혼술에 혼이 난 무진은 그를 잔뜩 경계하지 않을 수 없었다.

한편으로는 당연실 쪽에 신경을 쓰고, 한편으로는 백의인을 감시해야 한다. 그렇게 정신이 분산되어 있으니 그의 칼은 제대로 위력을 발휘하지 못했다.

요란한 쇳소리가 쏟아지고, 무진을 덮쳐 왔던 청년들이 윙윙 우는 검을 쥐고 물러섰다. 그 즉시 다섯 명의 청년이 빈자리를 메우고 검을 찔러 넣었다.

그것을 쳐내며 무진은 다시 당연실 쪽을 바라보았다. 그녀는 조금 전보다 배는 더 위태롭게 보였다. 금방이라도 노인의 손에 잡혀 죽을 것만 같다.

'이럴 때가 아니다.'

무진이 이를 악물었다.

이러다가는 그녀를 구하지도 못하고 자신 또한 위험에 빠지고 말 게 뻔했다. 그렇다면 선택할 수 있는 길은 하나뿐이다.

"이얍!"

무진이 우렁찬 기합성을 터뜨렸다.

그는 이제 모든 걸 잊기로 했다. 당연실도 잊었고, 백의인도 잊었다. 오직 지금 삶과 죽음을 다투고 있는 코앞의 상대가 가장 중요할 뿐이다.

그의 칼이 바람을 가르며 떨어졌다. 그 기세와 흉험함이 조금 전까지와는 천지 차이로 달랐으므로 청년 검사들이 '엇!' 하고 놀란 외침을 터뜨렸다.

삐이이이─

허공에 문득 높고 날카로운 소성이 치솟았다. 무진이 어느새 벽옥소를 꺼내 든 것이다.

오른손의 칼이 횡으로 무섭게 쓸어갈 때, 왼손의 벽옥소는 낙뢰처럼 떨어져 내렸다.

삐이이이─

자부신공을 한껏 실은 벽옥소가 허공을 휘저을 때마다 터져 나오는 소성에 청년 검사들은 기혈이 진탕되어 당황했다.

빠악!

한 놈의 정수리 위에 벽옥소가 떨어졌다. 피와 뇌수가 사방으로 튀었다. 그리고 무진의 칼이 뒤따라 파도가 치듯 밀려들었다.

"으앗!"

세 마디의 비명 소리가 동시에 터져 나왔다. 무진의 칼이 정면에 있던 자의 검을 쳐 올리며 그 가슴을 쪼개놓았고, 다시 좌우에서 달려들던 자들의 어깨와 팔에 떨어져 깊은 부상을 입힌 것이다.

빠른 중에 강함이 있고, 격렬함 속에 정교한 길이 숨겨져 있다.

무진은 왼손의 벽옥소와 오른손의 칼을 한꺼번에 휘둘러 한줄기 맹렬한 회오리바람처럼 청년 검사들을 몰아치고 있었는데, 마치 두 사람의 절정고수가 합심해서 달려들듯 위력적이었다.

게다가 벽옥소를 휘두를 때마다 높고 날카롭게 울려나는 그 소리에 청년들은 정신을 차릴 수 없었다. 무진의 내공이 그들을 압도하고 있으므로 생기는 현상이다.

순식간에 다섯 명이 무진의 칼과 옥소 아래 목숨을 잃거나 중상을 입고 쓰러졌다.

불과 두어 번 숨을 바꾸어 쉴 만큼밖에 되지 않았으니 그야말로 전광석화 같은 일전이었다.

남은 청년 검사들의 얼굴에 두려움이 떠올랐다.

이제 그들은 더 이상 상대할 필요가 없다. 무진이 급히 몸을 뽑아 올려 당연실을 핍박하고 있는 세 명의 노인을 뒤에서 덮쳐 갔다.

"이놈!"

파란 띠를 두른 노인이 눈치채고 돌아서며 맹렬한 일격을 날렸다. 그의 손에는 한 자루의 묵빛을 발하는 철척(鐵尺)이 들려 있었다. 그것이 엄청난 암경을 뿌리며 무진의 정수리를 쪼갤 듯 떨어졌다.

무진이 이를 악물었다. 그의 눈앞에서 당연실은 당장이라도 죽음을 맞을 듯한 위태로운 지경에 처해 있었던 것이다.

막 검은 띠를 두른 노인이 갈퀴 같은 손을 뻗어 그녀의 어깨를 움켜쥐

러 하고 있었고, 황색 띠의 노인은 두 자루의 단검을 휘둘러 그녀의 가슴
과 목을 찌르려 하고 있었다.

그녀의 손에는 이제 철련화가 남아 있지 않은 모양이었다. 빈주먹을
위협적으로 흔들어 보였을 뿐인데, 몇 번 속고 난 노인들은 더 이상 그녀
의 위협에 속아 넘어가지 않았다.

"호호호, 그래, 모두 같이 죽는 거야!"

당연실이 미친 듯 웃음을 터뜨리더니 갑자기 주먹을 맹렬하게 내뻗었
다. 쌍검을 휘둘러 핍박해 온 황색 띠의 노인에게다.

"홍!"

그녀에게 더 이상 철련화가 남아 있지 않다는 걸 눈치챈 노인이 두려
워하지 않고 검을 힘껏 찔렀다.

피잉—

갑자기 날카로운 파공성이 귀전에 스쳤다.

"허엇!"

크게 놀란 노인이 급히 회수해 들인 검을 음풍산양(陰風散陽)이라는
구명절초로 어지럽게 휘둘렀다. 동시에 발끝으로 땅을 밀며 쓰러질 듯
물러서는데, 그 신법의 신속함이 눈부실 지경이었다.

따당! 하는 높은 소리와 함께 두 개의 철련화가 유성처럼 반짝이며 허
공으로 날았다. 하지만 코앞에서 힘껏 던져 낸 그것들을 죄다 피할 수는
없었다.

당연실은 세 개의 철련화를 끝까지 감추고 사용하지 않다가 위급한 순
간에 한꺼번에 던져 냈던 것이다.

"흡!"

노인은 두 개의 철련화를 쳐냈지만 마지막 한 개를 막아내지 못했다.
그것이 노인의 팔뚝에 박혀 들어가 작은 구멍을 남겼다.

당황한 노인이 망설이지 않고 왼손의 검을 힘껏 휘둘러 철련화가 박힌 자신의 오른손을 어깨에서부터 썩둑 잘라냈다.

땅에 떨어진 팔이 눈 깜짝할 사이에 시커멓게 변했다.

노인이 낮은 신음을 흘리며 비틀비틀 물러섰다. 당연실을 노려보는 눈길에 원한이 가득했다.

"이런 못된 년!"

흑색 띠를 두른 노인이 노하여 부르짖으며 더욱 사납게 그녀에게 달려들었다. 당연실이 왼 주먹을 휘둘렀다.

"이크!"

방금 황색 띠의 노인이 당하는 것을 본지라 흑색 띠의 노인은 두려움에 떨며 급히 몸을 뒤로 뺐다. 그러나 당연실의 주먹질은 허장성세였다. 그녀가 깔깔거리고 웃었다.

"호호호, 늙은 것이 그래도 목숨에 미련이 남아 있는 모양이구나?"

"이, 이런 죽일 년!"

속았다는 걸 안 흑색 띠의 노인이 이를 부드득 갈고 재차 덮쳐 갔다. 당연실은 다시 위급한 지경에 처했다. 당문의 천문보(千紋步)를 밟아 가까스로 세 번의 공세를 피했지만 더 이상 그것도 통하지 않게 되었다.

그녀의 머리는 산발이 되었고, 옷은 이곳저곳 찢어진데다가, 옷매무새 또한 격렬하게 움직이는 동안 풀어지고 헤쳐져서 맨 가슴과 허벅지가 훤히 드러날 지경이 되어 있었다.

수치스럽기 짝이 없는 모습이나 그녀에게는 그것을 가릴 여유가 없었다.

그런 당연실의 상황이 무진을 더욱 초조하게 했다. 그가 청색 띠의 노인과 부딪쳤을 때는 황색 띠의 노인을 물리친 그녀가 막 흑색 띠의 노인에게 붙잡히려는 순간이었다.

“차합!”

무진이 힘껏 칼을 쳐 올리며 자부신공을 십이성 불어넣은 벽옥소를 휘둘렀다.

창!

요란한 소리와 함께 노인의 철적이 동강나 날렸다. 동시에 무진의 벽옥소가 노인의 늑골을 부수며 파고들었다.

우두둑 하고 뼈 부러지는 소리가 한차례 났고, 노인이 컥! 하는 신음을 토하며 주저앉았다. 울컥울컥 검붉은 피를 토하는 것이 부러진 늑골의 뼈 조각이 폐부에 박힌 모양이었다.

무진은 더 이상 노인을 바라보지 않았다. 당연실의 견정혈이 흑색 띠 노인의 손아귀에 단단히 붙잡히고 있었던 것이다.

무진이 다급한 마음에 벽옥소를 암기 삼아 노인의 목덜미를 노리고 힘껏 집어 던졌다.

삐이이이—

높은 소리가 난 순간 흑색 띠의 노인이 당연실을 밀어내고 그 탄력을 빌어 몸을 뺐다.

“차핫!”

노인의 것이라고는 믿어지지 않을 만큼 우렁찬 기합성이 터져 나왔는데, 이어번신(泥魚飜身)의 신법으로 몸을 뒤집은 순간 벽옥소는 노인의 손아귀에 꽉 잡혀 버리고 말았다.

“와하하하—”

훌쩍 뛰어 물러선 노인이 그것을 높이 들어 보이며 크게 웃었다.

무진은 그새 당연실 곁에 내려서서 그녀를 부축하고 있었다.

한바탕 거친 드잡이가 잠깐 사이에 끝났다. 맹렬한 회오리바람이 장내를 한차례 휩쓸고 지나간 것 같다.

벽옥소를 손에 넣은 노인은 더 이상 싸울 뜻이 없는 듯 재빠르게 물러나 다시 백의인 곁에 우뚝 섰고, 벽옥소는 백의인의 손으로 넘어갔다.

"하하하하, 이만하면 희생의 대가로는 충분하고도 넘치지."

백의인이 그것을 쥐고 껄껄 웃었다. 무진의 얼굴이 참혹하게 일그러졌다.

"곽… 공자……."

비로소 정신을 차린 당연실이 상황이 어떻게 된 건지 알아차리고 떨리는 음성으로 무진을 불렀다.

그들 주위에는 이제 삼십 명이나 되는 흑의살수가 겹겹이 둘러싸고 있었다. 백의인과 무진 사이에 검은 장벽이 쳐진 것 같았다.

"으음─"

무진이 침통한 신음을 흘렸다.

벽옥소를 빼앗기 위해 뛰쳐나가면 당장 당연실이 목숨을 잃게 될 것이다. 또 백의인의 손에서 쉽게 그것을 빼앗을 수 있을 것 같지도 않았다.

백의인의 얼굴이 교차되는 기쁨과 분노로 인해 수시로 변했다.

아끼던 청년 검사들의 반을 잃었고, 네 명의 노인 중 셋을 잃었다. 그 피해가 예상 밖이라 무진에 대한 노여움이 불같이 커졌다.

그러나 자부동천의 열쇠라고 해도 과언이 아닌 벽옥소가 뜻하지 않게 손에 들어왔으니 그건 춤을 출 만큼 기쁜 일이다.

그동안 이것을 얻기 위해서 얼마나 많은 공을 들였고, 얼마나 애를 태웠던가.

돌이켜 보면 강호로 내보낸 다섯 명의 천주가 저마다 음흉한 속셈을 품고 변절한 것도 바로 이 벽옥소 때문이었다.

옥소를 쓰다듬으며 묵묵히 생각에 잠겨 있던 백의인이 담담한 얼굴로 말했다.

"우리에게는 죽을죄를 지었어도 그가 뉘우친다면 한 번은 용서해 주는 관행이 있지. 그 결정은 바로 내가 한다."

다시 잠시 침묵했던 그가 말을 계속했다.

"나는 오늘의 일에 대해서 너에게 죄를 묻지 않겠다. 너를 동족으로 받아들인다는 의미이기도 하지. 다시 보게 될 것이다. 그때까지 내가 한 말을 잘 생각해 보도록 해라. 너에게 결코 해를 가하려는 게 아니다."

백의인이 빙긋 웃어 보였다. 무진은 오직 그의 손에 들려 있는 벽옥소를 노려볼 뿐이었다.

무진은 지금 혼란스러웠다. 당연실을 살리기 위해 그것을 던진 일이 과연 옳은 것인가, 아닌가를 판단할 수 없었던 것이다.

아버지의 유일한 유품이면서 자부동천이 비밀을 간직하고 있는 유일한 물건이다.

그것을 지키지 못했다는 자책이 큰 반면, 그렇지 않았다면 당연실이 죽었을 것이니 어쩔 수 없었다는 생각도 들었다.

그녀와 함께 당문으로 돌아가 문주와 담판을 지어야 한다. 그래서 당군상의 일을 해결하고, 당연실의 곤란한 처지 또한 풀어주겠다는 약속을 했다.

게다가 그녀는 어떻게 이곳에 오게 되었는지 몰라도 백의인의 섭혼술에 걸려 위험에 빠진 자신을 소리쳐서 구해주지 않았던가. 그런 것들을 모두 외면하고 내 이익만 찾는다는 건 못할 짓이다.

무진은 자신이 한 판단이 옳았다고 믿었다. 그러자 마음이 후련해졌다.

그가 백의인에게 마주 웃어 보였다.

"좋습니다. 조만간 그것을 찾으러 가지요. 그때까지 잘 보관해 주시기 바랍니다."

“좋다. 기다리마.”

머리를 끄덕인 백의인이 가볍게 교자를 두드렸다. 그러자 뒤에 버티고 서 있던 청동의 역사 같은 네 장한이 교자를 들어 올렸고, 쿵! 하고 발을 구른 즉시 날듯이 달려가기 시작했다.

무진과 당연실을 둘러싸고 싸늘한 살기를 뿜어내던 흑의복면인들도 바람처럼 흩어지고, 텅 빈 공터에는 참혹한 주검과 피 냄새만 남아 떠돌았다.

“미안해.”

당연실이 앞섶을 여미면서 고개를 숙이고 기어들어 가는 음성으로 그렇게 말했다.

“응?”

상념에 잠겨 있던 무진이 깜짝 놀라 그녀를 바라보았다. 미안하다니. 그녀의 입에서 그런 말이 나오다니……

“나 때문에 소중한 보물을 잃었으니 어쩌면 좋담…….”

그녀가 입술을 잘근잘근 깨물었다. 물끄러미 그런 그녀의 변화를 지켜보던 무진이 짐짓 하하, 하고 유쾌하게 웃었다.

“물건이야 다시 찾으면 되지만, 한 번 죽은 사람은 다시 살려낼 수가 없잖아? 그러니 미안해할 것 없다.”

무안함을 잊게 해주려는 듯, 말을 마친 무진이 그녀의 손을 덥석 잡고 성큼성큼 걸어서 불회림을 빠져나가기 시작했다.

그의 억센 손에 잡혀 끌려가면서도 당연실은 내내 고개를 들지 못하고 있었다.

다시 객잔으로 돌아왔을 때는 어느덧 동쪽 하늘이 희뿌옇게 밝아올 무렵이었다.

하루 밤을 꼬박 샜으며 격렬한 싸움까지 했으니 피곤하기 짝이 없었지
만, 두 사람은 잠들 수가 없었다. 각자의 상념에 잠겨서 가물거리는 등잔
의 심지를 바라볼 뿐이다.

무진이 불쑥 물었다.

"내 뒤를 밟았구나?"

"도망갈지 모르니까."

"아가씨가 겁도 없지. 그 컴컴한 숲이 무섭지도 않았단 말이야?"

"집에서 영영 쫓겨나는 게 더 무서워."

당연실이 실쭉해져서 눈을 흘겼다.

"설마 그러기야 하겠어? 그래도 당신이 피를 받은 유일한 딸인데."

"쳇, 네가 우리 아버지를 몰라서 그래. 그분은 능히 그러고도 남을 분
이셔. 한 번 하겠다고 마음먹으면 그게 끝이야. 다른 길은 없어."

"흠."

당문의 문주이자 그녀의 부친인 당옥담(唐玉潭)은 나이도 많지 않은
사람이 어지간히 괴팍하고 빡빡한 모양이었다.

무진은 당연실의 고집스럽고 지독한 성품이 제 아버지를 닮아서인지
도 모른다고 생각했다.

"그런데 백의인의 사술이 그 무슨 섭혼술이라는 걸 어떻게 알았지?"

"아, 환옥유마안?"

그 말을 하고 난 당연실의 얼굴에 두려움이 깔렸다.

"아버지에게 들었어. 사람의 심성을 제압하고 종내에는 그 영혼마저
빼앗아 제 종처럼 부리는 사악한 것이라고."

"그런데 어떻게 멀리서 한 번 보고 금방 알아냈지?"

"너를 바라보던 그자의 눈을 보았거든. 너는 이미 신지를 제압당하고
있어서 몰랐겠지만 나는 똑똑히 보고 알 수 있었어. 그건 사람의 눈이 아

니었다."

무진에게 호기심이 일었다.

"어땠는데?"

"부드럽기가 솜털 같았고, 밝고 깨끗하기가 한낮의 백사장 같았지. 마치 눈동자가 투명해져서 그리로 찬란한 빛이 쏟아져 나오는 것 같았다. 바로 그게 환옥유마안의 특징이야. 아버지는 그것이 강호에 다시 나타난다면 천하를 피로 물들일 혈겁이 일어날 거라고 했어."

말하는 동안 당연실의 두려움은 더욱 커져서 음성마저 가늘게 떨렸다.

"환옥유마안이라……."

가만히 중얼거려 보는 무진에게도 그녀의 두려움이 번져 왔다.

자신도 모르는 사이에 그의 사술에 걸려들고 말았으니 과연 지독하고 무서운 수법이다.

무진은 그의 부드러운 얼굴과 다정다감한 말에 넘어갔던 자신을 꾸짖었다. 상대의 심리를 꿰뚫는 직관력과 화술로 방심하게 한 다음에 슬며시 섭혼의 수법을 펼친다면 누구든 걸려들고 말 것이다.

자기도 모르는 사이에 조금씩 신지를 제압당해 가는 것이니 속수무책으로 당할 수밖에 없다.

'무서운 자로군.'

무진은 다시 그와 마주치게 된다면 결코 오래 이야기하지 말아야겠다고 단단히 결심했다.

날이 밝기 무섭게 당연실은 점소이를 다그쳐 방 안으로 목욕물을 가져다 놓게 하는 등 한바탕 부산을 떨었다.

무진이 슬그머니 밖으로 나왔지만 그녀는 더 이상 그를 붙잡아두지 않았다.

하릴없이 나루터로 나와 바쁘게 오가는 사람들을 바라보고, 넘실거리는 물과 그 위를 한가로이 떠가는 배들을 구경하던 무진이 돌아왔을 때 당연실은 전혀 다른 사람이 되어 있었다.

깨끗한 얼굴에 머리를 곱게 빗어 묶었고, 당치마와 저고리로 갈아입고 있으니, 어느 구석에도 강호를 당차게 떠돌던 여걸의 모습은 남아 있지 않았다.

무진이 놀라서 휘둥그레 뜬 눈으로 바라보자 당연실이 배시시 웃었다.

"왜? 안 어울려?"

"허! 내가 알던 당 소저는 어디로 가고 요지선녀(瑤池仙女)가 내려와 있담?"

"핏."

곱게 눈을 흘긴 그녀가 무진을 이끌고 밖으로 나갔다.

양교진의 번잡한 거리를 오가는 사람마다 걸음을 멈추고 당연실을 바라보았다. 남자는 누구나 열망이 담긴 뜨거운 눈길을 보냈고, 여자는 부러움과 질투의 눈으로 흘겨보았다.

무진은 그들의 시선을 받자니 어색해져서 거북한데 당연실은 그렇지 않은 모양이었다. 자랑하듯 허리를 꼿꼿이 펴고 턱을 치켜든 채 생긋생긋 웃어 보이기까지 했다.

무진이 알고 있는 당연실은 그런 소저가 아니었다. 사람들이 이처럼 무례하게 바라보는 걸 용납했을 리가 없다. 당장 눈을 매섭게 치뜨고 채찍을 들어 후려치지 않았겠는가.

그러나 그녀는 한껏 자신을 치장했다. 그리고 거리로 나와 사람들의 시선을 즐기고 있었다. 마치 무진에게 과시하기라도 하려는 것 같았다. 그래서 그의 기를 꺾어보자는 마음인지도 모를 일이다.

이리저리 거리와 부두를 구경하고, 몇 가지 진기한 이방의 노리개를

산 다음에 다시 객잔으로 돌아왔을 때는 어느덧 하루해가 저물어가고 있
을 무렵이었다.

낯설던 양교진이 어느덧 편안하게 느껴졌다. 벌써 이틀이나 이곳에 머
물러 있었기 때문이다.

이제 내일 새벽에는 배가 떠난다. 그것을 아는 점소이가 서운한 얼굴
을 하고 정성껏 저녁 시중을 들었다.

밤이 되었다. 여전히 당연실은 무진과 한 방을 썼다. 침상은 변함없이
그녀의 차지였고 무진은 탁자에 엎드려 자는 둥 마는 둥 해야 했다.

"묶어."

그녀가 비단 띠를 풀어 내밀었다.

"또?"

"이젠 스스로 알아서 묶을 때도 되지 않았어?"

"달아나지 않는다."

"그래도 묶어."

"허—"

무진이 난감한 얼굴을 하고 바라보자 그녀가 볼을 붉히고 쫑알거렸다.

"재미있잖아."

사천으로 가는 물길만 닷새가 걸린다고 했다.

장강의 누런 흙탕물이 그나마 그곳까지 이어지고 있으니 다행이다.

선착장에 닿을 때마다 내리는 사람과 새로 타는 사람들이 엇갈렸다.
누구나 살아가는 동안 만나고 헤어지는 것을 수없이 반복하듯, 한 조각
배에 몸을 싣고 이 긴 장강을 오르는 길도 그와 같은 것이다.

밤이 되면 배는 험한 물길을 더 나아가지 못하고 부두에서 묵었다. 그
러면 아직 갈 길이 남은 사람들은 삼삼오오 무리 지어 객잔에 찾아들었

는데, 그때마다 당연실은 한 방 쓰기를 고집해서 무진을 무안하게 했다.

그리고 여전히 제 손목과 무진의 발을 꽁꽁 묶어놓았다.

"재미있잖아."

그 한마디가 무진의 투덜거리는 백 마디보다 힘이 있었다.

닷새째 되는 날, 드디어 헐떡이며 장강을 거슬러 올라온 배는 무진과 당연실을 내려놓았다. 조천문(朝天門)이라는 곳이다.

그곳은 장강과 가릉강(嘉陵江)의 두 물줄기가 서로 만나는 곳인데, 예로부터 황제가 내린 성지(聖旨)를 받들고 온 사자를 영접한 장소[迎送朝廷命官]라는 뜻에서 이름이 유래되었다고 한다.

그곳은 또한 장강 상류의 삼협으로 떠나는 배들이 쉬어가는 곳이라 늘 번잡한 커다란 부두이기도 했다.

가릉강의 옥빛으로 맑은 물이 흘러내려 와 흙빛으로 혼탁한 장강의 물줄기와 합해지는 모습이 뚜렷이 보였다.

맑은 물이 탁한 물에 섞이니 흔적조차 남지 않는다. 함께 맑아지면 좋을 텐데 흐림이 맑음을 삼켜 버리니 그렇다. 저 물도 세상과 같아서 언제나 맑음보다는 흐림이 득세한다는 생각이 절로 들었다.

무진을 내려놓은 배는 다음날 아침 장강을 타고 삼협으로 간다고 했다.

"우리는 여기서 배를 갈아타야 해."

물끄러미 청탁이 뒤섞이는 강물을 바라보고 있는 무진 곁에서 당연실이 쾌활하게 쫑알거리고 크게 심호흡을 했다. 제가 태어나고 자랐던 땅을 밟자 느껴지는 바람과 공기조차도 반갑고 기쁜 모양이었다.

"가릉강을 거슬러 올라가는 배를 탈 거야. 내일 아침에 출발하면 저녁 때는 도착할 수 있어."

"하루 밤을 또 자야 한다고?"

"왜? 싫어?"

"방을 따로 쓴다면 싫을 것도 없지."

"핏, 달아나려고?"

"그만두자."

이제 그들은 스스럼없이 농을 주고받았다. 함께 여행을 하는 동안 더욱 가까워진 탓도 있지만, 서로 한 번씩 위기에서 구해주고 나자 새로운 친밀감이 생겼던 것이다.

그날 밤에도 무진은 예외없이 발목이 묶였다.

"자지도 않을 거면서 묶기는 왜 묶어?"

"이게 재미있다니까 그러네."

침상에 앉아서 빙글빙글 웃고 있던 당연실이 손을 확 잡아챘으므로 무진의 다리가 번쩍 들어 올려졌다. 당연실이 기우뚱거리는 무진을 가리키며 깔깔거렸다.

밤이 깊었지만 두 사람은 좀체 잠을 이루지 못했다. 무진은 무엇을 생각하는지 유등의 심지만 노려보고 있었고, 당연실은 들뜬 마음이 쉬 가라앉지 않아서 잠이 오지 않았다.

"그를 미워하나?"

무진이 뜬금없이 물었으므로 뒤척거리던 당연실이 돌아누웠다.

"뭘?"

"당군상 말이다."

"……."

"그는 너의 정혼자였지?"

"……."

"너도 그가 좋았기 때문에 장차 신랑으로 받아들이려 했겠지. 그렇지 않아?"

“쳇, 재미없다.”

내내 입을 삐죽거리던 그녀가 퉁명스럽게 대꾸했다. 그러나 무진은 멈추지 않았다.

“그가 벌을 받을 때 그를 위해서 변명해 주지 않았나?”

“내가 왜?”

“너의 정혼자이니까.”

“흥! 그는 나를 배신했어. 파혼하겠다고 했더니 얼씨구나 하고 받아들이지 뭐야.”

“네가 먼저 파혼을 선언했었군?”

“화가 나서 해본 소리였지.”

“왜?”

“그가 너를 죽이려고 하지 않았으니까.”

무진은 그때의 일을 잊지 않고 있었다. 당연실이 자신을 죽이겠다며 길길이 날뛰고, 뜻대로 되지 않자 언제든 반드시 죽이겠노라고 소리치지 않았던가.

“너는 그에게 너무 지독하게 했다.”

무진이 한숨을 쉬고 말했다. 당연실이 금방 시무룩해졌다.

“알아.”

“응? 안다고?”

무진이 눈을 휘둥그레 떴다. 이것 또한 그녀의 크게 달라진 모습이라 놀라웠던 것이다.

“아버지에게 혼나고 집에서 쫓겨나자 많은 것들을 생각할 수 있게 되었어.”

“흠.”

“상 오라버니가 그러더군, 지독한 성격만 바꾼다면 누구든 나를 좋아하고 귀여워하게 될 거라고."

"그럴 거야. 그의 말이 옳다."

"그래? 정말 그렇게 생각해?"

당연실의 눈이 반짝였다. 무진이 짐짓 근엄한 얼굴을 하고 타이르듯 말했다.

"당 형도 네가 이렇게 바뀐 걸 안다면 다시 너를 사랑하게 될 거야. 그러면 그와 너는 세상 사람 모두가 부러워하는 아름다운 한 쌍이 되겠지."

"쳇."

"그는 영웅의 기상을 지니고 있는 호한이고, 너는 명가의 혈통이면서 아름답고 총명하니 이보다 어울리는 한 쌍을 찾아보기란 쉽지 않지."

"틀렸어."

당연실이 시무룩한 얼굴이 되어서 고개를 설레설레 흔들었다.

"그는 처음부터 나를 좋아하지 않았어. 당문의 외성을 받기 위해서 나와의 혼약을 받아들였던 거지."

"너를 이용하려고 했다는 거냐?"

"그에게는 야망이 있어. 바로 당문의 가주가 되겠다는 것이야. 그러기 위해서 내가 꼭 필요했겠지."

"네 말에는 어폐가 있다."

"뭐라고?"

"그의 마음이 그렇다면 어째서 네가 파혼하자고 했을 때 두말없이 받아들였겠어?"

"그건, 그건…… 마음이 변했겠지 뭐! 난 몰라!"

우물쭈물하던 당연실이 빽 소리치고는 이불을 머리끝까지 뒤집어썼다.

"그는 다만 자유로워지고 싶었을 뿐, 네가 미워진 것도, 가주가 될 욕심을 가졌던 것도 아니다."

당연실에게서는 말이 없었다. 벽을 보고 돌아누운 채 숨도 쉬지 않는 것 같았다.

"어쨌든 네 아버지의 뜻대로 내가 간다. 반드시 그를 설득해서 당 형이 자유의 몸이 되도록 해주겠다. 그러면 마음을 열어놓고 솔직하게 이야기해 보도록 해. 그래서 오해가 있었다면 풀고 다시 그와 좋은 사이가 되기를 바란다."

무엇을 생각하는지 그녀는 여전히 꼼짝도 하지 않았다. 한참 뒤에야 호— 하고 무겁게 내쉬는 한숨 소리가 들렸을 뿐이다.

"바보, 멍청이, 쑥맥."

그녀가 낮게 중얼거렸다. 무진은 그것이 당군상에게 하는 말인지 저에게 하는 말인지 알 수 없었다.

■제5장■
사표(四彪)의 한(恨)

사표(四彪)의 한(恨)

그 무렵, 두 여자와 한 남자가 겨울을 기다리고 있는 벌판을 천천히 걸어가고 있었다.

수련과 소봉, 그리고 희고 무심한 얼굴의 청년, 사표다.

수련은 무진이 떠나고 나서 열흘쯤 보주 곁에 머물렀다. 무혼불괴시와 마정지체로 인해 입었던 정신적인 충격을 다스리는 데 그만큼의 시간이 걸렸던 것이다.

열흘 동안 수련은 무광 노스님으로부터 전해 받은 소림의 반야선법(般若禪法)을 종일 수련했다.

그 덕에 혼란하고 두려웠던 마음에 다시 평정을 찾았고, 공력 또한 많은 진전을 보았다.

"가겠습니다."

그렇게 말하자 흑룡보주 진천무가 의아한 얼굴을 했다.

"어디로 가려고?"

"소림사로 가려고 합니다."

"중이 되려고? 하지만 그럴 거면 아미산으로 가야 할 게다."

"어디 저에게 그런 인연이 있기나 하겠어요?"

"그럼 무엇 때문에 그곳에 가려고 하느냐?"

"이제 세상에 나왔으니 노스님의 당부를 이행하려는 거지요."

"그래?"

흑룡보주가 흥미롭다는 얼굴을 하고 수련을 빤히 바라보았다.

보면 볼수록 마음에 드는 아가씨였다. 차분하고 사려 깊으며 언행에 기품이 있다. 쾌활하고 도도한 소봉과는 많은 비교가 된다.

흑룡보주는 수련이 무광이라는 늙은 중으로부터 좋은 교육을 받고 자란 게 틀림없다고 여겼다.

"무슨 일인지 물어도 되겠느냐?"

"스님이 제게 맡기신 것을 그들에게 돌려주기 위해서랍니다."

"보물이라도 맡겼던 모양이군?"

수련이 방긋 웃었다.

"춤이지요."

"춤?"

"노스님은 그것을 적홍무(寂鴻舞)라고 했답니다."

"오호라. 무량다라불수(無量多羅佛手)를 돌려주려는 게로구나?"

수련이 다시 방긋 웃는 걸로 대답을 대신했다. 흑룡보주가 혀를 찼다.

"쓸데없는 짓이지. 소림사에 그걸 가져갈 만한 인재가 과연 있을까?"

무량다라불수는 대라법수(大羅法手)라고도 하는 최고의 산수(散手)다. 그 안에 장법과 지법, 조법은 물론 금나수(擒拿手)와 권법이 다 들어 있고, 운신과 조식의 비결이 녹아 있다.

그것은 소림사에 전설처럼 전해져 내려오고 있는 칠십이종절기들 중에서도 복잡하기 짝이 없는 것이었다.

　무광 노스님은 수련에게 그것을 춤으로 가르쳐 주었다. 적홍무라고 이름 지은 춤사위 속에 불문 최고의 절학을 녹여 넣은 것이다.

　"내가 부처님을 만나러 가거든 그 춤을 소림사에 가져다주어라."

　언젠가 노스님은 그렇게 말했었다. 그리고 곧 혀를 찼다.

　"쯧쯧, 그 멍청한 밥통들이 과연 그걸 알아보기나 할지……. 하지만 그곳에서 나왔으니 그곳으로 돌아가기는 해야겠지."

　수련은 지금이 노스님의 당부를 들어드릴 때라고 여겼다. 그리고 홀가분하게 내 길을 가리라고 결심했다.

　묵묵히 바라보던 흑룡보주가 그녀의 굳은 결심을 읽은 듯 머리를 끄덕였다.

　"소림사는 멀다. 동정호에서 배를 타고 무한까지 간 다음에 거기서부터는 육로로 가야 하는데, 너 혼자 몸으로는 벅찰 게다."

　소봉을 불러 수련과 동행하겠느냐고 묻자 그녀가 기뻐서 날뛰었다. 그러잖아도 소봉은 며칠 전부터 밖으로 나가겠노라고 떼를 쓰고 있는 중이었던 것이다.

　핑계야 바깥의 동정을 살펴보겠다는 것이었지만 실은 그녀가 무진을 찾아가려는 것임을 누구나 다 알았다.

　그래도 마음이 놓이지 않은 흑룡보주는 사표에게 수련을 소림사까지 데려다 주고 소봉과 함께 돌아오라는 명을 내렸다.

　무혼불괴시와 마정지체로 인해 흑룡보가 입은 피해는 결코 적지 않았다. 보주는 한동안 칩거하면서 전열을 가다듬어야 할 필요가 있었기에 다시 보의 문을 굳게 닫아걸고 있었다. 그래서 답답해하던 중이었는데, 강호에 나갈 일이 생겼으니 사표로서도 반가운 일이었다.

게다가 그는 남모르게 수련에 대한 연모의 정을 품고 있었으니 더욱 기쁜 일이 아닐 수 없었다.

그들이 흑룡보를 나간다고 하자 장정이 길길이 날뛰며 저도 가야 한다고 고함을 질러댔다. 소봉이 보를 나간다니 그가 떨어져 있을 리가 없다.

보주로서도 장정이 사표와 함께 그녀들 곁에 있어준다면 더욱 마음이 놓일 터라 쉽게 허락해 주었다.

그렇게 해서 두 쌍을 이루어 형산에서 내려온 그들은 영파(岭坡)를 지나 석변(石變)으로 향하는 중이었다. 거기서 배를 타고 상강(湘江)을 내려갈 계획인 것이다.

상담과 장사를 거쳐 동정호로 나가는 데만 꼬박 사흘이 걸린다. 동정호에 이르면 보주의 말대로 무한으로 가는 배를 갈아탈 작정이었다.

영파현을 나서면서부터 막막한 벌판이 계속되었다. 드문드문 낮은 산들이 섬처럼 떠 있었는데, 형산에서 뻗어나온 작은 갈래들이다.

저만큼 앞에서 숲이 버석거리더니 커다란 장정이 들꽃을 한아름 꺾어 안고 곰처럼 불쑥 튀어나왔다.

"받아."

그가 소봉에게 꽃다발을 내밀었다. 제딴에는 한껏 부드럽고 다정하게 하는 짓이지만 곁에서 보는 사람의 눈에는 우악스럽기 짝이 없다.

수련이 그것을 보고 손으로 입을 가린 채 킥킥거리고 웃었다. 소봉의 눈꼬리가 파르르 떨렸다.

"치워!"

냅다 뿌리치니 희고 노란 가을 들꽃들이 꽃비가 되어서 가득 휘날린다.

장정이 제 온몸에 뿌려진 그 비를 고스란히 맞고 우뚝 섰다. 뒤도 돌아보지 않고 떠나가는 소봉의 모습이 그렇게 한스럽고 원망스러울 수가 없었다.

"이해해라. 사매의 성격이 원래 저렇다. 하지만 그 마음만큼은 순수하고 곱지."

보기에 안타까웠던지 사표가 좋은 말로 위로해 주었다. 장정이 아궁이같이 뚫린 두 개의 콧구멍을 벌름거리다가 휴우— 하고 뜨거운 한숨을 내뿜었다.

"지성이면 감천이란다. 지금의 네 마음이 변치 않는다면 소봉도 언젠가는 그것을 알게 되겠지. 그러면 스스로 네 품에 안기게 될 거야."

"그렇겠지?"

되묻는 장정의 얼굴이 훨씬 밝아졌다. 사표가 빙긋 웃고 머리를 끄덕였다. 장정이 뒤통수를 긁으며 히히 웃었다. 소봉이 제 품에 안겨오는 모습을 상상한 것이리라.

석변현 밖 상담가에 있는 진송진(珍松津)에 이르렀을 때는 어느덧 날이 저물고 있었다.

대개의 나루터에는 버드나무가 흔하다. 늘어진 수양버들 가지 사이로 햇빛 부서지는 강물을 바라본다는 건 운치가 있으면서 쓸쓸하기도 하다. 그런데 진송진에는 소나무가 흔했다. 그것도 모두가 수백 년씩은 묵은듯한 아름드리 거송들이었다. 그래서 나루의 이름이 진송진이 된 건지도 모른다.

풍치가 있고 솔 향기가 은은하니 더욱 아늑한 분위기를 자아냈다. 몇 척의 배가 한가롭게 흔들리며 떠 있는 풍경이 그림 같았다. 노을빛마저 강물에 어른거리고 있어 더욱 그렇다.

동정호로 나가는 나룻배는 얼마 전에 떠났다고 했다. 올라오는 배들

몇 척이 있고, 어선들만 정박해 있으니 할 수 없이 낯선 객잔에서 하루 밤을 보낼 수밖에 없었다.

소나무 아래 그녀들을 세워 두고 진가(津街)로 내려갔던 사표가 다시 돌아와 그녀들을 데리고 갔다. 몇 개의 객잔이 강가에 있었는데, 그중 깨 끗하다는 은성객잔(銀星客棧)을 잡아놓고 온 것이다.

저녁 식사를 마치고 나자 시간이 무료해졌다. 장정은 뒤채 객방으로 들어가 벌써 코를 골았고, 수련과 소봉은 사표와 함께 이층 객청에 남아 서 거리에 오가는 사람들을 바라보고 있었다.

"나루 구경이라도 하자."

소봉이 발딱 일어섰다. 넋을 잃은 듯 수련만 바라보고 있던 사표가 손 을 저었다.

"이 조그만 나루에 무슨 볼 게 있겠어?"

"쳇, 사형은 눈앞에 질리지 않는 구경거리가 있으니 괜찮겠지만 나는 아주 지겨워 죽겠어."

소봉의 이죽거림에 수련과 사표의 얼굴이 모두 붉어졌다.

"그래, 나가서 시원한 강바람이라도 쐬다 들어오자."

수련도 일어섰으므로 사표는 어쩔 수 없이 그녀들의 뒤를 따라야 했 다.

소나무 언덕 아래로 객잔이 네 개나 있고, 주루며 찻집이 줄지어 있는 제법 큰 진(津)이다. 남악 형산을 찾는 사람들이 쉬임없이 오고 갔으므로 저절로 형성된 시진이었다.

늘어선 상점을 기웃거리고 사람들을 구경하는 건 재미있었지만, 두 번 이나 거리를 오가며 똑같은 걸 보자 그것도 지겨워졌다.

"강가로 가보자. 맛있는 잉어찜을 먹을 수 있는 곳이 있을지도 몰라."

예로부터 동정호에서 건져 올린 잉어는 고기 맛이 좋기로 이름 높았다. 크기도 하려니와 작은 연못에서 키워진 것들과는 비교할 수 없이 힘이 좋아서 살집이 단단하고 달기 때문이다.

그 동정호의 잉어가 상강의 물길을 거슬러 이곳까지 오지 말라는 법이 없으니 여기서도 잘하면 그놈의 맛을 볼 수 있을지 모른다.

저녁 먹은 지가 얼마나 지났다고 벌써 먹을 거 타령이냐고 투덜대면서도 사표는 소봉을 따라서 강가로 내려갈 수밖에 없었다.

이곳저곳 두리번거린 끝에 잉어찜을 잘한다는 낡고 허름한 주점 한 곳을 찾았다. 소봉은 대뜸 동정호의 잉어냐고 물었지만 수련은 주점의 자리가 마음에 들었다.

강가에 직면해 있는데, 강물 위로 덧마루를 내고 거기에 몇 개의 식탁을 내놓았다. 그러니 잉어찜을 먹거나 술을 마시면서 발 아래 흐르는 강물을 내려다볼 수 있고, 강가의 수려한 경치를 감상할 수 있다.

수련의 그런 마음을 안다는 듯 소봉이 재빨리 가장자리의 식탁을 차지하고 앉아서 손짓했다.

저녁나절이다. 달빛이 은은히 비쳐들고 있는 강안 풍경이 몽롱해서 더 아름다웠다. 강을 따라 불빛들이 어룽거리며 흔들리고 있는 걸 보는 게 좋았으므로 바람이 차고, 습한 기운에 옷이 젖었지만 그런 건 문제가 되지 않았다.

소봉은 주인이 직접 만들어 내온 잉어찜이 맛있다며 연신 젓가락을 놀리느라 다른 데 신경 쓸 여지가 없었다. 사표는 아예 젓가락에 손도 대지 않았다. 강 쪽으로 몸을 틀고 앉아 있는 수련의 옆모습을 그저 바라보고 있을 뿐이다.

저쪽에서 커다란 배 한 척이 느릿느릿 다가오고 있었다.

쉰 명은 충분히 태울 만한 배였는데, 갑판에 어른거리는 사람들의 모습은 멀리서 보기에도 장사치나 유람객은 아니었다.

검은 옷을 입었고, 움직임이 조용하며 분위기가 가라앉아 있다. 한눈에 그들이 무예를 익힌 고수들이라는 걸 알 수 있었다.

강호에 나온 이상 무림인들은 어디에서나 어렵지 않게 볼 수 있다. 그러나 저렇게 수십 명이나 되는 자들이 병장기를 지닌 채 몰려다니는 건 여간해서 보기 힘든 모습이었다.

"소저, 뭘 그렇게 보고 있는 거요?"

무언가 말 붙일 거리를 찾고 있던 사표가 넌지시 물었다.

"별거 아니에요, 저 배를 보고 있었답니다."

"배?"

수련이 가리키는 곳으로 눈을 돌린 사표가 눈살을 찌푸렸다.

"담대한 자들이로군. 아마 벽상채의 수적들일 게요. 그래도 저렇게 몰려다닌다는 건 보기에 좋지 않은데……."

말끝을 흐리던 사표의 눈이 반짝였다.

"아닌가?"

수적들의 배에 흔히 꽂혀 있는 깃발이 보이지 않았던 것이다. 그렇다면 어떤 자들이 남의 시선도 아랑곳없이 저렇게 병장기를 지닌 채 무리지어 다닌단 말인가.

"뭐가?"

정신없이 잉어찜을 뜯어 먹고 있던 소봉도 궁금한 듯 바라보았다. 그새 배는 그들 앞을 지나가고 있었다. 수련과 사표, 소봉은 갑판에 서 있는 백의의 청수한 중년 선비를 보았다. 그의 주위에 서 있는 흑의인들의 냉랭함이 고스란히 느껴졌다.

"흠."

사표가 머리를 갸웃거렸다.

다음날 아침, 그들이 객잔에서 아침 식사를 하고 있을 때 점소이의 투덜거리는 소리가 들렸다.

"제기랄, 객지에 나왔으면 객잔에 들어서 밥도 사 먹고 술도 사 마시고 잠도 자고 그래야 할 것 아냐. 저희들이 뭐라고 오 대인의 장원을 통째로 쓰느냔 말이야."

"하하, 위세 당당한 무림의 영웅들이 이까짓 객잔에 머물려고 하겠어?"

"손님, 그런 소리 마시우. 이 일대에서는 우리 객잔이 가장 깨끗하고 술맛 좋다는 걸 몰라서 그러시오?"

"그거야 우리 같은 나그네들에게나 해당하는 말이고, 그 사람들은 무림의 호한들이라니까 그러네."

"쳇, 그래도 영업집에 묵어줘야 우리 같은 사람이 먹고 살 거 아니겠소? 무림의 호한은 무슨……. 내가 보기에는 산적들 같이 생겼더구만."

"어허, 그 사람들이 들으면 어쩌려고 그래?"

"들으면 대수요? 칼 차고 검 든 채 으스대는 자들 치고 좋은 자를 못 봤어. 조금만 저희들 마음에 들지 않으면 다 때려 부수고 죽이고 하니 힘없는 우리 같은 사람들만 늘 피해를 보지. 그렇지 않소?"

"쉿, 이 사람 함부로 떠들다가 정말 혼나려고 그러나?"

점소이의 말을 받아주던 손님이 눈짓으로 사표와 장정 등을 가리켰다. 점소이의 얼굴이 금방 핼쑥해졌다. 흥분해서 떠들다 보니 객청에 그들이 있다는 걸 깜빡했던 것이다.

점소이가 두 손을 비비며 종종걸음으로 다가와 비굴한 웃음을 띠고 굽실거렸다.

"헤헤, 손님들. 뭐 더 필요한 것 없습니까? 말씀만 하시면 제가 알아서 다 올립죠."

“흥!”

소봉이 젓가락을 탁, 소리가 나도록 내려놓으며 코웃음을 쳤다. 그녀도 점소이가 떠드는 말을 들은 것이다.

사표가 그녀에게 눈치를 주고 나서 점잖게 말했다.

“어젯밤에 한 무리의 흑의인들이 배를 타고 왔지. 자네는 그 사람들을 보았나?”

“예, 예, 보았습지요. 손님을 맞아들이기 위해서 나루에 나가 있었으니까요.”

호객 행위를 위해 어슬렁거리고 있다가 배에서 내리는 그들을 보았고, 그래서 흥정을 붙이려다 된통 혼이 난 모양이었다.

“그 사람들이 객잔에 들지 않고 오 대인의 장원으로 갔다고?”

“그렇습죠. 네, 네.”

“흠, 그렇다면 오 대인과 그들이 평소 잘 아는 사이였던 게로군?”

“그거야 알 수 있나요? 어쩌면 그들이, 그들이……”

칼로 오 대인을 위협해서 장원을 빼앗아 쓴 건지도 모른다고 말하려던 점소이가 급히 제 입을 틀어막았다.

사표가 상관하지 않고 다시 물었다.

“모두 몇 명이나 되던가? 자네가 본 대로 자세히 말해 보게.”

그러면서 품에서 은자 한 냥을 꺼내 건네주자 점소이의 입이 찢어지고 눈이 휘둥그레졌다.

혹시라도 봉변을 당할까 봐 미리 와서 아양을 떨던 참인데 뜻하지 않게 돈까지 생기니 이런 횡재도 다 있나 싶었으리라.

마른침을 꿀꺽 삼킨 그가 신이 나서 떠벌리기 시작했다.

“그러니까 모두 마흔두 명이나 되는 시커먼 사람들인데 하나같이 검을 들고 있었지요. 사람이 무슨 얼음을 깎아서 만들어놓은 것처럼 냉랭

하고 표정이 없었답니다. 강시들 같다는 섬뜩한 기분이 다 들더라니까
요?"

"그래?"

점소이가 무심코 내뱉은 강시라는 말에 소봉이 부르르 몸서리를 쳤고,
우걱우걱 고기를 씹어대기 바쁘던 장정도 기름으로 번질거리는 얼굴을
돌려서 점소이를 바라보았다.

"말 한 번 붙였다가 목이 잘리는 줄 알았지 뭡니까? 무슨 사람들이 그
렇게 삭막하던지……."

"강시는 아니었단 말이로군?"

"세상에 그런 게 어디 있겠습니까요? 다 지어낸 얘기일 뿐이지요. 어
쨌거나 그 시커먼 귀신들 속에도 사람다운 사람은 있었지요."

"흰옷을 입은 중년인 말인가?"

"어라? 손님께서도 보셨군요?"

"강가에서 바람을 쐬다가 배가 들어오는 걸 보았지."

"예, 손님 말이 맞습니다. 한 사람의 흰옷을 입은 깨끗한 선비가 있었
는데, 학식이 높은 분 같았답니다. 그런데 그 무서운 흑의인들이 죄다 그
선비님의 종 같던걸요? 이상한 일이지요?"

"종이라고?"

"그 선비님을 아주 공경하는 듯했으니까요. 다들 쩔쩔매던뎁쇼?"

"다른 사람은 없던가? 그 밖에 무슨 특이한 점은?"

잠시 생각하던 점소이가 제 이마를 쳤다.

"아, 맞다! 집사처럼 보이는 늙은이가 한 명 있었고, 또 부상을 입은
것처럼 안색이 파리한 외팔이 늙은이도 한 명 있었습지요. 그 밖
에……."

점소이가 눈으로 장정을 힐끔거리며 머뭇거리다가 말했다.

"여기 이분처럼 생긴 거인들도 네 명이 있었답니다. 내가 왜 그 사람들은 잊고 있었지?"

장정이 눈을 부라렸다.

"뭐? 내가 거기 있었다고 언제 말이야?"

"아니, 그게 아니라……."

점소이가 당장 겁을 집어먹고 엉덩이를 빼자 사표가 마지막으로 물었다.

"그들이 아직 오 대인의 장원에 있나?"

"그럴 겁니다. 나오는 걸 보지 못했으니까요."

"수고했네."

사표가 손을 내젓자 점소이가 살았다는 듯 한숨마저 쉬며 재빨리 주방으로 달려갔다.

"수상한 자들이로군."

사표가 잔뜩 낯을 찌푸린 채 중얼거렸다. 소봉과 수련도 그의 말에 공감했다.

"어떤 자들인지 한번 알아봐야겠다."

"그럴 것 없어, 사형."

사표가 일어서자 소봉이 옷자락을 잡았다.

"우리는 얘를 소림사에 데려다 주면 돼. 강호의 일에 죄다 간섭할 거야?"

"그래도 지금은 매사에 조심하고 경계하는 게 좋다."

사표는 안심할 수 없었다. 흑룡보가 처음 강호로 나왔지만 커다란 피해를 보았으니 그렇다.

흑룡보의 힘이라면 천하를 오시할 만하다고 믿었는데, 유명밀부와의 싸움에서 뜻하지 않게 고전하고 나자 그런 믿음이 흔들렸다.

강호에는 아직도 숨겨진 힘들이 많은 것이다.

"아무래도 느낌이 안 좋다. 그들의 정체를 알아보고 사부님께 알리는 게 좋겠어."

"다시 돌아가자고?"

"상황에 따라서는 그럴 수도 있지."

"쳇, 사형 마음대로 해. 나는 배가 오면 타고 떠날 테니까."

"사매!"

사표가 엄숙한 얼굴을 하고 불렀으나 소봉은 들은 척도 하지 않았다.

그는 소봉이 정말 저를 떼어놓고 떠날 것을 두려워했다. 그녀의 팔팔한 성격이라면 능히 그럴 것이다.

어쩔 수 없다는 듯 탄식한 사표가 다시 주저앉고 말았다.

소봉은 하루라도 빨리 수련을 소림사에 데려다 줄 생각에만 사로잡혀 있었다. 그녀가 소림사에 들어가면 나오기 힘들 것임을 알기 때문이다. 그러면 무진을 두고 경쟁하지 않아도 된다.

"그만 먹고 가자. 이렇게 꾸물대다가 배 놓칠라."

그때까지 정신없이 고기를 뜯어 먹고 있던 장정이 꺼억, 하고 트림을 했다.

소봉이 매섭게 눈을 흘겼지만 그의 말이 바로 제가 하고 싶었던 말이었는지라 핀잔을 주지는 않았다.

"가자."

그녀가 일어섰으므로 다들 따라 일어섰을 때였다. 객잔 안으로 찬바람이 몰아쳐 들어왔다.

"엇?"

사표가 놀란 소리를 냈고, 수련과 소봉도 눈을 크게 떴다. 막 안으로 세 사람이 들어오고 있었는데, 조금 전에 점소이가 말했던 바로 그 흑의인들이었다.

사표가 얼른 소봉과 수련의 옷자락을 잡아당기며 다시 주저앉았다.

흑의인들이 객청 안을 구석구석 훑어보았다. 번쩍이는 싸늘한 눈길이 사표 등에게 잠시 멎었으나 곧 다른 곳으로 시선을 돌리는 것이, 여자 둘에 남자 둘이 섞여 있는 터라 크게 경계하지 않는 듯했다.

조금 뒤에 백의를 입은 깨끗하게 생긴 중년인이 느긋한 걸음으로 들어왔고, 그 뒤를 흑의에 흑색 허리띠를 두르고 있는 깡마른 노인이 따랐다.

중년인을 살펴보던 수련의 얼굴이 새파랗게 질렸다.

"봤어?"

그녀가 눈짓으로 가리키며 소봉에게 속삭였다. 수련의 눈길을 따라 바라본 소봉도 깜짝 놀라 눈을 크게 뜨고 입을 딱 벌렸고, 사표 역시 눈살을 잔뜩 찌푸렸다.

그들은 중년인이 손에 쥐고 있는 벽옥소를 본 것이다.

옥퉁소는 그 자체로서 귀한 물건이지만, 그것 때문에 수련 등이 놀랄 리는 없다.

"음룡벽옥소야."

수련이 떨리는 음성으로 속삭이듯 말했다. 무진이 항상 지니고 있던 그것을 몰라볼 리가 없었던 것이다.

그건 소봉이나 사표도 마찬가지였다. 한때 무진의 벽옥소를 빼앗으려고 눈에 불을 켜지 않았던가.

"저것이 어떻게……."

소봉의 음성도 떨려 나왔다. 무진의 품에서 한시도 떨어지지 않았던 그것이 지금 낯선 백의중년인 손에 들려 있다. 그것을 본 소봉과 수련은 한 가지 불길한 생각을 동시에 떠올리지 않을 수 없었다.

'그렇다면 무진은?' 하는 의문이 들어 가슴이 떨렸다.

소봉이 움찔거리자 사표가 재빨리 그녀의 어깨를 눌렀다.

'경거망동하지 마라.'

그의 눈이 그렇게 말했다. 소봉은 수련을 돌아보았다. 그녀는 새파랗게 질린 얼굴로 입술을 깨물고 있었는데, 눈이 마주치자 보일 듯 말 듯 머리를 가로저었다. 지금 함부로 움직이지 말라는 의미였다.

그들은 곧 얼굴을 수그리고 젓가락을 다시 집어 음식을 먹는 척했다. 장정이 어리둥절해서 뭐라고 할 듯하자 소봉이 매섭게 노려보며 낮게 속삭였다.

"멍청하게 굴지 말고 잠자코 있어! 그러지 않았다간 다시는 안 볼 테야!"

장정에게는 그것보다 무서운 협박이 없다. 그가 곧 젓가락을 들고 아직 남아 있는 음식들을 꾸역꾸역 먹기 시작했다.

저쪽에서는 한창 음식이 차려지고 있었다. 백의인이 식탁 한 개를 혼자 차지했고, 노인과 세 명의 흑의인은 둘씩 짝을 이루어서 좌우의 탁자에 앉아 있었다. 은연중에 백의인을 보호하는 태도가 역력했다.

한 상 가득 차려지는 기름진 음식들을 바라보던 백의인이 노인을 향해 빙긋 웃고 말했다.

"이것 보시오. 한족의 음식은 이처럼 풍족하고 푸짐하구려. 보는 것만으로도 벌써 배가 부르오."

노인이 공손한 태도로 머리를 숙였다.

"오랜만에 이와 같은 식탁을 대하셨을 터이니 마음껏 드십시오."

"하하, 그럴 작정으로 온 것이니 추노도 양껏 드시오. 생각해 보니 이처럼 객잔에서 음식을 사 먹어 본 것도 벌써 수십 년 전이로군."

"노신 또한 감회가 새롭습니다."

"하하, 그것 보시오. 내가 밖에서 아침 식사를 하자고 하길 잘했지 않소?"

백의인과 노인이 서로 마주 보고 유쾌하게 웃었다.

수련과 사표 등은 거리낌없이 주고받는 그들의 말속에서 그들이 오랜만에 강호에 나왔으며, 한족이 아니라는 걸 알 수 있었다.

그렇다면 이유가 있을 것이다.

사표는 그것을 궁금해했지만 수련은 오직 백의인이 무진의 벽옥소를 갖게 된 이유를 알고 싶을 뿐이었다.

그들이 천천히 식사를 했다. 사표와 수련 등은 온몸에 쥐가 날 정도로 긴장한 채 꼼짝하지 않고 기다려야 했다.

손과 얼굴을 씻고, 차를 마셔서 입을 헹군 백의인이 만족한 듯 희고 깨끗한 얼굴 가득 미소를 띠었다.

"역시 색다른 곳에서 색다른 음식을 먹어보는 건 색다른 여자를 안아보는 것 못지않게 자극적인 일이야."

그 말을 들은 수련과 소봉의 얼굴이 수치심으로 물들었다.

그들이 식탁에 열 냥은 나감직한 은괴 한 덩이를 던져 놓고 일어섰다. 투덜댔던 말이 복이 되어 돌아왔으므로 점소이의 허리가 그들이 객잔을 나갈 때까지 펴질 줄 몰랐다.

"따라가 보자."

사표가 서둘러 일어섰다.

조금 전에 배가 들어온 모양이었다. 거리가 사람들로 북적거렸다.

백의인 일행은 부딪쳐 오는 사람들과 호객에 여념이 없는 상인들을 구경하며 천천히 걷고 있었다. 거리의 활기 넘치는 모습이 자못 신기하고 재미난 듯했다.

진을 벗어난 그들이 언덕 위에 우뚝 서 있는 커다란 장원을 바라보고 걸어갔다. 진송진 일대에서는 세력가로 꼽아주는 오 대인의 장원이다.

사표 등이 멀찍이 떨어져서 뒤따르고 있다는 걸 아직 모르는 모양이다. 한 번도 뒤돌아보지 않았으니 그렇다.

언덕 아래에서 그들이 오가장으로 들어가는 걸 보던 사표가 걸음을 멈추었다. 언덕 위는 인적이 드물어 금방 눈에 띌 것이니 더 따라갈 수가 없다.

어떻게 해야 할지 얼른 결정할 수가 없었다.

"내가 가보겠어."

수련이 그렇게 말하고 나섰다. 소봉이 눈을 동그랗게 뜨고 바라보았다.

"어쩌려고?"

"가서 물어봐야지, 어떻게 된 일이냐고."

"이런, 바보 같으니."

소봉이 눈을 흘겼다. 그러나 사표는 수련의 말이 옳다고 생각했다.

'이럴 때 무진 그놈이라면?'

무진의 우직하고 곧은 성품이라면 수련의 말처럼 뚜벅뚜벅 걸어가 장원의 문을 두드릴 것이다. 그리고 열 명이 되었든 백 명이 되었든 거리끼지 않고 백의인 앞에 서서 제가 하고자 하는 바를 할 것이다.

"내가 가겠다."

사표가 굳은 얼굴로 나섰다. 무진이 그렇게 한다면 나라고 못할 게 없다는 마음이 된 것이다.

"혼자서 말이야?"

소봉이 잔뜩 눈살을 찌푸리고 퉁명스럽게 물었다. 사표의 마음은 이미 굳어 있었다.

"너희들은 여기서 기다리고 있어."

"안에서 싸움이라도 벌어지면?"

“그러면 기다리지 말고 보로 돌아가라. 사부님께 말씀드려야 해.”

“쳇, 나도 같이 가겠어.”

소봉이 앞으로 나서자 사표가 근엄한 얼굴로 그녀를 막아섰다.

“철없이 굴지 마라. 나는 싸우러 가는 게 아니니 걱정할 것 없어.”

“그래도…… 상대가 누구인지도 모르잖아?”

“그러니 가서 알아보려는 거지. 금방 다녀오마.”

사표가 장정을 돌아보고 마지막 다짐을 했다.

“소봉과 수련 소저를 잘 보호해라. 결코 그녀들이 위험에 처하게 해서는 안 돼.”

장정이 사표를 보고 수련과 소봉을 보았다. 그의 시커먼 얼굴에 망설이는 기색이 역력했다.

우직한 그의 생각에도 사표를 혼자 보내자니 마음이 놓이지 않았고, 소봉과 수련을 내버려 두자니 역시 마음이 놓이지 않아 곤란했던 것이다.

제 머리통을 두드리던 장정이 흰 이를 드러내고 씩 웃었다.

“알았어. 여기서 기다리고 있을게.”

오가장이 눈에 보이는 곳이니 여차하면 달려가 도울 수 있을 것이고, 만약 그 시커먼 놈들이 두 아가씨를 노리고 달려나오더라도 금방 알아볼 수 있으니 그때 달아나면 된다.

장정의 생각을 읽은 사표가 머리를 끄덕였다. 제 생각에도 곰 같은 그의 판단이 옳았던 것이다.

사표는 뒤돌아보지 않고 언덕을 향해 빠르게 걸어갔다. 뜨거운 차 한 잔 마실 만한 시간 뒤에 그는 오 대인의 장원에 이를 수 있었다.

굳게 닫혀 있는 문 안쪽에서 무슨 일들이 기다리고 있는지 알 수 없다. 한동안 그것을 노려보던 사표가 심호흡을 하고 주먹을 들어 쿵쿵 문을 두드렸다.

기다렸다는 듯 대문이 활짝 열리는 것이어서 사표는 어리둥절해지고 말았다.

문 안쪽에는 좌우로 지어진 객사가 담처럼 서 있고, 정면에 다시 한 개의 문이 있다. 중문이라는 것인데, 그것을 지나가야 마당에 이를 수 있다.

중문과 대문 사이의 작은 뜰에 두 명의 흑의인이 우뚝 서 있었다. 문을 열어준 흑의인이 감정이라고는 실려 있지 않은 어투로 말했다.

"들어오지 않을 거냐?"

"음⋯⋯."

사표는 어금니를 지그시 악물었다. 이자들이 제가 찾아올 것을 미리 알고 기다렸다는 느낌을 지울 수 없었다. 그렇다면 백의인 일행은 객잔에서부터 이쪽의 존재를 의심하고 있었던 것이며, 미행하는 걸 알고 있었다는 것이리라.

내친걸음이다. 물러설 수 없게 된 사표가 가슴을 내밀고 당당하게 문 안으로 들어섰다.

중문을 지나자 드러난 넓은 마당에는 이십여 명의 흑의인이 좌우로 도열해 서 있었다. 엄숙한 중에 냉랭하고 음습한 기운이 가득 느껴졌다.

높은 계단 위에 문이 활짝 열린 전각이 있고, 그 앞에 백의인을 따라 나왔던 깡마른 노인이 좌우에 두 명의 흑의인을 거느리고 서 있었다.

"흥, 요즘 어린 것들은 도대체 겁이 없단 말이야."

추노라 불렸던 노인이 사표를 내려다보며 코웃음을 쳤다. 사표가 당당한 걸음으로 흑의인들 앞을 지나가 계단 아래에 버티고 섰다. 노인을 올려다보는 얼굴이 차갑고 눈빛은 싸늘했다.

"당신과 함께 객잔에 왔던 그 백의인을 만나고 싶소."

"무슨 일인지 먼저 고해라."

"그에게 물어볼 게 있소이다."

"건방진 놈."

노인이 지그시 사표를 노려보았고, 사표도 지지 않고 노인의 눈길을 받았다. 허공을 격하고 두 사람의 번쩍이는 눈길이 한 치의 양보도 없이 얽혔다.

"너는 누구냐?"

"사표라 하오. 흑룡보에서 나왔소."

"흑룡보?"

노인이 흠칫 놀랐다.

"그럼 네가 진천무의 제자란 말이지?"

사표는 그가 사부님을 알고 있고, 그 이름을 함부로 부르는 데에 의문을 품었다. 노인의 말투 속에 적의가 깃들어 있으니 그것도 수상쩍다.

"그렇소."

"하하하— 어떻게 된 거냐? 진천무가 설마 우리를 영접해 오라고 사자라도 보낸 건가?"

노인이 크게 웃으며 비아냥거렸다. 사표는 정체를 알 수 없는 이자들이 어쩌면 흑룡보로 향하고 있었던 길인지도 모른다는 생각이 들었다. 마음이 불안해졌다.

"추노, 내가 그를 만나보겠소."

어두컴컴한 대전 안쪽에서 백의인의 낭랑한 음성이 들려왔다.

허리를 굽혀서 명을 받든 노인이 사표를 노려보며 한쪽으로 비켜섰다. 사표는 침착한 걸음으로 계단을 올라갔다.

"흥!"

그가 노인 곁을 스쳐 지나가자 노인이 짧게 코웃음을 쳤다. 그러나 사표는 그에게 눈길도 주지 않았다. 검은 돌판이 빈틈없이 깔려 있는 넓은 대전 저쪽에 백의인이 두 소녀의 시중을 받으며 차를 마시고 있었다.

사표는 팔선탁 위에 놓여 있는 음룡벽옥소를 뚫어지게 바라보았다.

"사표라고?"

백의인이 가볍게 손짓해서 오가장의 두 시비를 물리치고 물었다. 말속에 유쾌해하는 그의 기분이 담겨 있었다.

"그렇소이다."

"듣기로 흑룡보주에게는 다섯 명의 제자가 있는데 그중 넷째가 가장 쓸 만하다더니, 오늘 보니 과연 배짱이 두둑한 호한이로구나."

"과찬의 말씀이외다."

"너는 어제저녁 때 나를 보았지?"

"응?"

백의인의 말이 의외였으므로 사표가 깜짝 놀라 눈을 크게 떴다.

"하하, 네 일행들과 함께 주가의 덧마루에 앉아 있지 않았느냐?"

"다 알고 계셨구려."

"일행은 언덕 아래에서 기다리고 있는 게냐?"

"그렇소이다."

"그들도 흑룡보주의 제자들인가?"

"그건 왜 묻소?"

"강호에 나온 이 며칠 동안 많은 젊은이들을 보았다만 너와 네 일행만큼 특이하고 뛰어난 영재들은 처음 보았지. 그래서 묻는 것이다. 질투가 나서 말이야. 하하. 네 사부는 옹졸한 인간인데 말년에 그처럼 뛰어난 제자들을 얻었다면 하늘이 그를 불쌍히 여겨서 선덕을 베푼 거겠지."

백의인은 한껏 여유가 있었다. 부드럽고 맑은 그의 눈길 앞에서 사표는 자꾸만 자신이 작아지는 걸 느꼈다.

그가 번쩍 정신을 차리고 눈을 부릅떴다.

"말씀이 과하시오!"

"좋다. 그거야 진천무를 만나보면 알게 될 테니 그만두고……. 그래, 나를 만나려고 한 이유가 뭐냐?"

"우선 귀하가 이곳에 와서 사부님을 비웃는 이유를 알고 싶소이다. 대체 당신은 누구시오?"

"흥, 너에게는 하늘 같은 사부일지 몰라도 나에게는 위세 떠는 쥐새끼에 지나지 않다. 고양이가 없는 방앗간에서 참새들을 쫓으며 찍찍거리고 우쭐대지만 우스울 뿐이지."

"으으음—"

사표가 이를 꽉 문 채 신음했다. 움켜쥐고 있는 주먹이 부들부들 떨리는 것이, 솟구쳐 오르는 분노를 억지로 눌러 참고 있는 모습이었다. 어쩌면 백의인은 사표의 인내심을 시험해 보고 있는 건지도 몰랐다.

그가 가늘게 뜬 눈으로 한동안 바라보더니 하하, 웃었다.

"내가 누구인지는 네가 알 바 없다. 하지만 네 사부를 잡고, 흑룡보를 밟아주기 위해서 왔다는 건 알아도 되겠지."

사표의 머리 속에 번갯불처럼 떠오르는 생각이 있었다. 그가 버럭 소리쳤다.

"당신이 바로 유명밀부의 배후였군?"

"하하하, 유명밀부 말이냐? 그렇다고 보면 그럴 수 있겠지. 하지만 내가 고작 최홍의 복수를 해주기 위해서 이러는 거라고 생각했다면 그건 네가 나를 너무 작게 본 것이다."

"아니었소?"

"큰 나무가 있는데 누가 작은 가지를 하나 꺾었다고 해서 영향을 받겠느냐? 나무는 오직 더 깊이 뿌리를 박고, 더 높이 솟아오르려 할 뿐이지."

그는 제 스스로를 큰 나무에 비유했고, 유명밀부의 부주였던 최홍을 작은 가지에 비유했다. 그것이 사표에게는 백의인의 지나친 오만이고 과장으로 여겨졌다.

"흥! 과연 그런지 시험해 보고 싶어지는군."

사표가 적의를 드러냈지만 백의인은 여유롭기만 했다.

"하하, 그것도 좋겠지. 자, 그럼 궁금한 게 다 풀렸느냐?"

"또 있소. 귀하가 가지고 있는 저 물건은 내 친구의 것이오. 그게 어째서 이곳에 있는지 알고 싶소."

"흥! 곽무진 그 녀석이 과연 흑룡보와 한통속이 되어 있었구나."

백의인이 코웃음을 쳤다. 사표가 다그쳐 물었다.

"그에게서 빼앗은 것이오?"

"아니면 그녀석이 스스로 받쳤겠느냐?"

사표의 안색이 더욱 싸늘해졌다.

그는 백의인이 어째서 저의 거듭되는 질문에 한 번도 화를 내지 않고 선선히 대답해 주고 있는 건지 그 이유에 대해서는 미처 생각해 보지 못했다.

어느덧 사표에게는 그런 백의인에 대한 신뢰와 함께, '별것 아닌 놈이로군?' 하는 교만한 마음이 생겼다. 안심과 교만은 경계심을 무너뜨린다.

사표가 겉으로는 여전히 차가운 얼굴을 하고 다시 물었다. 하지만 그의 말투는 저도 모르게 많이 부드러워져 있었다.

"그는 어떻게 되었습니까?"

사표를 지그시 바라보던 그가 대답 대신 물었다.

"그와 너는 우정을 나눈 친구 사이냐?"

“응?”

사표는 어리둥절해지고 말았다. 백의인이 부드러운 미소마저 띤 채 달래듯 말했다.

“한 산에서 두 마리 호랑이가 함께 살 수는 없는 법이지. 내가 보기에 그는 너의 호적수이자 경쟁자일 뿐이다. 그렇지 않으냐?”

“으음.”

사표의 머리 속에 안개 자욱한 형산 축융전에서의 일전이 떠올랐다. 그는 한 칼에 무진을 죽일 자신이 넘쳤지만 결과는 참담한 패배였다.

“오늘의 빚을 꼭 갚고 말 테다. 너는 내 손에 죽게 될 거야. 반드시 그렇게 하고 말겠어.”

그때 이를 갈며 그렇게 다짐했던 자신의 말이 귓가에 울렸다.

또 흑룡보 후당(後堂)의 취운각(醉雲閣)에 무진이 머물고 있을 때 그곳에 찾아가 그와 싸웠던 일도 생생하게 떠올랐다. 그때는 더욱 비참하게 지지 않았던가.

“돌아가라.”

백의인의 부드러운 음성이 울분에 차 있는 사표의 머리 속에 웅웅 울렸다.

■제6장■
강호의 별은 떨어지고

"어떻게 됐어?"

사표가 아무 일 없이 오가장에서 나오자 숨죽이며 긴장하고 있던 소봉과 수련, 장정이 우르르 몰려가 그를 에워쌌다.

사표가 무심한 얼굴로 그들을 돌아보고 피식 웃었다.

"별일 아니다. 아무것도 아니었어."

"무진은? 그가 어떻게 되었는지 알아봤나요?"

수련이 떨리는 음성으로 물었다. 눈빛에 간절함이 가득했다. 우울한 눈길을 한동안 그녀의 얼굴에 고정시켰던 사표가 천천히 머리를 가로저었다.

"그는 죽었다는군요."

"아!"

수련이 비틀거렸다. 소봉의 낯빛도 새파랗게 질렸다. 그녀가 급히 수련을 부축하고 소리쳤다. 장정도 놀란 눈을 부릅뜨고 버럭 소리쳤다.

"뭐라고? 그가, 그가 죽었다고?"

"너, 지금 무진이 죽었다고 했냐?"

"그렇다. 과용을 부리다가 죽었다는구나."

"그럼, 그 백의인이 그렇게 했다는 거야? 그자가 무진을 죽였어?"

"그의 수하들이 그렇게 했지."

"그게 그거지! 좋아, 그렇다면 내가 무진의 복수를 해줄 테다!"

장정이 포효하듯 부르짖으며 언덕 위로 달려 올라가려 하자 사표가 그를 꽉 붙잡았다.

"어리석은 짓 하지 마!"

"놔라! 무진이 그놈은 그래도 내가 친구로 여기고 있던 놈이다! 형 놈이 죽은 뒤에 친구라고는 그놈 하나밖에 남지 않았는데, 사나이라면 복수를 해줘야 할 것 아니냐?"

"가서 개죽음당하는 게 그를 위해 복수하는 건 아니다."

"내가 개라고? 너는 지금 나를 욕하는 거냐?"

"어리석은 척하지 마라!"

"응?"

사표의 일갈에 장정이 눈을 끔벅였다. 그의 말이 뜻밖이었던 것이다.

사표가 그런 장정을 싸늘하게 노려보며 말했다.

"너는 우둔하고 모자란 것처럼 보이지만 실은 네놈이야말로 가장 약고 지독한 놈이다. 미련이라는 껍질 뒤에 숨어서 제 스스로를 잘 지키고 있지. 흥! 내 눈은 못 속여."

"너는 지금 뭐라고 지껄이는 거냐? 아까는 욕하더니 지금은 칭찬하는 거냐?"

장정이 어리둥절해서 물었지만 사표는 더 이상 그를 상대하지 않았다. 그가 소봉에게 말했다.

“사부님께로 돌아가자. 무진을 찾겠다는 생각은 이제 포기해.”

그는 소봉의 속마음을 눈치채고 있었던 것이다.

소봉의 창백해진 두 볼로 뜨거운 눈물이 흘러내렸다.

“가, 가서 사부님께 복수해 달라고 부탁하겠어. 사부님이라면 반드시 그렇게 해주실 거야.”

그녀가 수련의 손을 붙잡았다.

“함께 돌아가자. 가서 사부님께 부탁드려.”

수련의 안색은 여전히 창백했다. 그녀가 파리하게 질린 입술을 꼭 깨문 채 머리를 흔들었다.

“아니, 나는 돌아가지 않겠어.”

“뭐라고? 그럼 너는 무진의 복수를 하지 않을 거야? 아니면 너 혼자서 하겠다는 거야?”

“해야지. 하지만…….”

“그러면 하는 거야. 통쾌하고 잔인하게. 다 죽여 버리는 거야!”

소봉이 부르짖었다. 그녀의 눈에 광기가 어른거리는 것이 지나친 분노와 절망으로 이성을 잃은 것 같기도 했다. 수련이 그런 소봉의 손을 꼭 쥐었다.

“나는 계획대로 소림사에 먼저 가겠어. 하지만 그의 죽음을 외면하는 건 아니야. 다만, 다만…….”

“쳇, 너는 두려운 거지? 그래서 비겁하게 달아나려는 거지?”

수련은 그 말에 대답하지 않았다. 붉어진 눈에서 기어이 참고 참았던 두 줄기 눈물이 주르르 흘러내렸을 뿐이다.

그녀가 입술을 파르르 떨더니 기어들어 가는 목소리로 말했다.

“그들은 무서운 사람들일 거야. 부디 몸조심하도록 해. 보주님께도 그렇게 말씀드려.”

“쳇, 사부님이 나서기만 하면 그까짓 놈들쯤은 벌레처럼 밟아 죽여 버리실걸? 이 세상에 사부님보다 더 강한 사람은 없어.”

“그들은 유명밀부보다 훨씬 더 무서운 곳에서 온 사람들이 틀림없어. 그러니 내 말을 잊지 마.”

“뭐라고?”

소봉이 눈을 크게 떴다. 유명밀부를 생각하면 무혼불괴시와 마정지체가 떠오르고, 그건 결코 잊을 수 없는 공포였다. 그런데 그곳보다 더 무서운 곳에서 온 자들이라니.

“네가 어떻게 알아?”

“들은 말이 있어. 흑풍객 아저씨에게서, 또 무진에게서.”

“쳇!”

소봉이 샐쭉한 표정을 지었다. 저는 듣지 못한 말인데 무진에게서 들었다니 이 상황에서도 질투의 감정이 생긴 것이다.

“좋아. 그럼 네 마음대로 해. 언젠가는 다시 만나게 되겠지.”

소봉이 작별 인사를 하자 수련이 그녀의 손을 흔들며 다시 한 번 간곡하게 말했다.

“부디 내 말을 명심해. 보주님께도 조심해야 한다고 꼭 말씀드리고, 너도 그렇게 하도록 해. 그럼 강호에서 다시 만나자.”

소봉의 손을 놓은 수련이 사표에게 고개 숙였다.

“그동안 이것저것 돌봐주어서 감사해요. 여기서 그만 작별해야겠군요.”

“소저…….”

사표의 차갑던 눈에 갈등이 번졌다. 수련을 안타깝게 바라보던 그가 한숨을 쉬고 장정에게 말했다.

“네가 수련 소저를 모시고 가는 게 좋겠다.”

"응? 내가 왜? 싫다. 나는 소봉 소저를 모시고 가는 게 더 좋다. 그러니 네가 수련 소저를 모시고 가라."

"너는 꼭 그렇게 네 자신을 숨겨야만 하겠어?"

사표가 다시 엉뚱한 말을 했다.

"흑룡보에 너는 필요없다. 소봉은 흑룡보의 사람이고 너는 외인이니 끼어들 자격도 없다. 네가 무진을 친구로 생각했다면 당연히 수련 소저를 보호해 주어야 할 것이다."

"음……."

장정이 눈살을 잔뜩 찌푸렸다. 사표의 말이 틀리지 않았던 것이다. 그가 안타까운 시선으로 소봉을 바라보았지만 그녀는 외면하고 있을 뿐이었다. 한숨을 쉰 장정이 그녀의 뒤통수에 대고 포권했다.

"소저야, 나는 네 사형 놈의 말대로 이 아가씨를 소림사까지 데려다 줘야겠다. 그런 다음에 다시 올 테니 그때 만나자."

"쳇, 어서 가버려!"

수련이 돌아보지도 않고 신경질적으로 손을 내저었다. 쓴웃음을 지은 장정이 수련과 함께 천천히 떠나기 시작했다.

*　　　　*　　　　*

붉은 태양이 하늘 복판에·멎어 있었다.

그리고 붉은 피가 퍼석거리는 마른땅을 적셨다.

흑룡보주 진천무의 보좌에까지 피가 튀어 얼룩져 있었고, 그의 흰 옷자락에도 점점이 피가 얼룩졌다. 보주는 그것을 내려다보고 있었다.

'내 몸의 피다.'

보주는 그렇게 여겼다. 지금 핏물로 얼룩진 계단 저 아래, 넓은 연무장에 널려 있는 수많은 주검들. 그들이 흘린 피는 곧 보주 자신의 피이기도 했다.

계단을 가로막고 서 있는 건 흑룡대의 젊은 검사 열 명이 다였다. 그 많던 사람들로 가득 찼던 흑룡보가 이제는 주검의 영역으로 변해 버렸다.

우르르르—

연무장 오른쪽에 있던 금룡전이 무너져 내렸다. 불길이 높이 치솟고, 먼지가 자욱이 일더니 이내 시커먼 연기로 화해 하늘을 덮을 듯 피어올랐다. 왼쪽에서 타닥거리며 기세 좋게 타오르고 있는 청룡전도 곧 저와 같이 되리라.

보주의 뒤에는 소봉과 사표가 서 있었는데, 그들은 몸이 굳어버린 듯 움직이지도 못했다. 지나친 두려움과 놀람이 그렇게 만든 것이다.

다섯 제자 중 남은 건 그들 두 사람뿐이다. 다섯 장로 중 아직 남아 있는 건 지금 계단 아래에서 흑룡단의 검사들을 이끌고 있는 화산신검 유재량 한 사람뿐이었다.

'나는 모든 걸 다 알고 있다고 여겼다. 하지만 내가 알고 있었던 건 단지 껍데기에 지나지 않았다.'

보주는 자기 자신의 어리석음 처음으로 후회했다.

유명밀부를 알았다. 그래서 미리 대비했기에 무혼불괴시들을 괴멸시키고 최홍을 죽일 수 있었다.

흑풍객을 알았기에 수라도의 존재에 대해서 알았고, 그를 통해 어렴풋이 토왕곡에 대해서 짐작했다. 그러나 정작 그들의 힘에 대해서는 이처럼 모르고 있었던 것이다. 그게 보주를 원통하게 했다.

무진에게서 대라천의 아홉 천주라는 존재를 알았다. 그들 중 다섯 명이 곽문탁을 죽인 원수라는 것도 알았지만, 그들의 힘이 이처럼 막강할 줄은 몰랐다.

지금 연무장 저쪽에는 토왕곡주가 사인교 위에 비스듬히 앉아서 눈을 가늘게 뜨고 있었다. 그리고 그 앞에는 손숙숙과 상운춘이 버티고 서 있었다.

흑의괴한들. 토왕곡주를 호위해 온 서른 명의 그들이 신검대의 검사들과 부딪쳤다.

원래 흑룡보주는 일백 개의 신검을 모아 일백 명으로 구성된 신검대를 만들었다. 백룡단과 흑룡단이 있고, 청룡과 금룡, 적룡단으로 나누어서 각 단마다 스무 명씩의 검사들을 배치했던 것이다.

그런데 지난번 마정지체와의 싸움에서 금룡단과 백룡단 사십 명의 검사가 희생되었고, 유명밀부를 기습했던 청룡과 적룡단 사십 명 중 스무 명이 전사했다.

남아 있는 건 흑룡단 스무 명과 유명밀부와의 싸움에서 살아 돌아온 스무 명뿐이었다. 그들 사십 명의 힘도 무시할 수 없는 것이었지만, 토왕곡주를 호위해 온 흑의인 서른 명의 힘은 그에 못지않았다.

신검대의 특징인 절세의 보검들. 쇠를 무 베듯 하는 그것들마저 흑의인들 앞에서는 제 위력을 발휘하지 못했다.

흑의인들은 제 몸을 던져서 신검을 받아냈고, 신검대의 검사들과 함께 죽었던 것이다. 스스로의 몸을 방패로 사용하는 그들의 자살 공격 앞에서 신검대의 젊은 검사들은 당황하고 두려워했다.

그렇게 한 명씩 동귀어진하고 보니 넓은 연무장이 신검대의 검사들과 흑의인들의 주검으로 가득 찼고 핏물이 흥건히 고여서 흘렀다.

토왕곡의 무리들이 그처럼 지독하고 무지막지한 방법을 쓸 줄 몰랐던 흑룡보주는 기가 막혔다.

그들이 굳게 닫힌 보의 대문을 박살 내고 뛰어들 때까지 모르고 있었다는 것도 기가 막힐 일이었다.

막강한 정보력을 자랑하던 보주로서는 어째서 이런 일이 발생한 것인지 이해할 수 없었다.

그렇게 서른 명이나 되던 흑의인과 신검대의 검사들이 죽었다. 남은 건 열 명의 흑룡단 검사뿐이고, 저쪽에는 상운춘과 손숙숙, 그리고 교자를 메고 온 네 명의 거한과 토왕곡주가 있었다. 그들은 흑룡보주가 움직이지 않았듯, 그 처절한 싸움을 구경만 하고 있었을 뿐이다.

"항복할 테냐?"

저쪽에서 흉측한 상처가 얼굴을 뒤덮고 있는 상운춘이 음산하게 말했다.

"으음—"

보주가 침음성을 흘렸다. 그자가 서쪽 호천(昊天)의 천주이고, 그 곁의 백염노인 손숙숙이 북서쪽 유천(幽天)의 천주라는 걸 이제 알았다. 그러니 지니고 있는 무공의 조예가 절정의 고수를 뛰어넘는 바가 있을 것이다.

그들을 턱짓으로 부리고 있는 토왕곡주라는 자의 조예는 더욱 높을 것이니 아무래도 오늘은 죽음을 면하기 어려울 것이라는 불길한 생각이 들었다.

보주가 잔뜩 눈살을 찌푸리고 있을 때, 아직 살아남아 있는 흑룡단의 검사들과 함께 계단을 지키고 있던 화산신검 유재량이 노성을 터뜨렸다.

"어림없는 소리! 내가 살아 있는 한 네놈들은 결코 뜻을 이루지 못할 것이다!"

아직 이쪽에는 열 명의 신검대 검사가 남아 있다. 유재량은 그것을 믿었다. 그들과 함께라면 적어도 보주를 지킬 수는 있으리라.

"흥!"

상운춘이 코웃음을 쳤다.

"곡주, 어떻게 하시겠소이까?"

교자의 등받이에 비스듬히 기대고 앉아서 나른한 듯 눈을 가늘게 뜨고 있던 백의인이 역시 나른한 음성으로 느릿느릿 말했다.

"그런데 그들 이목기(李木起)와 엄가경(嚴加耕)은 끝내 오지 않는구려?"

"그까짓 놈들쯤 없어도 상관없지 않겠소? 이미 마음이 떠난 놈들이니 미련 가지실 것 없소이다."

"어리석은 것들, 쯧쯧……."

혀를 찬 곡주가 느릿느릿 뒤를 돌아보았다. 거기 네 명의 역사가 우뚝 서 있었는데, 이 끔찍한 살육의 현장을 낱낱이 지켜보았으련만 아무 표정이 없었다.

"너희들이 마무리를 해야 할 모양이다."

"합!"

백의인의 말에 그때까지 깎아놓은 석상들처럼 서 있던 네 명의 거한이 일제히 외치고 머리를 숙였다. 그리고는 뚜벅뚜벅 걸어 나오기 시작했다.

한 걸음을 내딛을 때마다 연무장이 쿵쿵 울렸다. 그것을 본 보주가 더욱 눈살을 찌푸렸다.

일자로 늘어서서 아무 망설임도 없이 다가오는 그들의 위용이 마치 철벽이 밀려오는 듯 느껴졌다.

화산신검 유재량이 부르르 어깨를 떨었고, 열 명의 흑룡대 검사도 본능적인 두려움을 느끼고 술렁거렸다.

"이얍!"

유재량이 자신의 두려움을 떨쳐 버리려는 듯 날카롭게 고함을 지르며 뛰쳐나갔다.

"이야아!"

열 명의 검사가 그 뒤를 따라 일제히 땅을 박찼다. 신검이 햇빛 아래 눈부시게 번쩍이고, 그들의 그림자가 먹구름처럼 쫙 퍼져서 쏟아져 나갔다.

쉬이익—

유재량이 힘껏 검을 뿌렸다. 격전을 치른 뒤지만 아직 그의 검에는 충분한 힘이 남아 있었다. 한 가닥 싸늘한 검기가 부챗살처럼 뻗어 공간을 격하고 한 거한의 가슴을 갈랐다.

짜자자작!

마치 석벽을 긋는 듯한 요란한 소리가 터져 나왔다.

"엇!"

유재량이 깜짝 놀라 소리쳤고, 위에서 바라보고 있던 보주 또한 놀람의 외침을 터뜨렸다.

뻗어나간 유재량의 검기가 거한의 가슴을 갈라놓았는데, 그는 눈살을 조금 찌푸렸을 뿐 꿈쩍도 하지 않았다. 쩍 벌어진 살에서 붉은 피가 스며 나왔다. 그것뿐이다.

"금강불괴!"

유재량과 보주가 동시에 외쳤다.

그들 네 명의 거한은 금강불괴지신을 이룬 자들이었던 것이다. 유재량이 휘두르고 있는 검이 신검이었기에 그나마 상처를 낼 수 있었지, 그렇지 않았다면 흠집 하나 내지 못했을 것이다.

유명밀부에서는 무혼불괴시와 마정지체를 만들어냈었다. 겨우 그것들을 괴멸시켰는데 이번에는 금강불괴지신을 이룬 자들이 네 명씩이나 나타났다.

금강불괴는 마정지체와 비교할 게 못 된다. 하지만 지금 이 상황에서 그것이 네 명씩이나 나타났으니 그 위력은 마정지체를 맞이했을 때에 못 지않을 것이다.

열 명의 젊은 검사도 당황하고 있었다. 각자 나머지 세 명의 거한을 합공했지만 몸에 상처를 입힌 데 지나지 않았으니 그렇다. 그들, 네 명의 거한이 살기로 번쩍이는 눈을 한 채 거친 숨을 내쉬며 쿵쿵거리고 달려들었다.

"이얍!"

유재량이 다시 기합성을 터뜨리고 온 힘을 검에 모아 쳐나갔다. 화산의 검신으로 불렸을 만큼 그의 검법 조예는 개세적이다. 검에 관한 한 누구에게도 지고 싶은 마음이 없는 사람.

그 유재량이 점점 절망의 빛을 띠고 무너져 갔다.

유재량의 검기가 무시무시하다는 걸 아는 듯, 그에게 두 명의 거한이 달려들었다. 나머지 두 명의 거한은 열 명의 흑룡대 검사들 속에 뛰어들어 용맹하게 권장을 뿌리는 중이었다.

그들의 주먹과 발길질에서 뿜어져 나가는 경력의 무지막지함이 열 명의 검사를 압도했다.

캉캉캉캉―!

요란한 쇳소리가 연거푸 터져 나왔다.

유재량의 신검이 번쩍이며 떨어질 때마다 바윗돌이 갈라지듯 거한의 살가죽이 쩍쩍 갈라지고 피가 스며 나왔다. 하지만 그것뿐이다. 금강불괴를 이룬 그들의 단단한 몸뚱이는 결코 무너지지 않았다.

우르릉거리며 쏟아지는 권장의 흉흉함이 갈수록 더해가고, 사방으로 뿌려지던 암경의 날카로움이 유재량의 가슴으로 모여들었다.

일평생 수련을 해도 이루기 힘들다는 금강불괴지신. 그것을 이룬 자가 네 명씩이나 나타났으니 천하가 경동할 일이다. 그 가공할 일 앞에서 유재량의 절망감은 점점 더 커져 갔다.

꽝!

한 놈의 무지막지한 주먹이 유재량의 신검을 후려쳤다. 그것이 덧없이 동강나 날리는 것을 유재량은 남의 일 바라보듯 무덤덤하게 보았다. 그리고 그의 정수리 위에 또 한 놈의 수도가 사정없이 떨어졌다.

"으아악!"

흑룡단의 검사들에게서 비명이 터져 나왔다.

두 명의 거한이 좌우로 갈라져서 휩쓸어가는 곳마다 우두둑거리고 뼈 부러지는 소리와 참혹한 비명이 터져 나오기 시작한 것이다.

유재량의 머리통을 박살 내버린 두 놈이 그쪽으로 향했다. 그리고 열 명이던 검사가 장렬히 전사하는 데에는 불과 촌각의 시간밖에 걸리지 않았다.

"내 검을 가져와라!"

두 주먹을 부들부들 떨며 끝까지 그 모습을 지켜보던 흑룡보주가 버럭 소리쳤다.

두려움에 덜덜 떨고 있던 소봉이 번쩍, 정신을 차리고 급히 등에 지고 있던 보주의 금룡검을 풀어 건네주었다.

창!

보주가 검을 뽑았다. 번쩍이는 금광이 무지개처럼 하늘에 걸리고, 분노로 치켜 올라간 보주의 굵은 눈썹이 부르르 떨렸다.

창!

또 다른 검명이 들려왔다. 사표가 검을 뽑아 든 것이다. 그리고 소봉의 날카로운 부르짖음이 동시에 터져 나왔다.

"무슨 짓이야!"

그녀가 몸을 던진 것과 사표의 검이 그녀의 어깨를 관통한 것이 한순간의 일이었다.

“엇?”

의외의 소리에 돌아본 보주의 눈이 찢어질 듯 커졌다. 사표의 낭패한 눈길이 보주의 눈과 딱 마주쳤고, 그 순간 ‘에잇!’ 하고 신경질적으로 외친 그가 보주와 저 사이를 가로막은 채 불신으로 부릅뜬 눈을 감지 못하고 있는 소봉을 힘껏 걷어찼다.

“우욱!”

소봉이 답답한 신음을 흘리며 보주에게로 날려갔다. 검이 뽑힌 어깨의 상처에서 핏줄기가 솟구쳤고, 입에서 뿜어져 나온 피도 허공에 긴 궤적을 남겼다.

“찻!”

사표가 검과 함께 몸을 던졌다. 소봉을 품에 안아 든 보주는 여전히 의아한 눈을 부릅뜬 채 사표를 바라보기만 했다.

그는 지금 자신이 본 것을, 자신이 느끼고 있는 것을 믿지 못하고 있었다. 믿을 수가 없었다.

다섯 제자들 중 가장 아끼는 소봉이었고, 가장 신뢰하던 사표였다. 그 사표의 검에 소봉이 찔렸고, 그것이 지금은 자신을 노리고 있다는 게 남의 일처럼 여겨졌다.

촌각을 열, 백으로 쪼갠 듯한 찰나의 순간이다. 번갯불이 번쩍한 것보다 더 짧은 그 순간에 보주는 가슴이 텅 비어버리는 허무를 느꼈다.

‘내가 해왔던 모든 게 다 헛것이었다.’

그런 자각과 회의가 그를 지배했다.

검을 들어올리려고 손목을 꿈틀했던 그가 움직임을 멈추었다. 허무와 불신과 경악으로 가득 찬 복잡한 눈길이 사표의 눈을 똑바로 바라볼 뿐이다. 그리고 그의 검이 심장에 박혀들었다. 그 선뜻한 느낌에 보주의 눈이 더욱 커졌다.

"왜, 왜?"

제 가슴에 박힌 검을 움켜쥔 보주가 겨우 그 말을 했다. 사표의 몽롱한 눈빛이 흔들렸다.

"사, 사, 사부?"

그의 눈꼬리가 파르르 떨렸다. 아주 잠깐 맑은 빛을 되찾았던 눈이 다시 흐려지고 살기로 번쩍였다.

"으흐흐흐—"

음침한 사표의 웃음소리를 아득히 먼 곳에서 들으며 보주는 소봉을 안은 채 천천히 쓰러지고 있었다.

"그, 그랬군……."

알 수 없는 중얼거림이 새 나왔다. 사표가 그렇게 할 수밖에 없었던 이유를 알았다는 건지, 제 인생의 허무함을 알았다는 건지 모를 일이다.

우당탕거리며 계단에서 굴러 떨어진 보주가 흑룡대 검사들의 주검 속에 처박혔다. 그의 핏물이 수족같이 여겼던 젊은 검사들의 핏물과 뒤섞이며 천천히 흘러내렸다.

"하하하하!"

저쪽에서 그 모든 광경을 흥미롭게 지켜보고 있던 백의인이 교자의 팔걸이를 두드리며 유쾌하게 웃어댔다.

"이래서 세상은 참 알 수 없고 인생이 재미있다는 것 아니겠어? 아하하하하—"

흑룡보주는 천하제일의 권좌를 다툴 만한 인물이다. 그의 무공 조예에 신검 중의 신검인 금룡검의 위력이 더해진다면 저 네 명의 금강불괴도 어찌 될지 모르는 일이었다.

'상운춘과 손숙숙이 가세하면 보주를 제압할 수 있었을까?

백의인은 그런 생각을 했다.

과거 그들 천주들은 다섯 명이 합공해서 겨우 곽문탁을 죽였다. 지금 흑룡보주의 신위가 그에 못지않으리라고 판단한 백의인은 내심 머리를 가로저었다. 안심할 수 없었던 것이다.

그래서 사표를 조종했고, 그는 충실한 꼭두각시가 되어서 제가 무슨 짓을 한 건지도 모르고 보주를 찔렀다.

천하를 오시하기에 충분한 거성(巨星) 하나가 참으로 덧없고 허망하게, 원통하게 떨어져 버린 것이다.

*　　　　*　　　　*

우르릉— 꽈꽝!

하늘을 두 쪽으로 가르며 번개가 번쩍이더니 굵은 빗방울이 투두둑 떨어지기 시작했다. 그리고 이내 폭우가 되어 쏟아졌다.

아직도 불길에 휩싸여 있던 흑룡보의 전각들이 곳곳에서 우르릉거리며 무너졌고, 검은 연기가 폭우를 뚫고 뭉클뭉클 솟아올랐다.

때는 겨울이 코앞에 다가와 있는 무렵이다. 갑작스런 폭우가 하늘과 땅을 가리고 이처럼 쏟아지는 건 이례적인 일이었다.

흑룡보주의 원혼이 한 마리 흑룡이 되어 꿈틀거리며 하늘로 올라가는 것인지도 모른다.

보주의 주검 아래에서 흰 손 하나가 바르르 떨었다. 그리고 잠잠해지더니 잠시 후에는 미약한 신음성이 흘러나왔다.

그로부터 다시 한참이 지나고, 보주의 무거운 몸이 들썩였다. 그 아래에 깔려 있던 소봉이 힘겹게 기어 나오고 있었던 것이다.

보주는 죽으면서도 소봉을 품에 안고 엎어졌다. 딸처럼 여기던 그녀를 끝까지 보호하려는 본능이었던 것이다. 그리고 그것이 소봉을 구했다.

어깨가 꿰뚫리는 중상을 입고 놀라움과 고통에 혼절했지만 소봉의 숨은 끊어진 게 아니었다.

그녀가 간신히 보주의 주검을 들추고 빠져나왔다. 온몸에 칠해져 있던 붉은 피가 빗물에 씻기며 흘러내렸다.

많은 피를 흘린 탓인지 그녀의 안색은 밀랍처럼 창백해져 있었다.

소봉은 넋이 나간 듯했다. 한동안 멍하니 빗속에 주저앉아 있던 그녀가 천천히 주위를 둘러보았다. 화려하고 웅장했던 전각들은 어디에도 남아 있지 않았다. 새까맣게 타 무너진 잿더미들이 있을 뿐이고, 아직도 흰 연기를 모락모락 피워 올리고 있었다.

연무장에 가득한 주검들. 그것들의 피가 빗물에 씻겨 땅을 온통 붉게 물들이며 흐르고, 냉랭한 죽음의 냄새가 차갑게 떠돌았다.

다시 한 차례 번갯불이 번쩍하더니, 머리 위에서 하늘이 무너지는 듯한 굉음이 터져 나왔다.

꽈앙―!

연무장 왼편에 서 있던 아름드리 고목이 벼락에 맞아 꺾였다. 우지끈거리는 그 요란한 소리에 정신이 든 듯 소봉이 피와 흙으로 범벅이 된 손을 들어 얼굴에 흐르는 빗물을 훔쳐 냈다.

그녀 곁에 쓰러져 있는 보주의 흰 옷자락이 붉게 물들어 있었다. 그것을 바라보던 소봉이 키득키득 웃었다.

가슴 깊은 곳에서 간지러움이 치솟아올라 와 참을 수 없다는 듯 그렇게 키득거리던 웃음이 이내 뾰족하고 날카로운 것이 되었다.

“호호호호—”

얼음보다 차갑고 송곳보다 새파란 그 웃음소리가 우르릉거리는 천둥소리를 뚫고 어두운 하늘 멀리 퍼져 나갔다.

꽈꽝—!

구름장을 가르고 떨어진 뇌성벽력이 그녀의 웃음소리에 뒤섞여 더욱 세상을 놀라게 했다.

소봉이 천천히 일어섰다. 흙탕물 속에 처박혀 있는 금룡검. 그것을 집어 드는 손이 사시나무처럼 바들바들 떨리고 있었다.

비틀거리는 몸을 간신히 바로 세운 그녀가 빠드득 이를 갈았다.

“죽여 버릴 거야. 모두 다 죽여 버릴 거야!”

새파란 귀화가 그녀의 눈 속에서 줄기줄기 뻗어 나왔다.

“오호호호호—”

하늘을 향해 처절하고 섬뜩한 웃음을 터뜨린 그녀가 철벅거리며 천천히 걸어갔다. 귀기 서린 웃음소리가 여운이 되어 폭우 속을 떠돌았다.

그녀의 발자국마다 점점이 고여 있던 핏물이 빠르게 엷어지며 흘러내렸다.

*　　　*　　　*

“성도로 가는 게 아니냐?”

무진이 어리둥절해서 물었다.

배는 맑고 푸른 가릉강을 따라 느릿느릿 나아가고 있었다. 강안의 아름다운 풍경들을 정신없이 바라보고 있던 당연실이 배시시 웃었다.

“내가 언제 성도로 간다고 했어?”

“당문이 거기 있지 않아?”

"누가 거기 있다고 그래?"

"허?"

그녀는 무진 곁에 찰싹 붙어 서 있었는데, 바람이 불어올 때마다 긴 머리카락이 슬쩍슬쩍 뺨에 와 닿았고 은은한 향기가 스쳐 갔다.

거북해진 무진이 슬며시 몸을 옮겨 사이를 띄우자 당연실이 실쭉해진 눈으로 흘겨보았다. 기분이 상한 것이다.

무진이 짐짓 모르는 척하고 말했다.

"강호의 사람 모두가 그렇게 알고 있다, 성도에 당문이 있다고. 그들이 모두 틀렸단 말이냐?"

"있기는 있지."

쌀쌀맞게 대꾸한다.

"그렇다면 어째서 그리로 가지 않는 거야?"

"너는 아버지를 만나겠다고 하지 않았어?"

"응?"

"아버지는 성도에 안 계셔. 거기는 말 그대로 당문이다. 당가 성을 가진 사람들이 모여서 사는 살림집이야. 강호에 알려진 당문과는 거리가 있지."

"그렇군."

당문은 성도뿐 아니라 다른 곳에도 있는 것이다. 성도에 있는 당문은 당가의 식솔들이 모여서 사는 장원 같은 것인 듯했다.

"오늘 저녁 때는 도착할 거야. 그러니 마음에 준비나 단단히 해둬."

당연실이 '핏' 하고 입을 삐죽 내밀어 보이고는 휭 하니 선실로 들어가 버렸다. 무진이 자꾸 거리를 두고 떨어지려는 게 속상하면서 자존심도 상했던 것이다.

배는 학명산(鶴鳴山) 아래의 검각(劍閣)을 향해 느릿느릿 나아가고 있었다.

하늘을 찌를 듯 치솟아 있는 산과 기암절벽들. 그 사이로 나 있는 한 줄기 가느다란 물길이 다른 세상으로 들어가는 입구인 것처럼 위태롭고 무서워 보이는 곳이다.

뱃전에 서서 바라보니 좌우로 깎아지른 절벽인데, 원숭이들이 이리저리 옮겨 다니며 구슬피 울고, 바람도 넘지 못하는 듯 높고 맑은 휘파람 소리를 내며 부서졌다. 강물도 곳곳에 여울져 급히 흐른다.

험한 물살을 거슬러 올라가는 배가 힘겨워했다. 가다가 쉬기를 벌써 몇 번이나 했는지.

배도 지치고 사공도 지쳤지만 뱃전에 가득 모여 선 사람들은 목 아픈 줄 모르고 그 기암절벽을 바라보며 감탄하기에 바빴다.

북쪽, 대검산(大劍山)과 소검산(小劍山) 사이를 연결한 잔도(棧道)를 검각이라 하고, 그 사이에 설치한 관문이 검문관(劍門關)이다. 삼국시대 제갈량이 광원(光元) 북쪽의 명월협(明月峽)에 이 고촉잔도(古蜀棧道)를 놓고, 원숭이도 넘을 수 없다는 검문산을 의지해 위와 싸운 건 유명한 이야기다.

이곳은 관중에서 사천 지방으로 들어가는 전략상의 요충지로 촉나라의 가장 중요한 관문이면서, 험난한 촉도(蜀道) 중에서도 최고의 험지이기도 하다.

오죽했으면 이백(李白)이 촉도난(蜀道難)을 지어 그 험난함을 노래했으랴.

蜀道之難
難於上靑天
使人聽此凋朱顏

連峰去天不盈尺

枯松倒掛倚絶壁

飛湍瀑流爭喧豗

砯崖轉石萬壑雷

其險也如此

嗟爾遠道之人

胡爲乎來哉

촉도에 오르기 어려워라.

푸른 저 하늘 오르는 것보다 더 어렵구나.

소문만 들어도 홍안소년 백발노인으로 시들 것을

봉우리들은 하늘에서 한 자도 떨어지지 않고

절벽에 거꾸로 매달려 시든 소나무

여울지고 폭포 되어 요란한 저 물소리

벼랑을 치고 돌을 굴리니 골짜기마다 천둥치는 소리 가득해라.

이같이 험하거니

아, 먼 타관 사람이여

어찌 여기에 왔는고.

드디어 배가 멎었다.

검을 꽂아놓은 듯한 기봉(奇峰)이 건너다보이는 나루는 한가롭기 짝이 없었다.

하선하는 사람들 속에 섞여서 무진과 당연실도 배에서 내렸다.

"오늘은 여기서 자고 가."

당연실이 천 길 벼랑을 뒤에 두고 그림처럼 지어져 있는 주루를 턱짓으로 가리키며 말했다.

"아직도 먼 거야? 가까운 곳이면 그냥 밤길을 가자."

당연실이 입을 삐죽거리며 흘겨보았다.

"묶어두는 것도 오늘뿐인데 뭘 그리 겁내?"

"쳇."

무진이 또 뭐라고 할까 봐 두렵다는 듯 그녀가 앞서서 쪼르르 달려갔다. 한숨을 쉰 무진은 어쩔 수 없이 그녀의 뒤를 어슬렁거리며 따를 수밖에 없었다.

'검각제일관(劍閣第一館)'이라는 금빛 현판이 걸려 있는 주루는 과연 그 이름에 부끄럽지 않은 곳이었다. 객청의 벽이며 기둥마다 이름난 명필, 문장가들의 편액이 걸려 있고, 검각기경(劍閣奇景)을 그린 그림들이 도처에 붙어 있었다.

그러나 그러한 것보다 창가에서 바라보는 경치가 그야말로 일품인 곳. 검각제일관은 그것 때문에 어느덧 일대에서 명소가 된 주루였다.

우르릉거리며 흘러내리는 계곡물들이 도처에서 가릉강과 합쳐져 소용돌이를 이루고, 하늘을 가릴 듯 치솟아오른 천 길의 단애와 소나무가 어우러져 장엄한 한 폭의 그림이 된다.

옛적 위나라의 등애는 결사대를 이끌고 저 험한 벼랑을 지나고 거친 개울을 건너 바로 발 아래 보이는 저 길을 통해 촉 땅으로 진격해 들어갔다. 그들에 의해서 촉은 무너지고 최후의 저항을 하던 강유도 항복했던 것이다.

그들의 발소리가, 숨마저 조심해서 내쉬며 은밀히 지나가고 있는 그림자가 맑은 가릉 강물에 어른거리는 듯하여 무진은 넋을 놓고 창밖을 바라보기만 했다.

"안 마셔?"

당연실이 불렀을 때에야 회상에서 깨어난 무진이 그녀를 바라보았다.

몇 잔의 독한 술로 그녀는 벌써 볼이 발그레해지고 눈자위가 풀어져 있었다.

"내일은 마시고 싶어도 마실 수 없을 거야. 어쩌면 영영 마시지 못하게 될지도 모르지. 그러니 오늘밤에 실컷 마셔둬."

그녀가 자조적으로 중얼거리며 무진의 잔에 넘치도록 맑은 술을 따라주었다.

독한 주향이 코를 찌른다. 그러나 무진은 그것보다 빤히 바라보는 당연실의 눈이 더 두려웠다. 그가 급히 술을 털어 넣자 당연실이 다시 한 잔을 따랐다.

그윽이 무진을 바라보던 그녀가 붉은 입술을 살짝 벌려 탄식하듯 희롱하듯 맑고 고운 음성으로 낮게 웅얼거렸다.

"검각은 우뚝 뾰죽 높이 솟아[劍閣崢 嶸而崔嵬], 한 사람이 관문 막으면 만 사람이 뚫지 못하네[一夫當關 萬夫莫開]. 지키는 이 심복 아니면 이리 승냥이로 곧 변하리[所守或匪親 化爲狼與豺]."

이백의 촉도난(蜀道難) 중 한 구절이다.

쓴 술을 넘기고 인상을 쓰던 무진이 묵묵히 귀 기울여 듣다가 낮고 무겁게 다음 구절을 받아 웅얼거렸다.

"아침에 모진 호랑이 피하고 밤에 긴 뱀을 피한다[朝避猛虎 夕避長蛇]. 이를 갈고 피를 빨아 사람 죽임이 삼단 같도다[磨牙吮血 殺人如麻]."

당연실이 곱게 눈을 흘겼다. 스스로의 잔에 술을 따르는 흰 손가락이 애처로워 보여서 무진은 눈길을 돌리고 말았다.

그녀가 한 잔의 술을 마시고 다시 낭랑하게 읊조렸다.

"금성이 비록 좋다고 하나 집으로 돌아감만 못하네[錦城雖云樂 不如早還家]. 촉도에 오르기 어려워라. 푸른 저 하늘 오르는 것보다 더 어렵구나[蜀道之難 難於上青天]. 몸 추켜세우고 서쪽 바라보며 길게 탄식하네[側

身西望常咨嗟]."

무진이 어두워진 얼굴로 침묵했다. 당연실도 우울한 눈길을 창밖으로 돌려 어둠에 빠르게 잠겨가는 강과 길을 내려다볼 뿐 말이 없었다.

이백의 시를 통해서 그녀는 무진에게 이곳까지 따라온 걸 꾸짖었다. 그리고 지금이라도 늦지 않았으니 돌아가는 게 나을 거라는 암시를 주었다. 그렇지 않으면 후회한들 늦으리라는 의미이기도 하다.

그녀는 무진과 함께 여행하는 동안 그를 처음 만났을 때를 수십 번도 더 생각해 보았다.

왜 그에게 그처럼 막무가내인 미움을 품었을까? 하고 돌이켜 거듭 생각해 보자 그건 다름 아닌 관심과 호감의 왜곡된 표현이었다는 걸 알았다.

그때는 그것을 인정하기가 싫었던 것이다. 자존심 때문이고, 몸에 배어 있는 교만 때문이었다.

무진이 제 앞에서 다른 사람들처럼 고분고분하지 않다는 게 곧 저를 무시하고 경멸하는 것이라고 멋대로 생각했다. 그래서 미움은 더 깊어졌지만, 그건 또 한편 마음속에 그에 대한 열망이 더 커졌다는 반증이기도 했다.

그리고 이곳까지 보름 남짓 함께 여행하면서 그러한 벽이 허물어지고, 단단하던 그녀 자신의 껍질이 어느덧 깨져 버렸다.

이제는 진심으로 무진을 걱정하게 된 것이다.

그러나 무진은 그녀 앞에서 자신의 의지를 다시 한 번 강조했다. 그래서 아무리 어려운 일이 닥친다 할지라도 처음 먹은 마음을 바꾸지 않을 것이고, 아무리 악귀야차처럼 싸움을 하게 된다고 해도 두려워하지 않을 것이라는 결심을 내비쳤다.

연실은 당문을 촉도에 비유해서 회유했고, 무진은 모진 호랑이와 긴

뱀을 인용해서 꿋꿋이 역경을 헤쳐 나가겠다는 의지를 내세워 보인 것이
다.

　그게 여전히 화합하지 못하고 있는 두 사람 간의 거리였다.

■제7장■
당가보(唐家堡)에 들다

다시 줄에 묶였다.

처음에는 어이없었고 다음에는 불편했으며, 어제는 무덤덤했는데 오늘, 이 마지막 밤에 발목을 묶어놓고 있는 줄은 쓸쓸하고 허전했다.

고개 돌려 바라보니 당연실은 벽을 보고 돌아누워 있었다. 이불 밖으로 빠져나와 있는 줄이 떨렸다.

"우는 거냐?"

무진이 애써 무심한 음성으로 물었다. 그녀가 이불을 끌어당겨 머리까지 뒤집어썼다. 어깨의 들썩임이 완연히 눈에 들어왔다.

탄식한 무진이 발목의 줄을 붙잡았다.

냉큼 끊어버리려던 그가 멈칫했다. 당연실을 바라본다. 그녀의 소리 죽인 흐느낌이 가슴에 전해져 와 짠했다.

한숨을 쉬고 일어선 무진이 침상가로 다가갔다. 걸터앉아 망설이다 손을 올려 이불 위로 그녀의 어깨를 다독여 주었다.

"내일이면 다 끝난다. 너는 다시 집으로 돌아갈 수 있을 거야. 내가 그렇게 해주마."

"이 바보야!"

왈칵, 이불을 차 던지고 일어난 당연실이 무진의 목을 끌어안고 매달렸다. 눈물로 얼룩진 뺨이 꺼칠한 무진의 뺨에 달라붙었다.

"넌 나쁜 놈이야! 바보 천치야! 너 같은 건 죽어야 해!"

그녀가 마구 뺨을 비벼대며 소리쳤다.

당연실은 무진의 몸속으로 파고들기라도 할 듯, 목에 두른 팔에 더욱 힘을 주고 끌어당기기만 했다. 숨이 막힐 지경이다. 어쩔 줄 모르고 당황하던 무진이 팔을 돌려 연실의 등을 안고 탄식했다.

"도망가."

그녀가 헐떡이며 속삭였다. 귓불에 뜨거운 숨결이 와 닿았다. 불에 데인 듯해서 무진은 꼼짝할 수 없었다.

"내일이면 늦어. 그러니 지금 도망가. 응? 나를 데리고 가. 제발……."

창틈으로 으르렁거리는 물소리가 흘러들어 왔고, 검각에 부딪쳐 흩어진 바람도 달려들었다. 가물거리던 유등의 심지가 노란 불꽃과 그을음을 피워 올렸다. 어둠이 마구 흔들리고, 부서지는 불빛이 어지럽기만 하다.

무진의 목을 끌어안은 채 볼을 비벼대고 있는 당연실의 눈에서 새로운 눈물이 흘러내렸다.

제 뺨을 온통 적시고 무진의 가슴까지 파고드는 뜨거운 눈물이다. 무진은 말할 수 없었다. 무어라고 할 것인가. 무슨 말로 그녀를 달래줄 것인가.

등을 안고 있는 손을 풀어서 부드럽게 쓸어주었을 뿐이다.

꽝!

문짝이 부서질 듯 활짝 열렸다.

여전히 당연실은 무진의 목에 매달려 있었다. 영영 놓아주지 않을지도 모른다. 그녀의 등을 쓸어주던 무진이 천천히 돌아보았다.

문 앞에 헐렁한 남색 장포를 걸친 세 사람이 우뚝 서 있었다. 무진을 노려보는 눈에 놀라움이 가득하더니 이내 이글거리는 분노와 살기로 채워졌다.

그들은 상상하지 못했던 방 안의 광경에 할 말을 잃은 듯했다. 무거운 침묵이 한동안 흘렀다. 당연실의 흐느낌이 공허하게 떠돌다가 점점 잦아들었다.

"이게 무슨 요망한 짓이냐!"

얼굴 푸른 노인이 낮고 엄한 음성으로 꾸짖었다. 당연실이 비로소 무진의 목에 두르고 있던 팔을 풀고 천천히 그를 바라보았다. 눈물로 젖어 있는 볼이 흔들리는 불빛을 받아 반짝거렸다.

"삼사숙······."

"으음—"

삼사숙이라 불린 청면(靑面)의 노인이 침음성을 흘렸다. 눈살을 잔뜩 찌푸리고 있는 것이 마음의 불쾌함을 가까스로 눌러 참는 모습이었다.

"사매, 어찌 된 일이지?"

노인의 뒤에 서 있던 한 청년이 놀란 음성으로 물었고, 그 곁의 또 한 청년은 무섭게 이글거리는 눈으로 무진을 뚫어지게 노려보고 있었다.

"엽 사형, 녹 사형······."

당연실이 처연한 얼굴로 다시 그들의 이름을 불렀다.

덜덜 떨리는 손으로 제 손목의 줄을 푼 그녀가 침상에서 내려왔다. 그리고 무진의 발 아래 무릎을 꿇고 앉더니 그 발목에 묶인 줄을 풀기 시작했다.

“억!”

그 모습을 본 노인과 두 청년이 일제히 놀람의 외침을 터뜨렸다.

안타까운 눈으로 무릎 아래 출렁이는 당연실의 검은 머리카락을 바라보던 무진이 벌떡 일어섰다.

“곽무진이외다.”

그가 포권의 예를 갖췄지만 노인과 두 청년은 상관하지 않았다. 오직 찢어질 듯 부릅뜬 눈으로 아직도 무진 앞에 무릎을 꿇은 채 고개를 숙이고 앉아 있는 당연실을 바라볼 뿐이었다. 그녀의 어깨가 가늘게 떨리고 있었다. 다시 흐느껴 우는 것이다.

“사매, 어서 일어나지 못할까!”

엽 사형이라 불린 청년이 싸늘하게 소리쳤다.

비로소 천천히 일어선 당연실이 무진 곁에 섰다. 얼굴을 들지 못하고 제 발끝만 내려다볼 뿐이다.

“어떻게 된 일이지?”

무진을 노려보던 청면의 노인이 천천히 그녀에게 시선을 옮기고 물었다.

“해질녘에 배에서 내렸다던데 어째서 돌아오지 않고 이곳에 있는 것이냐?”

소식을 전해 듣고 기다리다가 그녀가 나타나지 않자 찾아 나선 모양이었다.

“저는 돌아가지 않겠어요.”

당연실이 눈물을 훔치고 또박또박 말했다.

“응?”

“무엇이? 사매! 그게 무슨 말이냐?”

노인이 눈을 크게 떴고, 두 청년이 놀라서 일제히 소리쳤다.

"아버지는 이 사람을 죽일 거예요. 그러니 저는 돌아가지 않겠어요."

"사매!"

"문주님의 지시를 어길 셈이냐?"

당엽과 당록, 두 청년이 깜짝 놀라 소리쳤지만 당연실은 담담했다. 굳은 마음의 결심이 그녀에게서 두려움과 미련을 사라지게 한 것이다.

"보셨겠지만 나는 이 사람을 좋아한답니다. 어느새 그렇게 되어버리고 말았답니다. 그러니 죽게 할 수가 없어요."

"연실!"

이번에는 무진이 깜짝 놀라 소리치고 그녀를 돌아보았다. 당연실이 무진의 손을 굳게 잡았다.

"이제야 군상 사형의 마음을 알 수 있을 것 같아. 그가 왜 자유로워지기를 원했던 건지 알겠어. 지금 내가 그래. 당문의 틀에서 벗어나 자유롭게 살고 싶어. 그러니 나를 데리고 가줘, 제발."

"이, 이런……."

무진이 당황해서 어쩔 줄을 몰랐다. 묵묵히 그와 당연실을 노려보던 청면의 노인이 싸늘하게 말했다.

"네놈은 섭혼술을 쓰는 것이냐?"

"응?"

"당군상의 넋을 빼놓아서 본 문에 분란을 일으키더니 이번에는 연실이의 넋마저 빼놓았구나. 대체 네가 의도하는 게 뭐냐?"

"나에게는 그런 능력도 없고 그런 마음도 없습니다. 나는 다만 당군상이의 처지를 딱하게 여길 뿐이고, 당 소저가 다시 가주의 사랑을 받게 되기 원할 뿐입니다."

"흥!"

청면노인이 코웃음을 치고 한 걸음 비켜서서 눈짓으로 문을 가리켰다.

"그렇다면 지금 당장 가자."

"안 돼. 가지 마!"

무진이 움직일 듯하자 당연실이 두 팔을 활짝 벌리고 그의 앞을 막아섰다.

"가면 죽어. 아버지는 너를 죽인다고 했어. 그러니 가지 마!"

이곳에 오기까지 그런 말을 한 적은 없다. 물끄러미 그녀를 바라보던 무진은 그녀의 말이 진심이라는 걸 알았다. 그가 피식 웃었다.

"내가 과연 당문에 죽을 만한 죄를 지었던가?"

"그건 문주가 정해."

그래서 당문이 편협하고 악독하다는 평을 받는 것이다.

예전부터 그들은 원한을 열 배로 갚았다. 모욕한 자는 죽였고, 당가의 사람을 해친 자는 세상 끝까지라도 쫓아가서 반드시 죽였다.

은혜를 잊지 않듯이, 원수 또한 잊지 않는 지독함. 은혜든 원수든 열 배로 갚아준다는 그 독선적인 문규 때문에 강호인들은 모두 그들을 꺼려 했지 가까이 하려 하지 않았다.

무진은 그들의 그런 일 처리가 마음에 들지 않았다.

당문에서는 군상의 일을 두고 그 원인이 무진에게 있다고 여긴 것이고, 무진의 그런 행위가 당문을 모욕한 것이라고 생각한 것이다. 그래서 문주는 문규대로 무진을 죽이기로 결정한 게 틀림없었다.

"가겠어."

무진이 엄숙하게 말했다.

"뭐라고?"

당연실이 멍해져서 그를 바라보았다. 무진이 그녀의 손을 뿌리쳤다.

"문주의 손에 죽는다면 내가 그의 말대로 죽을죄를 지었기 때문일 것이고, 그렇지 않다면 그의 생각이 잘못된 거겠지. 내 스스로 그의 생각이 틀렸다는 걸 증명해 보이겠다."

"바보!"

성큼성큼 걸어서 문밖으로 나가고 있는 무진의 등에 당연실의 울부짖음이 부딪쳤다.

당문은 가까운 곳에 있었다.

검각제일관을 나와 물소리가 으르렁거리는 강을 왼쪽에 두고 십 리쯤 내려왔다. 촉도(蜀道)라고 불리는 길이고, 옛적 위의 등애가 병사들을 이끌고 지나갔던 바로 그 길이다.

밤이 깊어 암흑천지라 높은 산도 깊은 골짜기도 보이지 않았다. 그저 흐린 달빛 아래 은은히 밝아 보이는 한줄기 길이 이리저리 굽고 누웠을 뿐이다.

물소리가 점점 멀어지더니 바람결에 문득 향 냄새가 맡아졌다. 가까운 곳에 절이나 도관이 있는 모양이었다.

지금 무진이 청면의 노인을 앞에 두고, 두 청년을 뒤에 둔 채 가고 있는 곳은 무련(武連)이라는 곳이었다. 검각현에 속한 이백여 호의 제법 큰 마을인데, 면양(綿陽)과 광원(廣元)의 중간쯤 되는 곳이기도 하다.

그 무련에서 촉도 건너편 산속에 각원사(覺苑寺)라는 오래된 절이 있으니, 학명산(鶴鳴山)과 대묘산(大廟山)의 험한 봉우리가 마주 보는 곳이었다.

북쪽에 있는 봉우리를 청학봉(淸鶴峰)이라 하고, 남쪽에 있는 봉우리를 백원봉(白猿峰)이라 한다.

두 봉우리 모두 깎아지른 만 장의 암봉인데, 당문은 그 백원봉 아래 각원사 곁에 있었다.

멀리에서도 성곽처럼 높은 담을 밝히고 있는 횃불이 보였다. 석축과 망루가 관(關)을 세운 듯한 위용을 갖춘 곳이었다. 사람들은 성도의 장원을 당문이라 하고, 이곳을 당가보(唐家堡)라고 한다. 당문의 힘이 집결되어 있는 곳이다.

청면의 노인이 더욱 걸음을 빨리해서 걸었다.

"취다. 문 열어라!"

노인이 굳게 닫혀 있는 보문 앞에서 소리쳤다. 곧 망루에 사람의 그림자가 어른거리더니, '삼장로시다! 열어라!' 하고 고함치는 소리가 들렸다.

무진은 노인의 이름이 취(驟)라는 것을 알았다. 성이야 물론 당씨일 것이니 당취인 것이다.

성문처럼 두텁고 큰 문이 반쯤 열렸다. 무진은 당취와 두 청년을 따라 보 안으로 들어갔다. 마음이 착잡했다.

들어가기도 어려운 곳이지만 나오기도 그만큼 어려운 곳이리라. 과연 내가 이 안에서 무사히 살아 나올 수 있을 것인지…… 하는 생각이 그로 하여금 뒤를 돌아보게 했다.

횃불을 든 장한들 십여 명이 멀찍이 무진 등을 에워싼 채 함께 움직였다. 세 개의 문을 지나 연무장으로 보이는 넓은 마당으로 들어서자 사방에 수십 개의 횃불이 밝혀져 있어서 대낮처럼 밝았다. 그 아래 얼른 보아도 삼사십 명은 되는 당문의 청년 고수들이 모여 있었다.

중앙의 높은 대전 앞에 두 사람이 서 있는데, 청수한 인상의 중년인과 나이를 짐작할 수 없는 노인이다.

바로 이 사람들이 강호의 유력한 가문으로 오랜 역사를 가지고 있는 당문의 핵심적인 문도들일 것이다. 무진은 저도 모르게 긴장하고 있었다.

호랑이 굴에 스스로 걸어 들어왔으니 길은 두 개가 있을 뿐이다. 먹이

가 되거나, 아니면 그 가죽을 벗겨서 두르고 당당하게 걸어 나오는 것이
다.

"네가 무정도 곽무진이냐?"

남색 장삼에 남색 건을 쓰고 있는 중년인이 높은 곳에서 내려다보며
오만하게 물었다. 대전의 계단과 이십여 장의 거리를 둔 곳에 우뚝 멈추
어 선 무진이 가슴을 펴고 당당하게 말했다.

"그렇습니다. 소생이 바로 곽무진입니다. 귀하께서 당문의 문주이십
니까?"

"철없는 놈이로다. 어찌 문주께서 너같이 새까만 후배를 만나기 위해
이 늦은 밤까지 기다리시겠느냐?"

"그럼 귀하는?"

"오늘밤 문주님을 대신해서 본 문의 대소사를 대행하는 총감이다."

"그러시군요."

비로소 가볍게 포권한 무진이 허리를 곧게 펴고 그를 똑바로 바라보았
다. 호굴에 들어와 있으나 한 점 궁색함도, 두려워하는 기색도 없었다.

무진이 담담한 음성으로 말했다.

"그럼 총감께서 결정하시는 일이 곧 문주님의 결정이 될 터. 소생은
이 자리에서 당문과 얽힌 일을 깨끗이 마무리 짓고 싶습니다."

"얽힌 일?"

총감이 눈살을 찌푸리더니 껄껄 웃었다.

"실로 뻔뻔한 놈이구나. 당문이 어떤 곳인데 고작 너 같은 꼬마 하나
와 얽힌단 말이냐?"

무진도 눈살을 찌푸렸다. 총감의 말이 그의 자존심을 상하게 한 것이
다.

그는 이곳에 올 때 되도록이면 좋은 말로 해결할 작정을 했었다. 당군

상과의 친분과 당연실을 생각해서 분란을 일으키고 싶은 마음이 없었던 것이다.

자신이 비록 억울한 일을 당할지라도 참을 수 있는 데까지 참아볼 작정이었다.

잠시 침묵하던 무진이 다시 담담하게 말했다.

"나는 당문과 하등의 관계가 없고 또 원한을 살 일도 한 적이 없소이다."

"발칙한 놈!"

"그렇다면 당문의 생각을 가르쳐 주시기 바랍니다."

당문의 한가운데 홀로 우뚝 서서 한 걸음도 물러서지 않고 꿋꿋하게 상대하고 있는 무진이 총감의 비위를 상하게 했는지도 모른다.

번쩍이는 눈으로 노려보던 총감이 뚝뚝 끊어내듯 말했다.

"너로 인해 당문에 분란이 생겼다. 문주님의 여식이자 장차 당문의 안주인이 될 사람을 모욕하고 조롱했다. 그로 인해 성사 직전에 있었던 혼약이 파기되고, 다음 문주 직에 오를 유력한 인재 한 명이 폐인이 되었으며, 부녀 간의 의마저 상하게 되었으니 이는 당문에 큰 피해를 입힌 짓이다. 이 일을 그대로 둔다면 그건 본 문의 오욕이 되어 강호 동도들 모두의 웃음거리가 될 터. 너를 결코 용서할 수 없다!"

"하하하―"

무진이 고개를 젖히고 크게 웃었다. 도도하고 자신만만해 보이는 모습이었다. 한참을 웃고 난 그가 천천히 말했다.

"당군상의 일이라면 그에게 들어서 이미 알고 계실 것이오. 소생이 파혼하라고 부추겼답니까?"

"……."

"당연실과의 일은 그녀에게서 자초지종을 자세히 들었을 것이니 더 말하지 않겠습니다. 소생은 군상과 우정을 나눌지언정 그를 해치고 싶은 마음이 없으니 그로 인해 당문에 모욕을 가했다는 말씀은 받아들일 수 없소이다."

"……."

"만약 소생이 좋은 뜻을 품지 않았다면 이처럼 스스로 호굴로 찾아들지 않았을 터. 내 발로 걸어온 것은 오직 군상이의 억울함을 풀어주고, 문주님의 오해를 풀어서 연실이 다시 본래의 자리로 돌아가길 바라는 때문입니다."

"흥! 네 발로 걸어왔다고?"

총감이 비웃었다.

"만약 연실이 너를 찾아가 회유하지 않았더라면 네가 스스로 왔겠느냐? 만약 삼장로님이 손수 찾아가지 않았더라면 네가 과연 왔겠느냐?"

"그 말씀은 내가 포로가 되어 끌려왔다는 겁니까?"

"다를 바 없지."

"흥!"

총감이라는 자의 말은 누가 들어도 억지였다. 하지만 이곳은 당문이다. 눈에 보이는 사람 모두 당문의 사람들일 뿐이니 그의 말이 순리이고 무진의 말이 억지가 된다.

묵묵히 생각하던 무진이 결연하게 말했다.

"좋소. 그렇다면 이곳을 나갔다가 내일 날이 밝으면 다시 오겠소. 물론 내 발로 걸어올 것이오. 그때는 또 어떻게 말하려는지 궁금해지는군요."

"본 문이 네 마음대로 오고 갈 수 있는 곳인 줄 아느냐?"

총감이 버럭 화를 내더니 소리쳤다.

"저놈을 잡아 꿇려라!"

당문이 편협하고 고집스럽다고 하지만 설마 이 정도일 줄은 몰랐다.

무진이 기가 막혀서 코웃음만 홍, 홍, 쳤다.

"모든 게 다 자기들 편한 대로 생각하고, 자신들의 잣대로 세상을 잴 뿐이니 말이 통할 리가 없겠구나."

비웃어준 무진이 두 팔을 활짝 벌리고 섰다.

"사나이는 목숨을 내놓을지언정 모욕을 참지 않는 법. 나를 꿇리려면 그만한 대가를 치러야 할 것이오!"

"저런 발칙한 놈! 무엇들 하느냐! 당장 잡아서 꿇리지 않고!"

총감이 크게 노해 발까지 굴러가며 다시 소리쳤다.

멀찍이 떨어져서 무진을 에워싸고 있던 장한들 중 열 명이 앞으로 달려 나왔다. 하나같이 손잡이 쪽에 심지가 짧게 나와 있는 길쭉한 쇠통을 들고 있었다.

당문의 암기 중 하나인 열화신통(熱火神筒)이다. 심지를 비비면 불이 붙는데, 그 화기가 통 안의 장약을 폭발시켜서 불길을 뿜어낸다. 강한 것은 바위도 녹일 만하고, 약한 것이라 해도 사람의 몸에 맞으면 당장 그를 태워 잿더미로 만들었다.

열 개의 열화신통이 이 장 거리 밖에서 일제히 무진에게로 향했다. 상하를 모두 노리고 있으니 피할 데가 없다.

무진은 재빨리 머리 속으로 계산을 해야 했다.

신통을 든 자들이 이 장 거리를 두고 있는 것을 보아 그 화력이 미치는 범위는 삼 장쯤 될 것이라는 짐작이 섰다. 만약 그 이상 된다면 마주 보고 있는 동료를 위험하게 할 것이기 때문이다. 그래서 그들은 표적을 중앙에 두고 원을 그리며 섰으되, 이 장의 거리를 지키고 있는 게 틀림없었다.

'거리를 좁히면 된다.'

무진은 그렇게 판단했다. 어느 쪽으로든 바짝 붙어 선다면 뒤에 있는 자들이 함부로 신통을 발사하지 못할 것이다.

하지만 앞에 있는 자가 그렇게 되도록 멍청하게 서 있을 리는 없지 않은가. 움직이는 즉시 정면과 좌우에서 신통이 일제히 발사된다면 몇 걸음 다가서지도 못해서 숯덩이가 되어버리고 말 게 틀림없다.

그들이 신통을 발사하기 전에 달라붙을 방법을 찾아야 했다.

'어렵다.'

무진이 눈살을 잔뜩 찌푸렸다. 아무리 생각해도 신통을 발사하는 시간보다 훨씬 빠르게 이 장 거리를 달려갈 자신이 없었던 것이다.

비도라든지 수전 같은 암기라면 칼을 휘둘러 팅겨내며 달려들 수 있다. 하지만 뿜어지는 불길 앞에서는 속수무책일 수밖에 없지 않겠는가.

'금강장이라면?'

언뜻 그런 생각도 들었다.

금강지의 수법을 장법으로 바꾸어 펼치는 것이다. 자부신공을 한껏 끌어올려 장력을 두텁게 하고 그 범위를 넓게 해서 쏟아내며 달려든다면 신통의 불길을 되돌려놓을 수 있을지도 모른다.

아니, 당문의 사람들은 악착같고 독한 데가 있으니 어쩌면 동료 몇 명의 희생을 감수하고서라도 일제히 신통을 발사해 버릴지도 모른다. 그러면 대라신선이라 할지라도 숯덩이가 되는 신세를 면할 수 없을 것이다.

그렇게 되지 않더라도 금강장을 쏟아낸다면 당문의 사람들을 해치는 결과가 될 테니 마음에 내키지 않았다. 이곳에서 한 사람이라도 피를 보게 된다면 정말 살아 돌아가지 못할 게 뻔하지 않겠는가.

'어렵다.'

무진은 속으로 고개를 절레절레 흔들었다. 방법을 찾을 수 없었던 것이다.

"어떠냐? 열화신통의 원진을 파훼할 비책을 생각해 냈느냐?"

계단 위에서 총감이 무진의 생각을 다 안다는 듯 그렇게 비웃었다.

“흥!”

무진이 코웃음을 쳤다.

턱을 오만하게 치켜들고 가슴을 편 채 뒷짐마저 졌다. 그리고 한껏 냉소하며 말했다.

“사람들은 당문이 천하제일의 가문이라던데 오늘 보니 그게 다 말짱 헛소리에 지나지 않다는 걸 알겠소. 원래 이처럼 다수의 힘으로 핍박하고 치졸한 장난감으로 위협이나 할 뿐, 진정 고수라고 할 수 있는 사람은 없는 게지. 그러니 사람들이 당문을 두고 천하제일의 가문이라고 말하는 것은 칭송이 아니라 비웃는 말이었을 것이오. 그렇지 않소?”

무진의 지독한 말에 총감의 낯이 새파랗게 질렸다. 그가 분노를 참지 못하고 주먹을 부들부들 떨었다.

무진은 자신의 격장지계가 먹혀들어 간 것을 보고 내심 쾌재를 불렀다. 그가 틈을 놓치지 않고 쐐기를 박았다.

“열화신통이 아무리 대단하다고 해도 병영에 흔히 있는 화포만 못할 것이니, 앞으로 천하제일의 가문이라는 말은 병영의 장수가 살고 있는 아무 집에나 붙여줘도 무방할 것이오. 그렇지 않소?”

“이, 이, 이 쳐죽일 놈!”

분노로 치를 떨던 총감이 이를 부드득 갈았다.

“좋다! 네놈에게 당문이 왜 당문인지 알게 해주마! 누가 저 천둥벌거숭이 같은 놈을 통쾌하게 죽이겠느냐?”

총감의 외침에 삼장로 곁에 서 있던 두 명의 청년 중 한 명이 불쑥 나섰다. 당연실이 엽 사형이라고 불렀던 청년이다.

“제가 저놈을 갈기갈기 찢어버리겠습니다.”

“좋다. 당엽, 너라면 능히 그렇게 할 수 있겠지. 당장 저놈의 사지를 찢어버려라.”

무진에게 열화신통을 겨누고 있던 자들이 재빨리 물러나고 훌쩍 몸을 날려 단숨에 다가온 당엽이 앞에 버티고 섰다.

그가 잡아먹을 듯 노려보았지만 무진은 눈을 맞추지 않았다. 여전히 총감을 바라보면서 다시 말했다.

"사지에 떨어졌으니 내 칼은 인정사정 봐주지 않을 것이오. 피를 본다고 해도 나를 탓하지 않겠지요?"

"흥! 재간이 있으면 해보아라. 네놈의 목이 떨어지는 걸 상관하지 않듯이 네놈의 칼에 당엽이 죽는다고 하더라도 상관하지 않겠다."

"좋소. 지금 그 말을 잘 기억해 두시오."

무진이 비로소 당엽을 바라보며 씩 웃었다. '한 칼이다' 그렇게 작정한 것이다.

그는 단번에 당엽을 제압함으로써 이자들에게 자신이 결코 만만한 존재가 아니라는 걸 각인시켜 주기로 마음먹었다.

하지만 정말 죽여서는 안 된다.

무진은 칼등으로 그의 어깨나 다리의 뼈를 쳐서 주저앉히거나 권각으로 쓰러뜨리겠다고 작정했다. 오래 끌어서도 안 된다. 단번에 그렇게 해 버려야 효과가 극대화된다.

당엽은 삼 장의 거리를 두고 서 있었다. 무진은 그가 그처럼 멀찍이 떨어진 곳에 서서 옷소매에 살짝 덮인 손가락을 꼼지락거리는 걸 유심히 보았다. 암기나 투병으로 상대하려는 것이리라.

여산의 오솔길에서 당군상과 겨루던 때를 기억해 냈다. 당엽이라는 자의 수법도 그때 보여주었던 당군상의 그것과 크게 다르지 않을 것이라고 짐작했다.

어깨의 힘을 빼서 긴장을 풀고, 두 손을 허리 아래 늘어뜨리고 서서 무진은 가늘게 뜬 눈으로 당엽을 바라보았다. 깊게 가라앉아서 번쩍이는 그의 눈빛이 삼 장의 거리를 격하고 당엽의 눈 속으로 파고들었다.

기세 다툼은 언제나 그처럼 눈싸움으로 시작된다. 이미 수많은 실전의 경험을 쌓았고, 천하제일의 명성을 넘보기에 부끄럽지 않은 솜씨를 지닌 무진은 그것을 잘 알고 있었다.

당엽의 눈동자가 흔들렸다. 뜨겁게 와 박히는 무진의 눈길을 뿌리칠 수 없었던 것이다. 그것이 비수가 되어서 조금씩 조금씩 자신의 머리 속에 박혀드는 것 같았다. 당엽의 이마에 땀이 배어나기 시작했다.

곁에서 지켜볼 때는 몰랐는데, 이처럼 마주 서서 바라보자 무진의 기세가 사뭇 다르게 느껴졌다. 갈수록 그는 점점 커져서 당엽은 자신이 눈앞에 커다란 바위 봉우리 하나를 두고 서 있는 것 같은 기분이 되었다. 어깨가 점점 무거워지고 숨을 쉬기 곤란해졌다.

'이건 내 상대가 아니잖아?'

뒤늦게 그런 후회가 밀려들었다. 하지만 모두가 지켜보고 있는 앞에서 비겁하게 꼬리를 내리고 물러설 수는 없었다.

두려움과 망설임과 온갖 어지러운 생각들로 인해 그는 무진이 발끝을 밀며 조금씩 거리를 좁혀오고 있다는 것조차 의식하지 못했다. 무진의 눈에 완전히 사로잡혀 버린 것이다.

'이건 당군상보다 훨씬 못한 놈이군.'

당엽의 망설임을 제 가슴으로 고스란히 느끼며 무진은 그렇게 판단했다.

슬쩍 호흡을 내보이고 살기를 죽이자 당엽이 그것을 읽었다. 온몸을 꼼짝할 수 없게 죄어오던 압박감이 썰물처럼 빠져나가는 걸 느낄 수 있었던 것이다. 번쩍 정신을 차린 당엽이 비화침(飛花針)을 한 움큼 움켜쥐고 어깨를 움찔, 했을 때였다.

"그만두지 못해!"

날카롭게 터져나온 한 소리가 그를 깜짝 놀라게 했다.

"노부인."

대전 앞에 서 있던 총감이 놀라서 급히 비켜섰다.

대전 왼쪽에서 막 몇 사람의 여인이 치맛자락을 끌며 급히 걸어오고 있는 중이었다.

중앙에는 나이 많은 할머니가 있었고, 그 곁에 화려한 비단옷을 입은 부드럽고 온화한 인상의 중년 미부인이 따르고 있었다. 노부인의 좌우에는 네 명의 또 다른 중년 미부가 그녀를 부축하고 있다.

"총감, 너는 도대체 머리가 어떻게 된 게 아니냐?"

다가온 노부인이 나이에 걸맞지 않게 카랑카랑한 음성으로 꾸짖었다. 총감은 감히 얼굴을 들지도 못하고 쩔쩔매기만 할 뿐이다.

계단 아래에서 그것을 본 무진이 쓴웃음을 지었다.

'당문은 대대로 여자들의 치맛바람이 드세다더니 틀린 말이 아니었구나.'

남자들보다 여자들의 위상이 더 높은 곳. 그곳이 세간에 알려진 당문이었다.

그럴 수밖에 없는 것이, 대대로 데릴사위를 데려다가 당씨 성을 주고 후에 문주로 발탁하기도 했으니, 당연히 여자들의 입김이 세질 수밖에 없는 것이다.

밖에서는 냉혹하고 무정하며 위풍이 당당해서 당문의 이름을 빛나게 하는 고수라 할지라도, 일단 당문으로 복귀하고 나면 여자들의 눈치를 봐야 했다.

당문 안에서만은 바깥 세상과 상관없이 모계 사회의 오랜 유습이 아직도 존재하고 있는 것인지도 모른다.

중앙의 할머니는 현재 당문의 문주인 비천당왕(飛天唐王) 당옥담(唐玉

潭)의 어머니다. 전대 문주의 부인이었으면서, 현재는 당문의 제일 어른으로 존재하고 있는 대부인인 것이다. 당연실의 조모이기도 하다.

노부인 곁에 온화한 얼굴로 서 있는 중년의 미부가 바로 비천당왕의 부인이자 현재 당문의 안주인이었다. 당연실의 모친이자 노부인의 며느리인 것이다.

노부인을 모시고 있는 네 명의 중년 미부는 노부인의 조카들이었다. 당연실의 고모가 된다.

지금 당문에서 가장 배분이 높고 콧김이 센 여걸들이 이처럼 떼지어 몰려올 줄은 몰랐던 총감 당교학(唐僑鶴)은 식은땀을 흘렸다.

노부인이 그때까지 아무 말 없이 총감 곁에서 구경만 하고 있는 노인에게 소리쳤다.

"아이들이 철이 없으면 어른이 나서서 꾸짖어야 하건만, 서방님은 그게 뭐요? 설마 졸고 있는 건 아니겠지요?"

노부인의 서슬 퍼런 호통에도 노인은 그저 주름 가득한 얼굴에 미소만 띤 채 여유만만했다. 그는 당문의 수석 장로이면서 현 문주의 백부였다. 그러니 노부인에게 서방님이라 불린 것이다.

노인이 턱으로 무진을 가리키며 희미하게 웃었다.

"제수씨도 좀 더 일찍 나와서 구경했어야 하는 건데 그랬소. 저 아이의 하는 짓이 참 귀엽고 재미있었다오. 허허허."

"재미있기도 하시겠소."

눈을 흘긴 노부인이 무진을 지그시 바라보다가 물었다.

"네가 곽무진이라고?"

무진은 즉시 공경하는 모습이 되어서 허리를 숙였다. 이 노부인이야말로 일을 순조롭게 풀어줄 귀인일 것이라는 믿음이 생겼던 것이다.

"그렇습니다. 강호의 말학 후배 곽 모가 감히 노부인께 인사를 드립니다."

"호호호, 듣던 대로 듬직하고 씩씩한 아이로구만."

노부인이 흐뭇한 웃음을 흘리더니 갑자기 그때까지도 손에 비화침을 움켜쥔 채 우두커니 서 있던 당엽에게 호통쳤다.

"이 미련한 것아! 당장 꺼지지 못하고 뭘 기다리는 게야? 종아리를 맞을 테냐?"

당엽이 두려움 가득한 얼굴로 굽실굽실 절을 하며 재빨리 달아났다. 감히 노부인의 말에 대꾸조차 하지 못했다.

노부인 곁에 서 있던 당 부인이 온화한 얼굴에 미소를 띠고 무진에게 말했다.

"네가 연실이와 함께 왔다던데, 그 아이는 지금 어디에 있지?"

"그건, 그건……."

무진이 당황한 얼굴이 되어 말을 더듬었다. 그녀를 객잔에 놔두고 혼자 왔다는 말을 어찌 해야 할지 난감했던 것이다.

당 부인이 지그시 바라보다가 웃음을 거두고 무겁게 말했다.

"설마 그 아이의 뺨을 치고 밀어 넘어뜨린 다음에 그냥 내버려 두고 너 혼자 온 건 아니겠지?"

"어찌, 어찌…… 소생이 어찌 그런 짓을 할 수 있겠습니까?"

"듣기로는 네가 평소에도 그 아이를 미워해서 몹시 대했다고 하던데, 능히 그럴 수 있지 않겠느냐?"

"그건… 부인의 오해이십니다. 저는 한 번도 그렇게 생각해 본 적이 없습니다."

"그래? 그렇다면 그 아이를 좋아한단 말이냐?"

"그건, 그건……."

무진의 이마에도 진땀이 배어 나왔다. 어찌 된 건지 자신도 모르는 사이에 여걸들의 위세에 넘어가 쩔쩔매고 있었던 것이다.

칼을 든 남자를 상대하는 건 쉬워도 여자, 특히 이처럼 위압감을 주는 부인들을 상대하는 일이 이렇게 어렵고 힘들 줄은 미처 몰랐다.

그가 쩔쩔매자 노부인을 모시고 있던 중년의 미부들이 일제히 깔깔거리고 웃었다.

"언니, 그럴 게 아니라 붙잡아서 들보에 거꾸로 매달아놓고 볼기를 치면서 물어봐야 하는 것 아니에요?"

"그게 재미있겠다. 나는 저 귀여운 볼을 한 번 꼬집어볼 테야."

"이왕이면 옷도 모두 벗겨놓고 매질을 하자. 그래야 튼실한 녀석인지 아닌지 알 수 있지 않겠어?"

"호호호, 그랬다가는 아마 연실이 고 못된 것이 네 머리카락을 죄다 쥐어뜯어 놓을걸?"

네 여인이 한꺼번에 까르르 웃었다.

그녀들이 앞 다투어 재잘거리자 귀가 다 따가워지고 정신이 없었다.

이제 기세등등하던 총감은 한쪽으로 물러서서 그녀들의 눈치만 보고 있었다. 연무장을 메우고 있던 청년들이야 숨도 제대로 쉬지 못한다.

"시끄럽다, 이년들아!"

노부인이 빽 소리치자 네 여인이 머쓱해져서 입을 다물었다.

"볼기를 치든 데리고 잠을 자든 내가 알아서 할 테다. 그러니 당장 저 녀석을 취운각(取雲閣)으로 데려와!"

노부인의 말에는 거침이 없었다. 듣기에 따라서는 심히 민망한 말인데도 거리낌없이 쏟아낸다. 네 여인이 키득거리며 노부인을 부축해서 자리를 떴다. 뒤에 남았던 당 부인이 무진을 바라보다가 호, 하고 한숨을 내쉬었다.

■제8장■
당문의 일전(一戰)

당문의 일전(一戰)

'이건 정말 미친 짓이야.'

무진이 숙인 얼굴을 들지 못한 채 속으로 중얼거렸다. 도대체 시선을 어디에 두어야 할지 몰라 쩔쩔매다가 결국 제 발치만 바라보게 된 것이다.

취운각은 대부인이 거하는 아름다운 전각이다. 사층의 누각 형태를 띠고 있었는데, 당가보 내에서도 가장 풍광이 수려하고 화려한 전각이었다.

그곳의 삼층 넓은 청 안에 여인들의 재잘거림과 깔깔거리는 웃음소리가 가득 찼다.

하나같이 당문의 비전절기를 지니고 있어서 강호에 나가면 서릿발이 펄펄 돋는 무서운 여걸들이겠지만, 이처럼 취운각에 모여서 무진을 둘러싸고 떠들어대는 모습은 여염집의 수다스러운 아낙들과 다를 바가 없었다.

　남쪽 단 위에 장죽을 문 대부인이 비스듬히 누워 있고, 대부인을 부축
했던 네 명의 중년 미부가 팔과 다리를 주물러 주고 있었다. 그녀들을 당
가사묘(唐家四猫)라고 부른다는 걸 무진은 취운각에 와서야 알았다.
　그만큼 성깔이 표독하고 까다롭다는 의미이리라. 그러나 대부인 앞에
서만은 잘 길든 고양이처럼 나긋나긋하고 상냥하기만 했다.
　당문의 안주인인 당 부인은 대부인의 단 아래에 있는 다탁(茶卓) 앞에
점잖게 앉아 있었다.
　아직 어린 티가 나거나, 젊고 나이 든 여인들이 이십여 명이나 모여서
웃고 떠드는 통에 취운각은 깊은 밤중임에도 불구하고 시끌벅적하기만
했다.
　“애야.”
　조는 듯 눈을 지그시 감고 있던 대부인이 그렇게 불렀다.
　“예?”
　무진이 후딱 얼굴을 들고 바라보았다. 아직도 어리둥절하고 정신이 나
간 듯한 모습이라, 그것을 본 여인들이 또 까르르 웃었다.
　흘흘, 웃은 대부인이 물었다.
　“네가 정말 연실이를 매정하게 뿌리치고 객방에 가둬둔 채 혼자 왔느
냐?”
　“가, 가둬두다니요?”
　“줄로 꽁꽁 묶었다면서? 그게 네 취향이더냐?”
　“아니, 아니, 누가 그런 터무니없는 말을……."
　무진이 시뻘겋게 달아오른 얼굴로 쩔쩔매며 말을 더듬자 그를 바라보
던 여인들이 다시 까르르 하고 일제히 웃었다.
　희미한 웃음을 띠고 바라보던 대부인의 표정이 돌변했다. 그녀가 가
늘게 뜬 눈을 매섭게 번쩍이며 쏘아보았다. 물어보는 음성마저 스산해

졌다.

"연실이가 그렇게 밉더냐? 때려죽이고 싶었어?"

"아닙니다. 소생이 어찌 그런 생각을 했겠습니까?"

"흥! 네가 감히 내 앞에서 거짓말을 할 생각인 게냐? 너는 여벌로 가지고 다니는 목숨이라도 있는 모양이지?"

무진의 뒷머리가 쭈뼛해졌다. 여기서 만약 대부인이 저놈을 죽여, 라고 한마디만 한다면 목숨이 열 개가 있다고 해도 살아나지 못할 것이다.

무진은 불쌍하게도 지금 자신의 목숨이 대부인의 손바닥 위에 놓여 있다는 걸 알면서도 어찌할 수가 없었다. 상대가 남자 같으면 오기라도 부려보겠지만 저렇게 나이 많은 할머니이고, 자기를 둘러싸고 있는 사람들이 모두 나긋나긋한 여자들이니 대책이 없다.

'제기랄, 차라리 무혼불괴시플과 싸울 때가 행복했다.'

그런 엉뚱한 불만마저 생겼다. 그 무시무시한 괴물들과 맞섰을 때가 지금보다 편했다고 느껴질 정도로 무진은 긴장하고 있었던 것이다.

매섭게 노려보던 대부인이 다시 말했다. 어조에는 여전히 싸늘함이 깃들어 있다.

"정말 아니란 말이지? 그 깜찍한 것을 때리지도 않았고, 묶어놓지도 않았단 말이지?"

"그, 그렇습니다."

"그럼, 네 무거운 몸으로 그 여리고 불쌍한 것을 짓눌러 죽이려고 했던 게로구나?"

"예?"

"그것도 아니라고 발뺌할 셈이냐?"

대부인의 말투에 서릿발이 어렸다. 무진은 더욱 어리둥절해졌다. 대부인의 말뜻을 알아낼 수가 없었던 것이다.

"그렇지 않으면 어째서 그 아이를 꽉 끌어안고 있었지? 분명히 네놈은 그 연약한 것을 딱딱한 바닥에 쓰러뜨린 다음에 짓눌러 죽이려고 했던 게야. 그렇지?"

"오호호호—"

여인들이 일제히 배꼽을 쥐고 웃어댔다. 두 발로 마룻장을 굴러대고, 맨바닥에 쓰러져 뒹구는 소녀들도 있었다.

'이, 이런, 젠장할……'

무진의 얼굴에 낭패감이 가득해졌다. 숯덩이처럼 벌겋게 달아오른 얼굴을 푹 숙인 채 들지 못했다.

대부인이 자신을 희롱하고 있었다는 걸 안 것까지는 좋았다. 그러나 그녀가 객잔에서의 일을 모두 알고 있으며, 그걸 이렇게 부풀려서 놀려대니 쥐구멍이라도 찾고 싶은 심정이 되었다.

청 안에 가득한 여인들의 웃음이 잦아들기를 기다렸던 대부인이 다시 말했다.

"아니면 그 애가 귀엽고 사랑스러워 참을 수가 없어서 그랬겠지. 그렇지 않으냐?"

"예? 아, 예, 예……."

얼떨결에 대답을 하면서도 무진은 제가 바보가 된 듯한 기분이 들었다.

여자들에 대해서만은 독해질 수 없는 그였다. 가슴속 깊은 곳에 묻어두고 있는 어머니에 대한 본능적인 그리움 때문이기도 할 것이다.

할머니가 있고, 어머니가 있으며, 누이와 이모들이 있는 평범한 가정. 그것을 얼마나 동경해 왔던가. 그녀들의 사랑을 듬뿍 받고, 마음껏 응석을 부리고 때로는 억지스런 떼도 쓰며 매달리는 그런 아이. 그게 무진이 어려서부터 꿈꾸어왔던 자신의 모습이었다.

어쩌다 글방 친구들 집에 놀러 가면 그런 어머니와 누나, 이모들을 보고 부러움에 눈물 흘리기도 했다.

회상에 잠겨 쓸쓸해진 무진의 귓가에 대부인의 음성이 다시 들려왔다.

"너는 장차 연실이를 어찌하려느냐?"

"예?"

"그 아이의 혼사는 이미 깨졌다. 너 때문이지."

"그, 그건……."

"이제 와서 발뺌하려는 게냐?"

흘흘거리고 웃던 대부인의 눈초리가 다시 날카로워졌다.

"당군상 그 어리석은 놈이 너를 만나고 나더니 간덩이가 단단히 부었다. 감히 파혼을 선언해? 그놈이 너를 만나기 전에는 그런 것 꿈도 꾸지 않았다. 그러니 네 탓이 아니란 말이냐?"

무진은 대꾸할 말이 없었다. 자신이 이곳까지 찾아와 스스로 위험에 처한 것도 바로 대부인의 말과 같은 한 가닥 자책감 때문이 아니던가.

'나로 인해 벌어진 일이니 그의 불행을 두고 볼 수 없다.'

그것이 지금도 포기할 수 없는 의지였다.

"네가 원인을 제공했으니 네 손으로 수습을 해야 할 것 아니냐?"

"그렇습니다. 그래서 이렇게 찾아왔습니다. 그와 당문 사이에 맺혀 있는 오해를 풀어주기 위함입니다."

"틀렸어."

"예?"

"그건 당군상 그놈을 위해서라고 해야 옳지. 네 안중에 당문은 없는 게야, 그렇지 않으냐?"

"음—"

"그렇지 않다면 너는 당문의 자존심도 생각하고 그에 대한 배려도 고려했겠지."

대부인의 지적은 날카로웠다. 당군상을 위험에서 구해내야 한다는 것만 생각했지, 그로 인해 당문이 받았을 자존심의 상처에 대한 것은 미처 생각하지 못했다.

아니, 당문은 강자이고 당군상은 그에 비해 보잘것없는 약자이기 때문에 그랬던 것이라고 해야 하리라. 하지만 그것만으로 대부인의 지적을 부인할 충분한 명분은 되지 못했다.

"게다가 그 일로 인해서 연실이는 부녀 간의 정이 끊긴 채 쫓겨날 신세가 되었다. 그렇게 되면 너는 당문의 원수가 되는 걸 면할 수 없지. 당문에서는 모든 힘을 기울여 너를 반드시 죽이고 말 것이다. 그게 오늘날까지 당문을 지탱시켜 준 전통이니 예외란 없다."

한동안 생각에 잠겨 있던 무진이 대부인을 바라보았다.

"하지만 저는, 저는……."

이 모든 것이 당연실의 편협하고 교만한 성격에서 비롯된 것이라는 말은 차마 할 수 없었다. 대부인과 그녀의 모친인 당 부인, 그리고 그녀의 자매들이고 이모며 고모인 이 여인들이 그 말을 받아들일 리도 없다.

"당군상과 연실이, 그리고 당문이 관계된 이 일을 한 번에 해결할 수 있겠느냐?"

"……."

무진이 대답하지 못하고 있자 대부인이 다시 냉랭하게 말했다.

"방법이 딱 하나 있기는 하지."

"가르쳐 주소서. 소생이 할 수 있는 일이라면 힘을 아끼지 않겠습니다."

"흘흘, 세상에서 오직 너만이 할 수 있는 일이다."

"예?"

"간단해. 네가 당씨 성을 물려받으면 모든 게 한순간에 해결되지."

"앗!"

무진이 크게 놀라 비명을 터뜨렸다. 그런 일은 생각해 본 적도 없었다.

외성(外姓)을 받고 당문에 들어와 연실과 결혼한다면 장차 당문의 문주가 되어야 할 것이다. 대부인은 그것을 원하고 있었다.

그러나 무진은 지금 한가롭게 당문에서 데릴사위 노릇이나 하고 있을 때가 아니었다.

"불가합니다."

그가 머뭇거리고 망설이기만 하던 지금까지와는 달리 단호하게 말하자 대부인은 물론 당 부인과 다른 여인들이 모두 크게 놀라 눈을 휘둥그레 떴다.

여인들의 간지러운 재잘거림과 웃음소리로 시끄럽던 청 안이 갑자기 싸늘한 냉기로 뒤덮였다.

"불가하다고?"

대부인이 제 귀를 의심한다는 듯한 얼굴이 되어서 다시 물었다.

"저에게는 저의 길이 있습니다. 그것을 내팽개쳐 두고 당문의 데릴사위로 눌러앉아 있을 수는 없습니다."

"응?"

"아니, 저 애가 지금 뭐라고 한 거야?"

"어머나, 세상에……."

"멀쩡한 줄 알았더니 살짝 미친 애였나 봐."

여인들이 사방에서 웅성거리고 수군거렸다. 그러나 무진은 오직 대부인을 똑바로 바라볼 뿐 눈길 한 번 돌리지 않았다.

물러설 곳까지 물러섰다. 이제 더 이상은 양보할 수 없다는 게 무진의 생각이었다. 여기서 한 발짝이라도 물러선다면 자신의 모든 인생과 여태까지 해왔던 모든 일들이 꼬여 버리고 말 것이다.

대부인이 천천히 몸을 일으켜 똑바로 앉았고, 단 아래에 앉아 있던 당부인도 온화하던 얼굴을 딱딱하게 굳힌 채 무진을 노려보았다.

대부인의 낮게 가라앉은 음성이 청 내에 흘렀다.

"네 말이 진심이냐?"

"그렇습니다."

"죽을지언정 당씨 성은 받지 않겠다?"

"그렇습니다."

"으음—"

청 안에 무거운 침묵이 흘렀다. 방심한 자세로 앉거나 비스듬히 누워 있던 여인들이 모두 천천히 몸을 일으켜 세웠다.

화기애애하고 웃음이 바람처럼 살랑이던 곳이 순식간에 빙궁처럼 싸늘하게 변해 버렸다.

그때 한 사람이 청 안으로 들어왔다. 치맛자락 끌리는 소리가 무거운 적막을 쓸었다.

"할머니, 그 멍청이를 놓아주세요."

사람들이 일제히 고개를 돌려 소리난 곳을 바라보았다. 당연실이었다.

무진을 바라보는 그녀의 얼굴에 처연한 웃음이 떠올랐다.

"저 멍청이의 마음은 다른 곳에 온통 가 있답니다. 그러니 그를 붙잡아 놓아봐야 껍데기만 붙들고 있을 뿐이지요."

"너는 저 아이가 싫어진 게냐?"

대부인이 머리를 갸웃거렸다.

"아니에요."

연실이 당돌하게 말했으므로 모두는 '어?' 하고 놀라서 그녀와 무진을 번갈아 바라보았다. 내친김이라는 듯 연실이 마음속에 담아두고 있던 말을 와르르 쏟아냈다.

"저는 처음부터 저 사람에게 반했죠. 하지만 저 멍청이는 조금도 저를 안중에 두지 않았어요. 그래서 화가 났고, 군상 오라버니가 애꿎게 제 화풀이 대상이 되고 만 거랍니다. 그러니 모든 잘못은 저에게 있어요. 저는 그것을 인정하고 어떤 벌이든 달게 받을 작정입니다."

청 안에 가득한 여자들의 입이 모두 딱 벌어졌다.

그렇게 안하무인으로 교만하고, 고삐 풀린 망아지처럼 천지사방 날뛰어대기만 해서 모두의 골칫거리였던 연실이 한순간에 전혀 다른 사람으로 바뀌어 버린 것 같았다.

그러니 모두에게는 '저게 정말 그 연실이가 맞는 거야?' 하는 의문이 들었다.

단 아래 묵묵히 앉아 있던 당 부인이 천천히 걸어가 연실이의 손을 잡았다. 어머니의 따뜻한 손이 느껴지자 갑자기 설움이 밀려든 듯, 당연실은 모친의 품에 안겨 부끄러운 줄도 모르고 크게 소리 내어 엉엉 울었다.

"네가 이제야 철이 들었구나. 장한 일이다. 암, 그렇고말고."

연실의 등을 쓸어주는 당 부인의 얼굴에 안타까움과 흐뭇함이 동시에 떠올랐다.

마음의 상처를 받게 된 딸에 대한 연민이 그녀마저 슬프게 해서 두 모녀는 서로를 부둥켜안은 채 처연한 숨을 내쉬었다.

당 부인이 나지막하게 말했다.

"남녀 간의 일이란 어느 한쪽의 마음으로 이루어지는 게 아니지. 다가가면 오히려 더욱 멀어지는 게 남녀 사이의 알 수 없는 거리란다."

"하지만, 하지만…… 저 멍청이는 너무해요. 나를 이렇게 비참하게 하다니……."

"진실은 언젠가 통하기 마련이다. 네가 진심으로 그를 원한다면, 그 마음이 반드시 쇠를 녹이고 바위에 구멍을 뚫을 날이 있을 것이야."

"그럴까요?"

"암, 그렇고말고. 네가 이렇게 부끄러움을 무릅쓰고 그를 위해 나서주었으니 그의 마음속에는 이제 당연실이라는 이름이 한 개의 돌이 되어 가라앉았을 거다."

"그럼 두 개, 세 개, 네 개의 돌이 되고, 백 개, 천 개의 돌이 된다면, 그때는 그의 마음이 온통 제 이름으로 꽉 차버리겠군요?"

"그렇지. 그게 바로 쇠를 녹이고 바위를 뚫는다는 그 마음이지."

"알겠어요, 어머니."

당연실이 눈물로 얼룩진 볼을 들고 배시시 웃었다.

청 안은 이제 숙연한 분위기가 되었다. 많은 사람들이 있었지만 모두 숨을 죽인 채 당 부인과 연실이의 이야기를 듣고 있었던 것이다.

누구인가 가늘게 한숨을 쉬었다. 그녀들의 말에서 자신의 처지를 문득 깨달은 모양이다.

"흘흘, 저 천둥벌거숭이를 어엿한 처녀로 만들어주었으니, 그건 저놈의 공이라고 해야 하나?"

대부인이 며느리와 손녀딸의 모습을 흐뭇하게 바라보며 중얼거렸다.

취의청(聚議廳) 안에 긴장이 감돌았다.

당문의 아홉 장로가 모두 모였고, 삼공(三公)이 모였다.

높은 단 위에는 문주인 비천당왕 당옥담이 화가 난 듯한 얼굴로 앉아 있었다. 중년의 청수한 문사처럼 깨끗하고 조용해 보이는 사람이었다.

단 아래 왼쪽에는 당문의 여걸들이 줄지어 있었다. 대부인부터 차례로 당문십이녀로 불리는 열한 명의 늙고 젊은 여걸들이 한자리에 모인 것이다.

대부인 곁에는 당 부인과 당문사묘로 불리는 네 명의 중년 미부가 싸늘한 얼굴을 한 채 앉아 있었다.

오른쪽에는 삼공과 아홉 장로들이다.

당문의 남자와 여자를 대표하는 그들이 서로 마주 보는 형상으로 좌우로 줄지어 앉아 있는 가운데에 무진과 당연실이 서 있었다.

이미 한차례 격론이 오고 간 듯 취의청의 공기는 열기로 후끈 달아올라 있었다.

"네 말에 대해서 네 스스로 책임지겠다고 했으렷다?"

문주의 냉엄한 말이 취의청 안에 쩡쩡 울렸다. 모두의 시선이 문주의 얼굴에 가 멎었다. 당연실이 내내 숙이고 있던 얼굴을 번쩍 들고 아버지이자 문주인 당옥담을 당돌하게 바라보았다.

"저도 이제 제 스스로 인생을 선택할 만한 나이가 되었어요."

"뭐, 뭐, 뭐라고?"

"아버님께서 늘 말씀하셨잖아요? 언젠가 네 스스로 선택할 수 있게 된다면, 그때는 네 마음대로 해도 좋다고."

"허!"

당옥담이 기가 막힌다는 얼굴로 대부인 곁에 앉아 있는 당 부인을 바라보았다.

"당신은 대체 저 아이에게 뭐라고 한 거요?"

당 부인이 남편을 바라보며 담담하게 말했다.

"당신의 말은 제가 연실이를 충동질했다는 건가요?"

"아니란 말이오?"

"당신은 연실이의 나이가 몇 살인지 알고 계시나요?"

"스물둘이지."

"제가 당신과 결혼했을 때도 스물두 살이었어요."

당 부인이 매섭게 한 번 흘겨보고는 더 말하지 않겠다는 듯 외면했다.

당문의 여자로서 그만한 나이라면 스스로의 거취를 정하기에 충분하다는 무언의 항변이었다.

"이건 대체 당문의 여자들이 모두 한통속이 되어서 나를 골탕먹이기로 작정한 것 같군."

잔뜩 낯을 찡그리고 투덜거린 문주가 삼공(三公)과 구로(九老)를 돌아보았다. 자신을 위해 무언가 말을 좀 거들어달라는 의미였지만, 그들 열두 명의 노인은 짐짓 외면한 채 딴청을 부리기에 바빴다.

당문에 큰일이 있을 때마다 이처럼 삼공구로와 십이녀가 모두 모여 한바탕 토론을 벌여서 결론을 내곤 했다.

형식은 그럴듯하게 갖추었지만, 삼공구로는 물론이고 문주 또한 결론은 언제나 여자들의 주장대로 났다는 걸 잘 알고 있었다.

문주가 어쩔 수 없다는 듯 한숨을 내쉬고 당연실에게 말했다.

"좋다. 그렇다면 마지막 조정안을 내놓겠다. 저 녀석을 놓아주고 네가 이곳에 남을 테냐, 아니면 저 녀석을 남기고 네가 나갈 테냐? 둘 중 한 가지만 선택해라."

문주가 내리는 최후의 통첩이었다. 그 말에는 십이녀도 드러내고 반박하지 못했다. 문주로부터 그만한 양보를 얻어냈으니 더 다그칠 수 없었던 것이다.

이제 선택은 당연실의 몫이었다.

그녀는 답답한 당문에서 벗어나 자유롭게 강호를 활보하고 싶어했다. 강호의 여걸로 이름을 드날리고, 명산대천을 두루 둘러보며 부모와 가문의 속박에서 벗어나 한 마리 새처럼 자유로워지고 싶다는 건 오래전부터 품어왔던 꿈이다.

하지만 그렇게 되면 대신 무진이 당문에 남아야 했다. 그는 당군상과 마찬가지로 뇌옥에 갇혀서 답답한 세월을 보내야 할 것이다.

무진을 내보낸다면, 그때는 자신이 꼼짝없이 이곳에서 평생을 살아야 한다. 다시는 강호로 나갈 생각을 말아야 하는 것이다.

당연실의 얼굴에 갈등이 가득해졌다. 모두의 시선이 그녀에게 모였다.

한참 침묵하던 당연실이 기어들어 가는 음성으로 겨우 말했다.

"제가 남겠어요."

"아!"

사람들이 일제히 탄성을 터뜨렸다.

평소의 당연실이라면 당연히 누가 어떻게 되든 저 하고 싶은 대로 하려고 했을 것이다. 딸의 그런 성격을 잘 아는 문주 또한 그것을 기대하고 있었기에 그녀에게 선택하라고 했던 것인데, 결과는 의외였다.

"후회하지 않겠느냐? 평생 당문 밖으로 나갈 수 없을 텐데도 말이다."

지금이라도 뜻을 바꾸라는 듯 문주가 은근한 음성으로 물었다. 당연실이 마음의 슬픔을 억누르고 또박또박 말했다.

"저는 단지 제 인생을 즐기기 위해 강호에 나가려 했지만, 이 사람은 피맺힌 한을 가지고 있어요. 그러니 저보다 더욱 이곳에서 나가는 게 절실하겠지요."

"음……."

문주가 눈살을 찌푸렸다. 저렇게 말하고 있는 게 정말 자신의 딸인지 믿을 수 없다는 얼굴이기도 했다.

"좋다."

그 한마디로 결정되었다.

무진은 이곳에 불려온 이후 입을 꾹 다문 채 묵묵히 모든 결정 과정을 보고 듣기만 했다.

당연실의 문제가 해결되었다. 그녀는 다시 당문의 여자로 돌아가 평온

한 삶을 살게 될 것이다. 그녀가 그렇게 결정하기까지 얼마나 어려웠을 것인지 충분히 알 수 있었다. 그래서 마음이 무거워졌다.

하지만 아직 해결되지 않은 한 가지가 남아 있었다.

"너는 이제 돌아가라. 더 이상 이 문제를 가지고 너에게 따지지 않겠다."

문주가 귀찮다는 듯 손을 내저었다. 무진은 이제 자신의 차례라는 걸 알았다.

"저에게는 아직 해결해야 할 일이 한 가지 남아 있습니다."

"응?"

"당군상을 이대로 놔두고 갈 수는 없습니다."

"어떻게 하겠다는 거냐?"

"그와 함께 이곳을 떠날 수 있도록 해주십시오."

"군상이를 데려가겠다고?"

"그에게 가졌던 당문의 오해도 풀렸을 줄 압니다. 그렇다면 그를 자유롭게 해주는 게 옳을 것입니다."

모든 사람들이 무진을 노려보았다. 대부인의 주름 가득한 얼굴에는 난감해하는 표정이 어렸고, 당 부인은 보일 듯 말 듯 미소를 짓고 있었다.

"발칙한 놈!"

삼장로인 당취가 탁자를 치고 벌떡 일어서며 소리쳤다. 그는 아직 무진에 대한 노여운 감정을 씻어버리지 못하고 있었던 것이다.

문주 또한 이글거리는 눈길로 무진을 노려보고 있었다.

당취가 노안을 일그러뜨리다가 버럭 소리쳤다.

"네놈이 감히 본 문의 중심인 취의청에서 본 문의 일을 왈가왈부할 셈이냐!"

무진이 천천히 그런 당취를 향해 돌아섰다. 그의 태도는 늠름하고 표정이 결연했으며, 조금도 머뭇거림이 없었다.

"나는 문주님의 약속을 믿기에 말씀드렸을 뿐이오."

"약속이라고?"

"그렇게 들었습니다. 제가 당문으로 오면 군상의 일을 해결해 주겠다고 하셨습니다."

무진을 불러들이기 위한 말이었다. 하지만 일이 이렇게 되었으니 문주로서는 어떻게든 이 문제 또한 해결하지 않을 수 없게 되었다.

그의 의도는 무진을 붙잡아 형벌을 가하고 뇌옥에 영원히 가두어서 당문을 모욕한 대가를 치르게 하려는 것이었다. 하지만 연실의 개입으로 인해 그 모든 일의 원인이 바로 그녀였고, 무진과 군상에 대한 노여움이 오해 때문이었다는 걸 이제는 모두가 알았다.

순리대로라면 문주와 당문은 무진에게 사과하고, 그의 요구대로 당군상을 내주어야 했다. 하지만 당문의 편협한 자존심 때문에 누구도 그런 속마음을 드러내지 못했다.

문주가 낯을 찌푸리고 천천히 말했다.

"그 아이는 이미 당씨 성을 받은 당문의 사람이다. 그러니 그의 처리는 문규에 따를 뿐이지 네가 관여할 게 아니다."

"군상이는 자유로워지기를 원할 뿐 당문을 모욕하지도 않았고, 당씨 성을 버리지도 않았습니다. 단지 그것 때문에 이와 같은 일을 당해야 한다는 건 너무 가혹한 일입니다. 너그러움을 보이지 않는다면 강호의 동도들은 모두 당문이 커다란 명성에도 불구하고 하는 일은 치졸하기 짝이 없다고 할 것입니다."

지독한 말이었다.

무진으로서는 문주와 당문의 원로들을 자극하기 위해 던진 말이었고, 잘못하면 돌이킬 수 없는 화를 불러들일 수 있는 말이기도 했다.

“이, 이런 고약한······!”

“저 발칙한 놈이 감히!”

“네 이놈!”

여기저기에서 분노에 떠는 소리와 호통 소리가 쏟아졌다.

대부인의 늙은 얼굴에도 노기가 서렸고, 당 부인 또한 온화하던 얼굴이 싸늘해졌다.

당연실이 창백해진 얼굴로 무진을 멍하니 바라보았다. 자존심마저 내팽개치며 일을 성사시켜 놓았는데, 무진이 한순간에 허사로 만들어 버렸다는 원망을 어쩔 수 없었다.

“우흐흐흐—”

문주인 비천당왕 당옥담의 밀랍처럼 굳어버린 얼굴이 일그러지며 낮고 음침한 소성이 흘러나왔다. 당연실의 낯빛이 더욱 핼쑥해졌다.

“네놈에게 과연 그렇게 말할 자격이 있을까?”

무진은 이것이 마지막으로 넘어야 하는 언덕임을 느꼈다. 이것을 넘지 못하면 모든 게 허사가 되어버린다. 당연실의 눈물겨운 노력을 생각하면 더욱 물러설 수 없었다.

문주의 차가운 얼굴을 대하는 그의 모습이 더욱 당당하고 의연해졌다. 무진이 가슴을 펴고 또박또박 말했다.

“무엇으로 시험해 보시겠습니까?”

“우흐흐흐— 좋다. 네놈이 당문의 삼 장을 받아낸다면 그만한 자격이 있다고 인정해 주지.”

“아!”

당연실이 낮은 탄성을 흘리고 비틀거렸다.

무진은 자신이 자부신공을 십이성 대성했다는 걸 새삼 떠올렸다. 신공을 한껏 운용한다면 버티지 못할 리가 없다는 자신감이 생겼다.

"좋습니다. 제가 당문의 삼 장을 받아낸다면 당군상을 자유롭게 해주
시기 바랍니다."

문주는 음침한 눈길로 무진을 노려볼 뿐이었다. 무거운 적막이 한참
흐른 뒤에 그가 마지못한 듯 말했다.

"좋다, 네 소원대로 해주지. 하지만 그렇지 못하면 너는 이곳에서 죽
는다."

그것으로 결정되었다.

당문의 삼 장은 강호에서 염라장(閻羅掌)으로 불리는 지독한 것이다.
추호의 인정도 없고, 명문정파의 장법다운 의연함도 없다. 오직 악랄하
고 지독할 뿐이어서 마도의 무리가 추구하는 극악함과 통하는 데가 있었
다. 그래서 강호인들은 그것이 당문을 더욱 당문답게 만들어주는 끔찍한
장법이라고 말했다.

문주는 자신의 지위와 체면 때문에 차마 직접 나서지 못했다. 그가 문
중의 원로들인 삼공구로 쪽을 바라보았다.

"어느 분께서 저 아이에게 따끔한 훈계를 내려주시겠습니까?"

"제가 하지요!"

즉시 한쪽에서 무진을 노려보며 이를 박박 갈고 있던 삼장로 당취가
나섰다.

그의 노안에 노여움이 가득했고, 검은 수염이 부르르 떨렸다. 처음부
터 무진이 괘씸하기만 했는데, 일이 이 지경이 되자 더욱 미운 생각이 든
것이다. 이제는 누가 뭐라고 하든 저놈을 죽여 버리고 말겠다는 악독한
마음이 되었다.

그때까지 어쩔 줄 모르고 무진과 아버지를 번갈아 바라보기만 하던 당
연실이 갑자기 높고 날카롭게 소리쳤다.

"이 바보야! 네가 그렇게 멍청하고 꽉 막혔으니 죽어도 싸다!"

그녀의 돌연한 행동이 모두를 어리둥절하게 했다. 당연실이 분해서 못 견디겠다는 듯 씩씩거리더니 갑자기 무진의 뺨을 때렸다.

짝! 하는 경쾌한 소리가 울려 퍼졌다. 무진은 피하지 않았다. 그녀가 열 대를 때린다고 해도 다 맞아줄 작정이었다.

뺨을 때리고 지나가는 그녀의 손바닥에서 무엇인가가 떨어지더니 무진의 입속으로 재빨리 사라졌다. 그녀의 손이 무진의 얼굴을 가렸으므로 누구도 그걸 눈치채지 못했다.

당연실이 낮고 급하게 속삭였다.

"입에 물고 있어."

쓴맛이 느껴지는 작고 딱딱한 물체였다. 무진이 그것을 혀 밑에 감추었을 때 당연실이 물러서며 다시 소리쳐서 욕했다.

"이 멍청한 것, 나쁜 놈! 너 같은 건 삼숙부님의 염라혈장(閻羅血掌)에 맞아 한 줌 혈수로 녹아버리고, 다시 폭염장(爆炎掌)에 재가 되어버린 다음에, 빙정독장(氷精毒掌)에 영혼마저 꽁꽁 얼어버려야 해! 그래서 혼백이 구천으로 돌아가지도 못하게 되어야 정신을 차릴 거야! 흥!"

지독한 독설이고 저주였다. 하지만 무진은 그 욕설 속에서 그녀의 마음을 알았다. 가슴이 뭉클해져 왔다.

당문의 삼 장이 바로 그 세 초식의 장법이고, 그것이 열독장과 극양장, 그리고 극음장이라는 걸 알았다. 서로 다른 성질의 세 가지 장법이 한데 어울렸으니 지독할 것이다. 게다가 그 모두가 당문이 자랑하는 용독의 비결을 포함하고 있을 터였다.

위험을 알아차린 무진이 더욱 긴장하고 자부신공을 끌어올렸다. 곧 온몸에 진기가 충만해졌다. 조용히 기다리고 있는 그의 앞으로 삼장로 당취가 노여움으로 수염을 떨며 성큼성큼 걸어 다가왔다.

"오늘 네놈은 저승 구경을 하게 될 것이다!"

"소생에게는 아직 그럴 마음이 없으니 손속에 정을 남겨주시기 바랍니다."

당취의 호통에도 무진은 빙긋 웃으며 포권하고 태연하게 말했다. 흥! 하고 코웃음을 친 당취가 두 손을 크게 휘둘러 진기를 끌어올렸다.

대전 안에 무거운 적막이 찾아왔다. 당취 주위의 공기가 우우웅, 하는 울음소리를 내며 흔들렸다. 무진은 눈도 깜빡이지 않고 당취의 일거수일투족에 온 신경을 집중시켰다.

"간다!"

한마디 호통과 함께 당취가 두 손을 맹렬하게 뿌렸다. 일 장 거리를 격하고 쏟아져 나오는 경력의 날카로움이 수많은 창으로 일제히 찔러대는 것 같았다.

뜨거운 불길 속에 갇힌 것 같은 답답함이 가슴을 억누르고, 장력의 열기가 온몸을 태울 듯 닥쳐들었지만 무진은 눈을 부릅뜬 채 여전히 꼼짝하지 않고 있었다.

은은한 송진 냄새가 맡아졌다.

'역시 독장이다.'

긴장한 무진이 두 손을 움직였다. 어느새 그의 양손은 손목까지 짙은 자색의 기운으로 뒤덮여 있어서 마치 불에 달구어진 철수(鐵手)인 것 같았다.

자부신공을 지력에 담아 쏘아내는 금강지의 절기는 익숙하게 익혔지만, 그것을 장력에 담아 뿌려본 적은 없다.

깊이 들이마신 숨을 가슴에서 멈춘 무진이 천천히 두 손을 내밀었다. 그러자 몸 안에서 들끓어 오르던 신공의 기운이 장력에 실려 일제히 쏟아져 나갔다.

우우웅—

깊은 물속에서 급한 소용돌이가 치는 듯 무겁게 가라앉은 파공성과 함께 기류가 요동치며 퍼져 나가고, 하나로 합쳐진 자색의 장력이 강렬한 힘으로 뻗었다.

가슴 앞까지 밀려온 당취의 장력과 무진의 금강장이 정면으로 부딪쳤다.

장력의 폭발음 대신 스읏, 하는 옅은 소리가 났다. 요동치며 흔들리던 기파의 회오리가 억센 힘에 의해 꽉 붙잡힌 듯 갑자기 그 상태에서 정지되었고, 만 근의 압력이 두 사람을 정점으로 해서 대전 전체를 억눌러 버렸다.

무진의 얼굴이 자색으로 달아올랐다. 이를 악문 당취의 볼살이 푸들푸들 떨리고, 눈에 핏발이 섰다. 송진 향기가 더욱 짙어졌다. 열기도 더욱 달아올라 주변의 공기를 달구었다. 치지직거리며 수분이 빠르게 증발하자 자욱한 김이 서렸다.

그리고 뒤늦게 두 사람 사이의 공간이 꽝! 하는 폭음과 함께 터져 나갔다.

우르르르—

산이 무너진 듯한 굉음이 답답하게 쏟아지고, 갑자기 터진 기파의 폭풍이 해일처럼 사방으로 밀려 나갔다. 그러자 대전 안에 거센 회오리가 몰아쳐 그들을 지켜보고 있는 사람들의 옷자락이 찢어질 듯 펄럭였다.

"우욱!"

당취가 낮은 신음을 흘리고 쿵쿵거리며 두 걸음 물러섰다. 무진은 자줏빛으로 달아오른 얼굴을 한 채 어깨를 떨었지만 제자리에 꿋꿋하게 버티고 서 있었으니, 두 사람의 공력의 고하가 여실히 드러났다.

무진의 내력이 당취의 공력보다 적어도 한 단계는 높다는 걸 확인한 사람들이 일제히 '아!' 하고 놀람의 탄성을 터뜨렸다.

대청 안에는 아직도 은은한 송진 냄새가 남아 있었다. 몸에 흡수되면 뼈를 녹이고 근육을 녹인다는 지독한 고루독(骷髏毒)이지만 그것이 남기는 독향은 은은했으니, 독버섯이 화려한 것과도 같았다.

무진은 내색하지 않았지만 호흡을 통해 스며든 그 고루독에 크게 놀라고 있었다. 한줄기 담담한 송진 내음이 맡아진 순간 뜨겁고 격한 무엇이 목구멍을 지지는 듯했다. 그러자 곧 입 안에 화한 박하 향이 가득해졌다.

당연실이 아무도 모르게 슬쩍 입에 넣어준 피독단(避毒丹)이 고루독과 접하자 즉시 녹으면서 독기를 제거하기 시작한 것이다. 숨을 들이쉬면 피독단의 박하 향이 가슴을 시원하게 했고, 내쉬는 숨결에는 독한 송진 냄새가 뿜어져 나왔다.

뜨거운 차 한 잔을 마실 만한 시간이 지나자 허공에 남아 있던 독기가 다 가셨다. 당문 삼 장 중 제일초 염라혈장을 무진이 무사히 받아낸 것이다.

모든 사람들의 시선이 무진에게 집중되었다. 그의 얼굴 표정과 피부색의 변화와 호흡을 민감하게 살피는 것이다. 그러나 무진의 얼굴에는 여전히 은은한 자광이 남아 있을 뿐, 호흡은 평온했고 피부 또한 탄력을 고스란히 지니고 있었다.

"이상한걸?"

문주가 머리를 갸웃거렸다. 무진은 분명 당취의 독기를 호흡했을 것이다. 그런데도 아무런 중독 증세가 나타나지 않았다.

당옥담은 물론, 무진을 유심히 지켜본 사람들은 모두 '저 어린 녀석의 공력이 설마 만독불침의 경지에 이르렀단 말인가?' 하는 의문을 품고 어리둥절해졌다.

"어린것이 제법이구나. 노부의 일장을 받아내고도 끄떡없다니. 좋다. 이제 두 번 남았다."

체면을 구기게 된 당취가 스산하게 말하고 이를 악물었다. 그의 검은 수염과 볼살이 노여움으로 푸들푸들 떨렸다.

"후흐읍—"

깊이 숨을 들이마셔서 가슴을 불쑥 부풀린 당취가 두 손으로 허공을 크게 휘저었다. 몸 안의 기운을 한껏 끌어올리는 게 틀림없었다.

무진 또한 자부신공을 넘치도록 끌어올려 두 손에 갈무리했다. 당취는 당문의 비전신공인 건곤일기공(乾坤一氣功)을 극성으로 끌어올렸다. 그러자 그의 온몸이 불에 달군 숯처럼 붉게 달아올랐다.

당연실의 말속에서 그 초식에 대하여 들은 무진은 그것이 극강한 열화장이라는 것을 눈치챘다. 그렇다면 몸 가까이로 장력의 기운이 다가오기 전에 힘껏 물리쳐야 한다.

무진은 자부신공을 운용해 더욱 기운을 증폭시켰다. 그의 머리 속으로 음룡벽옥소에 새겨져 있던 수많은 문양들이 빠르게 스쳐 갔다. 그러자 두 마리의 금룡이 몸을 꼬며 승천하는 모습이 보였고, 그것들의 자취가 선명하게 떠올랐다.

무진이 금룡의 꿈틀거림 속에서 산(散) 자의 비결을 보았을 때, 당취가 '이얍!' 하는 기합성을 터뜨리며 가슴 앞에 모았던 두 손을 맹렬하게 뿌렸다.

동시에 무진도 '탓!' 하는 기합성과 함께 두 손에 응집시켜 두었던 자부신공을 힘껏 뿌렸다.

용의 으르렁거림과도 같은 기음이 우르릉거리며 쏟아졌다. 그것이 이끄는 신공의 기운은 어느 한 방향으로 집중되는 게 아니라, 전면에 철벽을 두른 것처럼 넓고 두텁게 쏟아져 나갔다.

거기에 당취의 폭염장이 부딪쳤다. 강렬한 불덩이 하나가 철벽을 때린 것이다.

쿠앙―!

처음과 달리 이번에는 엄청난 폭발음이 터져 나왔다.

화르륵거리며 주변의 공기가 붉은 불덩이로 화해 어지럽게 날렸고, 가마솥의 뚜껑을 열었을 때처럼 뜨거운 기류의 폭풍이 뒤따랐다.

맹렬한 열기가 주위를 모두 태워 버릴 듯했다. 대전 안이라는 밀폐된 공간이라서 그 파괴력은 더욱 커질 수밖에 없다.

사람들이 급히 뒤로 물러서며 허공을 향해 벽공장을 쳐냈다. 밀려드는 열기의 폭풍과 불덩이 같은 기파로부터 스스로를 보호하기 위한 것이다.

제이초, 폭염장에는 독기가 섞여 있지 않았다. 순수한 기공절학이었던 것이다. 하지만 일시에 폭발하는 그 가공할 열양지기만으로도 그것은 고루독이 섞여 있던 첫 번째 장력보다 더 지독하고 무서웠다.

당취가 이번에는 네 걸음이나 밀려났다. 쿵쿵거리며 물러설 때마다 청석 위에 그의 발자국이 깊이 새겨졌다. 무진은 두 손을 앞으로 쭉 뻗은 채 굳건하게 서 있었다. 어깨가 가늘게 떨리는 것이 온몸으로 전해져 온 충격파를 견디느라 고통스러워하는 기색이었지만, 거뜬하게 당취의 폭염장을 받아낸 것이다.

"이놈!"

밀려났던 당취가 솟구치는 화 때문에 스스로를 폭발시키듯 노기를 터뜨리며 벼락처럼 달려들었다. 그의 머리카락과 수염이 모두 꼿꼿하게 일어서서 하늘을 찔렀다. 거기에 핏발 선 눈을 부릅뜨고 이를 악물고 있는 그 모습이 악귀야차처럼 무서웠다.

기합 소리도 없이 세 번째 장력이 쏟아졌다. 마지막 삼 초인 빙정독장이다.

쩌르릉, 하고 쇠사슬 끌리는 듯한 기음이 허공에 가득 찼다.

욱! 하고 힘을 주어 두 발을 뿌리박듯 단단히 딛고 선 무진이 크게 손을 휘둘러 벼락처럼 앞으로 내뻗었다.

"끼아압!"

그는 더 주저하지 않고 자부신공을 마음껏 펼쳐 냈다. 온몸에 터질 듯 부풀어 올랐던 기운이 맹렬하게 쏟아져 나가자 가슴이 시원해졌다.

이처럼 수법과 초식을 무시한 채 오직 본신의 내공만을 가지고 정면에서 부딪치는 싸움은 위태롭고 험악하기 짝이 없는 것이다. 마치 산양이 힘껏 머리를 부딪치는 것처럼 두 사람 모두 충격에서 무사할 수 없기 때문이다.

잡다한 기교나 변초가 통할 리 없고, 잔꾀가 끼어들 여지가 없다. 오직 지닌 바 힘으로 부딪칠 뿐이다. 그러니 그것보다 순수하고 정직한 게 없다. 단순하고 무식하기까지 한 싸움인 것이다.

그 싸움에 당취는 목숨을 걸었다. 무진에게 밀렸다는 분노가 생사를 돌보지 않을 만큼 컸다. 무진 또한 물러서거나 양보할 마음이 조금도 없었다. 여기서 확실하게 눌러 버리지 않는다면, 이 사람들은 자신을 가볍게 여길 것이니 그렇다.

쿠앙―!

앞서 있었던 두 번의 굉음을 합한 것보다 더 굉렬한 폭발음이 터졌다. 우르릉거리며 대전의 세 아름이나 되는 기둥이 흔들리고 돌 바닥이 쩍쩍 갈라졌다.

무너질 듯 대전이 흔들리며 먼지가 우수수 쏟아지더니, 폭사되어 나가는 기파의 소용돌이에 말려 팔방으로 흩어졌다.

우르릉거리는 소리가 끊이지 않고 들렸다. 눈을 뜰 수 없는 강렬한 기의 폭풍과 먼지의 회오리 속에서 사람들이 분분히 자리를 피했다. 부서진 돌 조각들이 먼지에 섞여 우박처럼 쏟아졌던 것이다.

만년빙굴에서 불어오는 바람처럼 모든 것을 꽁꽁 얼려 버리고 말 듯한 음기가 뒤따라 넓게 퍼졌다. 극음의 기운이 조금 전에 불어닥쳤던 양강의 열류마저 얼려 버리며 빠르게 휩쓸어갔다.

그 속에서 당취의 답답한 신음성이 들려왔다.

서서히 먼지가 가라앉고, 우르릉거리던 소리도 잦아들었다.

"아!"

멀찍이 물러섰던 사람들이 일제히 탄성을 터뜨렸다.

가슴을 움켜쥐고 비틀거리며 정신없이 물러서고 있는 당취가 보였던 것이다. 그는 낭패한 모습으로 울컥울컥 붉은 피를 토해내고 있었다. 쓰러질 듯하던 그가 금이 간 기둥에 기대어 겨우 몸을 지탱했다.

누가 보든 당취는 심각한 내상을 입은 게 분명했다.

"아!"

사람들이 다시 일제히 탄성을 터뜨렸다. 당취를 좇던 눈길이 무진에게 향했던 것이다.

무진은 그 자리에 우뚝 서 있었다. 눈을 부릅뜨고 입술을 악문 채 얼굴빛이 창백하게 변해 있었지만 흔들리지 않았다. 그의 발은 단단한 돌바닥을 뚫고 발목까지 빠져 있었다. 가슴 앞에 모으고 있는 두 손에는 아직 자색 기운이 은은하게 남았다.

헐떡이는 당취의 거친 숨소리만이 대전에 가득 울렸다.

무거운 침묵이 오랫동안 계속되었다.

설마 무진이 당문의 삼 장을 거뜬히 받아내리라고는 아무도 생각하지 않았던 듯, 놀라움이 지나쳐 넋이 나간 얼굴들이었다. 게다가 당취에게 심각한 내상을 입혔으니 더욱 믿기 힘든 일이었고, 믿고 싶지 않은 일이기도 했으리라.

당취의 내공은 문주인 비천당왕 당옥담을 제외하고 가장 높았다. 삼공 구로들 중 으뜸이었던 것이다. 그런 당취가 무진에게 당했다는 건 모두에게 있어서 어서 깨어나고 싶은 악몽이나 같았다.

'위험했다.'

무진이 이마에 배어난 진땀을 훔치며 중얼거렸다.

당연실이 입에 넣어준 피독단이 아니었다면 이 세 번째 장력을 견디지 못하고 큰 화를 입었을 것이다.

첫 번째 장력을 무사히 받아냈다 하더라도 그것에 실려 있던 고루독의 침투를 완전히 막을 수는 없었을 것이다. 그 위에 두 번째 열양장이 쏟아졌다. 그것에는 독기가 실려 있지 않았으나, 그 열기 자체가 지독한 화독(火毒)이나 다름없었다. 화기가 몸에 스며든 고루독과 합해지면서 더욱 지독한 독성으로 빠르게 퍼졌다. 그것을 몰아내기도 전에 쏟아진 세 번째 빙장(氷掌)은 이글거리는 숯불에 기름을 부은 것이나 마찬가지다.

아무리 내력이 심후한 자라고 할지라도 그 삼 장을 연거푸 받아내고 나면 지독한 독기에 중독되어 무사하기 힘들었다. 그래서 당문의 삼 장을 받아낸 자가 전무했던 것이다.

"이런, 이런!"

무진이 경악해서 입을 딱 벌렸다. 그를 바라본 당군상이 희미하게 웃었다. 하지만 그 얼굴은 무진이 기억하고 있던 당군상의 얼굴이 아니었다.

커다랗게 부풀어 마치 눈덩이를 어깨 위에 올려놓은 것 같았는데, 시커멓게 변한 얼굴색이 끔찍하기만 했다.

얼굴뿐 아니라 헐렁한 옷 밖으로 나와 있는 손이며 발이 퉁퉁 부어 있었다. 시커먼 살에서 악취가 풍겨 나왔고 진물도 흘러내렸다.

독에 중독되어 녹아내리고 있는 몸. 그 몸을 하고도 여태까지 한 가닥

숨을 붙이고 있었다는 게 믿어지지 않았다.

"과, 곽…… 형."

당군상이 들것 위에 누운 채 애써 포권하려 했다. 그러나 두 손은 가슴 앞까지 올라오지 못했다.

당군상을 들고 왔던 자들이 문주의 단 아래 내려놓고 재빨리 사라졌다. 마치 그에게서 풍겨 나오고 있는 독기에 감염될까 봐 두렵다는 듯했다. 취의청 안에 있던 사람들이 모두 눈살을 찌푸렸다.

"흑!"

당연실이 두 손으로 얼굴을 감싸고 달려가 제 어머니인 당 부인의 품에 쓰러졌다. 그녀에게도 당군상의 저와 같은 모습은 커다란 충격이었던 것이다.

자기가 경솔하게 던진 철련화가 당군상을 저렇게 만든 것이다. 그 사실이 당연실을 무섭고 절망스럽게 했다. 자기 자신에 대한 어쩔 수 없는 미움과 증오로 그녀는 엉엉 울었다.

문주가 차가운 눈으로 무진을 내려다보며 말했다.

"네가 원하는 대로 군상이를 풀어주었다. 그럼 이제 그를 데리고 가겠느냐?"

"이건, 이건……."

무진은 설마 당군상의 상태가 이 정도일 줄은 짐작도 하지 못하고 있었다. 이 상태로 그를 데려간다는 건 그를 죽이는 것이나 마찬가지일 뿐이다.

당군상은 뼈에 스며든 독기를 억제하기 위해서 다른 독의 기운에 의지하고 있었다. 그리고 점점 그 강도가 높아져만 갔다. 몸에 배어버린 독기의 발작을 억제하기 위해 더 지독한 독을 쓰고, 다시 그것보다 더 지독한 독을 써야만 하는 악순환이 되풀이되고 있었던 것이다.

무진은 비로소 문주가 당군상을 미워해서 뇌옥에 가둬두고 있었던 게 아님을 알았다. 그로서도 어쩔 수 없었던 것이다. 당군상이 여태까지 목숨을 부지하고 있는 건 독을 아끼지 않은 문주의 덕분인지도 모른다.

"그가 살 수 있는 길은 이제 하나뿐이다."

문주의 말이 저 높은 곳에서 아득하게 들려왔다.

"당문을 벗어나는 순간 저 아이는 반나절을 견디지 못하고 한 줌 혈수로 녹아버릴 것이다."

"아―"

무진이 절망의 탄식을 흘렸다. 이곳에 오면 당군상을 구할 수 있으리라고 믿었는데, 그를 데려가는 것이 오히려 죽게 하는 일이라니 기가 막힐 뿐이다.

"곽 형."

당군상이 처연한 음성으로 불렀다.

"나를 잊지 않고 여기까지 찾아와 주었으니 그 은혜를 갚을 길이 없구려."

"그렇지 않소. 당 형이 이 지경이 되도록 모르고 있었으니 나야말로 마음에 커다란 짐을 지고 만 것이외다."

"내 운명이 이런 것을 어쩌겠소?"

당군상의 부풀어 오른 볼을 타고 한줄기 검은 눈물이 흘러내렸다. 그는 이미 피까지 독기로 인해 검게 변해 버린 건지도 몰랐다.

무진이 애써 눈물을 참고 문주를 바라보았다.

"방금 그를 살릴 수 있는 길이 하나 있다고 했습니다."

"그 아이가 선택해야 한다."

문주는 여전히 차갑고 냉랭하기만 했다.

무진이 바라보자 당군상이 다시 희미하게 웃었다.

"죽어서 귀신이 된다 하더라도 나는 곽 형을 기억할 거요."

"귀신이 되어 나를 기억하는 것보다 살아서 나를 잊는 게 더 좋소."

당군상이 무진을 뚫어지게 바라보았다. 그의 눈동자만은 흑백이 분명하고 맑아서 그게 더욱 인상적이었다.

"고맙소."

격동을 억누른 채 겨우 그 한마디를 한 당군상이 천천히 눈길을 돌려 당연실을 보았다.

"사매."

그의 떨리는 음성을 들은 당연실이 눈물로 범벅이 된 얼굴을 들었다. 당군상이 한숨을 쉬고 힘겹게 말했다.

"나는 사매를 조금도 원망하지 않아. 앞으로도 그럴 것이다. 그러니 슬퍼하지 마라."

"사형, 나는, 나는……."

당연실이 말을 잇지 못했다. 어떤 말로도 당군상에게 용서를 빌 수 없을 것이며, 자신의 미안함을 전할 수 없을 것이라는 절망감이 그녀를 떨게 했다.

자기 자신에 대한 두려움과 지나친 후회와 번민이 당연실의 넋을 빼앗았다. 그녀가 온몸의 맥을 놓더니 스르르 어머니의 품 안에서 무너졌다. 의식을 잃어버린 것이다.

탄식한 당군상이 마지막으로 문주를 바라보았다.

"저는 이제 마음을 정했습니다. 문주님의 말에 따르겠습니다."

"후회하지 않겠느냐?"

"이미 후회하고 원망할 마음은 다 버렸습니다. 저에게는 아무것도 남지 않았으니 미련도 없습니다."

"좋다. 그렇다면 너를 독인(毒人)으로 만들어주마."

“독인이라고?”

무진이 깜짝 놀라 문주를 바라보았다.

“그렇다. 그가 죽지 않고 살 수 있는 길은 그것뿐이다.”

“독인이라면…… 그건 살았다고 할 수 없지 않습니까!”

“너는 기껏 강시 따위와 비교할 셈이냐?”

“……”

“비록 인간으로서 누려야 할 평범한 삶은 잃겠지만, 대신 천하무적의 힘과 능력을 갖게 된다. 신이 부럽지 않고, 마귀가 두렵지 않은 최강의 독전사(毒戰士)가 되는 거지. 그건 강시 따위와 비교할 수 없다.”

“아!”

문득 무진은 마정지체(魔精之體)라던 그 괴승을 떠올렸다. 그건 생각하기도 싫은 끔찍한 기억이었다. 살지도 죽지도 않는 괴물. 무엇으로도 부술 수 없고, 죽일 수 없다던 그 마물 중의 마물은 얼마나 공포스러웠던가.

이제 문주는 당군상을 그와 같은 괴물로 만들려는 모양이었다. 당군상은 죽지 않을 것이다. 하지만 그는 인간이 아닌 괴물이 된다. 독으로 된 괴인. 그것이 독인의 정체가 아니던가. 그의 숨결에도 초목이 녹고, 그의 땀방울에도 바위가 녹아버릴 것이다.

하지만 당군상은 스스로 그 길을 가겠다고 했다. 무진은 비로소 그가 왜 귀신이 되어서도 잊지 않고 기억하겠다는 말을 했던 것인지 이해했다. 그는 이미 마음속에 결정하고 있었던 것이다.

“너는 그를 데려가겠느냐?”

문주가 확인하듯 다시 물었다. 고개를 숙이고 한참 묵묵히 생각하던 무진이 낮게 탄식하고 말했다.

“데려가지 않겠습니다.”

반나절을 저렇게 고통 속에서 버티다 죽는 것보다 그가 원하는 대로 독인이 되어서라도 사는 게 나을지도 모른다고 생각한 것이다.

적어도 당군상의 의지라면, 그리고 당문이라면 독인이 된 그를 마정지체처럼 피를 부르는 재앙신으로 변화시키지 않을 거라는 믿음도 있었다.

■제9장■
토왕곡(土王谷)

토왕곡(土王谷)

　백의인은 여전히 빙글빙글 웃고 있었다. 언제나 여유가 있고 늘 온화한 모습이다.

　이곳에서는 모두 그를 토왕(土王)이라고 불렀다.

　활짝 연 창문 밖으로 안개에 잠겨 있는 기봉(奇峰)들이 우뚝우뚝 솟아 있었다.

　신선이 사는 골짜기라 불려도 부끄러움이 없을 만큼 빼어난 경치였다. 그것이 창틀 속에 갇혀 있으니 마치 선계의 화선(畵仙)이 그린 한 폭의 운무기봉도(雲霧奇峰圖)를 걸어놓은 듯했다.

　토왕이라 불리는 사나이.

　언제나 깨끗하게 손질된 백의를 입고, 항상 온화하고 평온한 기색을 지녀서 달리 백의유선(白衣儒仙)이라 불리는 공상기(孔常氣)가 섭선을 가벼이 부치며 바라보는 곳에 초로의 강퍅해 보이는 사내가 엎드려 있었다.

　염라흑수(閻羅黑手) 동청강(董淸强)이다.

한때 그도 토왕곡의 식구였다. 그러다가 유명밀부의 부주였던 유명판관(幽冥判官) 최홍(崔洪)을 따라 곡에서 달아났었다.

최홍의 수족이고, 그림자가 되어 늘 붙어 있으면서 궂은일을 마다하지 않고 도맡아 하던 그가 오늘은 토왕의 면전에 부복하고 있는 것이다.

토왕 공상기가 혼잣말처럼 중얼거렸다.

"그래, 최홍을 따라다니며 바깥 세상을 경험해 보니 어떻더냐?"

동청강의 이마에 땀방울이 맺혔다.

"어디에도 토왕곡만한 데는 없었습니다."

"하하, 늦게나마 그것을 알았다니 다행이다."

"소신의 죄를 용서해 주소서."

"유명밀부가 멸망할 때도 너는 용케 살아남아서 다시 고향으로 돌아왔으니 상을 줄 일이지 어찌 죄를 묻겠느냐?"

"가, 감사합니다, 토왕이시여!"

동청강이 감격하여 이마를 바닥에 쿵쿵 찧어댔다.

토왕이 가볍게 섭선을 부치며 물었다.

"이곳에 돌아온 지 불과 두 달. 그새 마정지체를 완성했단 말이지?"

"그렇습니다. 토왕께서 하사하신 영단이 없었다면 불가능한 일이었습니다."

"흠, 수라신환(修羅神丸)은 인세에서 다시 찾아볼 수 없는 영단이지. 그것이 달리 수라도의 보물이겠느냐?"

토왕 공상기가 흐뭇한 얼굴로 미소 지었다.

오래전, 수라도주가 한 알의 수라신환을 상납한 적이 있었다. 소중히 간직해 오고 있던 공상기는 마정지체를 만들기 위해서 필요하다는 동청강에게 아낌없이 던져 주었던 것이다.

"어쨌든 너는 참으로 대단한 능력을 지니고 있다."

공상기의 진심 어린 칭찬에 동청강이 머리를 조아리고 겸양했다.

"과찬이십니다. 남들보다 뛰어난 기억력을 타고났을 뿐, 아무 재주도 없는 소신입니다."

"너는 어려서부터 한 번 본 것은 결코 잊는 일이 없었지. 아무리 어려운 경서도 한 번 훑어보고 나면 즉시 줄줄 외웠었다."

"어찌 된 일인지 제 머리 속은 저도 알 수가 없습니다."

"하늘이 내린 복인 게야. 또한 토왕곡의 신령들께서 우리를 지켜주신다는 증거이기도 하지. 네게 그런 기억력을 주셨으니 네가 오늘날 최홍을 대신해서 마정지체를 복원시킬 수 있었던 것 아니겠느냐? 그로 인해 본 곡의 힘이 두 배는 강해졌으니, 과연 신령의 도움 없이는 불가능한 일이었다."

동청강은 최홍이 마정지체를 만드는 과정을 지켜보았고, 그가 토왕곡에서 훔쳐 달아났던 무음비경(無陰秘經)을 펼쳐 놓은 채 잠시 다른 일을 하는 사이에 그 안에서 마정지체를 만드는 비결을 훔쳐보았다. 그리고 그는 신이 내려준 특이한 기억력으로 그 모든 것을 복사하듯 머리 속에 저장해 두었다.

우문강이 죽고 무진에 의해 무음비경이 가루가 되어 사라져 버렸지만, 토왕곡에는 동청강이 있으니 비급을 되찾은 거나 마찬가지였다.

탁자 위에 얌전히 놓여져 있는 음룡벽옥소를 흐뭇한 눈길로 내려다보던 토왕이 돌연 낯빛을 싸늘하게 굳혔다.

"빌어먹을 자부선노 같으니."

음룡벽옥소를 볼 때마다 기쁨과 절망이 교차해서 찾아들었다. 자부동천의 비밀을 담고 있다는 그것이 손에 들어왔지만 아무리 노력해도 벽옥소는 그저 옥을 깎아 만든 통소에 지나지 않을 뿐, 공상기에게는 조금도 그 비밀을 열어 보이지 않았던 것이다.

결국 자부신공이 있어야 하고, 그것도 십이성 대성한 신공이라야 했다. 그리고 지금 이 천하에 흩어져 있는 그 많은 사람들 중에서 오직 무진만이 신공을 대성한 유일한 사람이었다.

그 사실이 토왕 공상기를 화나게 했다.

그는 다시 생각했다. 마정지체가 완성된다면 굳이 자부동천을 열지 않더라도 충분히 강호를 평정할 수 있을 거라는 자신감이 생겼다.

그가 한 알밖에 가지고 있지 않은 수라신환을 내놓으면서까지 서둘러 그것을 만든 것은 바로 그런 이유 때문이었다. 자부동천의 비밀을 밝힐 수 없으니 포기하는 게 현명하다는 쪽으로 마음이 기울었던 것이다.

"내가 동천을 열지 못하면 아무도 열지 못할 것이다. 그러면 그 빌어먹을 자부동천은 세상에서 영영 사라지게 되는 거지. 어쩌면 그게 나을지도 몰라."

공상기의 음울한 중얼거림이 덧없이 허공에 맴돌았다.

한동안 상념에 젖어 있던 그가 문득 생각났다는 듯 깜짝 놀라서 동청강을 바라보았다. 그는 아직도 차가운 마룻바닥에 엎드린 채 명을 기다리고 있었다.

"그래, 마정지체는 언제 완성된다고?"

"이제 삼 일 후면 완벽한 신의 몸을 가지고 태어나게 될 것입니다."

"그 안에 또 해야 할 일은?"

"모든 대법은 이미 완성되었고, 소소한 절차까지도 다 끝났습니다. 오직 기다렸다가 삼 일 후 자시에 그것이 처음 눈을 뜰 때 주인의 존재를 각인시켜 주면 됩니다."

"흠, 처음 본 자를 영원히 제 주인으로 섬긴단 말이지?"

"그렇습니다. 마정지체는 인간의 한계를 넘어서 새롭게 태어나는 전혀 다른 생명체입니다. 당연히 그 머리 속은 텅 비어 있습니다. 때문에 눈을 뜨고 새로운 세상을 바라보았을 때, 처음 본 사람이 그의 뇌리에 남을 뿐이고, 처음 들은 말이 영원히 기억될 뿐입니다. 그 밖에는 무엇에도 구애받지 않고, 구속당하지 않는 신과 같은 존재가 되는 거지요.”

동청강이 자랑스럽게 말했다. 그 위대한 마물을 제 손으로 만들어냈다는 자부심이 컸다.

“흠, 처음 본 얼굴과 처음 본 말을 기억할 뿐이라……. 좋다. 이것으로 너의 죄를 묻지 않겠다. 너는 다시 토왕곡의 충실한 신하가 된 것이다.”

비로소 사면의 말을 듣게 된 동청강이 감격의 눈물을 흘렸다.

그가 충성을 맹세하고 밖으로 나가자 그 뒷모습을 바라보던 공상기가 음울하게 중얼거렸다.

“하지만 나는 한 번 배신한 자는 더 이상 믿지 않아.”

왕의 후원 거처인 ‘무릉각(武陵閣)’에서 나온 동청강은 날아갈 것 같았다. 유명판관 최홍의 꼬임에 빠져 토왕곡에서 달아났을 때는 다시 이곳에 돌아온다는 건 생각하지도 못했다.

그런데 토왕은 자신을 받아들여 주었고, 그 죄를 용서해 주었다. 다시 토가족의 일원으로 복귀한 것이다. 고향에 돌아온 것과 같으니 기쁘지 않을 수 없다.

이 모든 것이 신이 내려준 선물인 자신의 기막힌 기억력 때문이라고 생각하자 더욱 뿌듯해졌다.

“어머니는 아직 내가 돌아온 것을 모르고 계시겠지?”

금편곡(金鞭谷)에 홀로 살고 있는 노모에게 아직 찾아가지도 못했다. 토왕으로부터 가족으로 받아들인다는 말을 듣지 못했기 때문이다. 그러나 이제는 떳떳하게 찾아갈 수 있었다. 토왕곡의 세력이 미치는 곳이라면 어디든지 토왕의 가신으로서 호령하며 다닐 수 있게 된 것이다.

마음이 들떠 있는 그에게로 한 사람이 천천히 다가왔다. 흑의에 흑건을 쓰고, 검은 가죽을 씌운 검을 들고 있어서 온통 먹칠을 한 듯 검기만 한 사나이다.

허리띠 끝에 금을 정교하게 세공해서 만든 나비 한 마리를 달고 있었다.

그를 본 동청강이 활짝 웃었다.

"여, 칠호접(七胡蝶) 아닌가? 오랜만이로군."

토왕을 그림자처럼 호위하는 열두 명의 수신위 중 일곱 번째 무사였던 것이다. 동청강은 오래전부터 그를 알았다.

"돌아왔군."

다가온 칠호접이 흰 이를 드러내고 씩 웃었다.

"그래, 돌아왔어. 이제야 살 것 같네."

"잘했어."

기쁘다는 듯 소리없이 웃으며 머리를 끄덕이던 자의 어깨가 흔들했다.

"헉!"

동청강이 눈을 부릅떴다. 천천히 내려다본 곳에 싸늘한 검이 자루까지 깊이 박혀 있었다. 심장이다.

차가운 검이 파고든 순간 체내에 흩어져 있던 진기가 본능적으로 심장을 보호했기에 그곳에 검이 박혔음에도 아직 숨이 끊어지지 않고 있는 것이다.

동청강이 믿을 수 없다는 얼굴로 눈앞의 칠호접을 멍하니 바라보았다. 그의 천천히 풀려가는 동공이 '왜?' 라고 묻고 있었다.

칠호접이 감정없는 건조한 음성으로 말했다.

"옛정을 생각해서 양지바른 곳에 잘 묻어주지."

그러나 동청강의 눈은 오직 '왜?' 라고 물을 뿐이다.

"토왕께서는 마정지체가 다른 곳에서 또 만들어지는 걸 원치 않으시네."

'그랬군. 토왕은 나를 믿지 못한 거야.'

동청강의 눈 깊은 곳에 자조적인 웃음이 잠깐 떠올랐다. 그리고 무너지듯 무릎을 꿇더니 머리를 떨어뜨렸다.

*   *   *

까마득한 옛날에 하늘과 땅은 서로 매우 가까운 거리에 있었다. 이때 대지는 온통 어슴푸레한 혼동 속에 있었으며, 계절과 밤낮의 구분이 없었다.

어느 날, 신 중의 신인 묵특파(墨特巴)가 장고로(張古老)와 이고로(李古老)를 불러서 말했다.

"하늘도 땅도 없는 세상이니 장고로 네가 하늘을 만들고, 이고로 너는 땅을 만들어라."

그들은 그리하겠노라고 대답했다. 장고로는 오색 빛나는 돌을 가져와 칠 일 밤낮으로 광활하게 펼쳐진 하늘을 수리했다. 그러나 이때 이고로는 졸고만 있었다. 장고로가 이고로를 큰 소리로 불러 깨워보았으나 여전히 일어나지 않았다. 남천문(南天門)의 천고(天鼓)를 두드려 대자 그때서야 하품을 하고 눈을 비비면서 일어난 이고로가 말했다.

"어이쿠! 장고로가 하늘을 벌써 다 만들었네."

그리고는 허겁지겁 발로 땅을 파 강을 만들고, 두 손으로 땅을 이겨 산을 만들었다. 그는 또 막대기로 땅에 구멍을 뚫었다. 그러자 하늘로 통하는 갱도와 종유동이 생기게 되었고, 지상은 울퉁불퉁하게 되었다.

토가족의 땅은 그들의 신화(神話)에서 볼 수 있는 바와 같이 울퉁불퉁했다. 열 걸음 건너 산봉우리요, 다섯 걸음 건너 기암괴석이며, 한 걸음 앞이 골짜기와 여울이다.

봉우리마다 크고 작은 동굴이 뚫려 있고, 운무는 언제나 구름이 되어서 땅과 하늘을 모호하게 한다.

헤아릴 수 없이 많은 산과 그보다 더 많은 높고 뾰족한 봉우리들이 숲처럼 군락을 이루고 있는 곳.

그 수많은 산봉우리들 중 하나가 천자산(天子山)이다.

아래는 짙은 안개에 덮이고 위는 구름에 싸여서 온통 흐릿한 환상처럼 보이는 봉우리들이 우뚝우뚝 솟아 있었다.

무진은 지금 남황령(南凰嶺)의 높은 고갯마루에 서서 아득히 펼쳐져 있는 그 산봉우리들을 바라보고 있었다.

대용(大庸)은 사천의 끝과 호남의 끝이 마주 선 곳에 있는 작은 현이었다. 사방 어디를 둘러봐도 높고 험한 산들뿐이니 사람의 발길이 닿기 힘들다.

조정의 입김도 이곳에서는 남의 얘기일 뿐이고, 오직 수백 년 세월을 두고 그들끼리 모여서 마을을 이루며 살아온 토가족들의 땅이었다.

"토가족의 땅……."

이마의 땀을 훔치며 가만히 중얼거려 보자 가슴으로 선뜻한 기운이 스며드는 것 같았다.

백여 년 전, 태조 주원장도 어쩌면 이 고개를 넘어 그들의 땅으로 들어갔을 것이다. 그리고 그보다 훨씬 전, 한 고조 유방을 도와 천하를 통일한 장자방도 부귀영화를 버리고 이 길을 터벅터벅 걸어 그들의 땅으로 들어갔을지도 모른다.

그 이전부터 중원의 전란에 힘없이 쫓기고 내몰렸던 토가족들은 머리에 봇짐을 이고, 아이의 손을 끌며 하나둘 힘겹게 이 고개를 넘어 그들의 저 땅으로 숨어들어 갔으리라. 그래서 험한 산과 깊은 골짜기로 둘러싸인 곳에 그들만의 세상을 이루고 살아온 것이다.

중원의 한복판에 있으면서도 중원의 영향이 전혀 미치지 못하는 이 험한 산속. 신선이 모여 살고, 장량이 신선이 되었다는 곳. 무릉도원의 고사가 태어난 그 평화로운 땅에 저주와 원망이 싹튼 건 주원장 때문이었다.

그는 토가족들이 산과 골짜기로 세상과 담을 쌓은 채 평화롭게 살고 있는 무릉도원을 손에 넣어서 어쩌려고 했던 것일까? 설마 황제의 자리를 마다하고 그곳에서 신선이 되려고 했을까?

그런 의문들이 무진의 마음을 착잡하게 했다.

남황령 아래에 있는 토가족의 마을에서 며칠 묵으며 그들로부터 들은 이야기는 무진에게 이 비극의 발단을 짐작할 수 있게 해주었다.

원을 몰아내기 위해 싸우던 주원장은 호남의 오지에 알려지지 않은 신비한 땅이 있다는 걸 알았다. 그것을 정복하기 위하여 병사들을 이끌고 저 험한 산들을 넘고 또 넘으며 쳐들어갔으니, 토가족들에게는 마른하늘에 날벼락 같은 일이었으리라.

그들은 평화를 사랑하는 사람들이었다. 그들만의 언어와 문자를 가지고, 그들의 전통과 역사를 보존하면서 평화롭게 살았다.

중원에서 멸시받고, 중원을 다투는 세력들의 싸움 속에서 이리저리 채이다 더 이상 숨을 곳이 없어서 마지막으로 찾아든 저 험하고 척박한 땅. 주원장은 그것마저 탐냈던 것이다.

토가족들은 더 갈 데가 없었다. 모든 남자들이 칼과 창을 들고 나와 죽기로 싸워 외적을 물리칠 수밖에 다른 길은 없다.

그들 중에 한 명의 영웅이 있었으니, 토가족을 이끄는 토왕 공황(孔凰)이었다.

팔 척의 키에 곰 같은 체구. 한 말의 술을 숨도 쉬지 않고 마시며, 소 한 마리를 거뜬히 먹어치웠다는 장사이기도 하다.

주원장의 사자가 찾아와 장차 그는 천하를 일통하고 천자가 될 사람이라고 하자 공황이 비웃었다.

"그래? 그렇다면 나는 토가족의 천자가 되겠다."

자신을 '향왕천자(向王天子)'라고 한 그는 사자의 목을 쳐버린 다음 그 더운 피로 칼을 갈고 분연히 일어섰다.

향왕천자 공황이 토가족의 전사들을 이끌고 무릉도원으로 들어오는 또 하나의 입구, 백장협(百丈峽)을 지키니 주원장은 더 나아갈 수가 없었다.

밀고 밀리는 싸움이 지루하게 계속되었다. 엄한 군율로 하나가 된 용맹한 주원장의 병사들이었지만, 자신들의 땅을 지키기 위해 죽음을 외면하고 버티는 토가족의 저항 앞에서는 한 걸음도 더 전진하지 못했다.

"애꿎은 병사들을 희생시킬 것 없다. 우리 둘이서 승부를 가리자!"

보다 못한 주원장이 칼을 들고 나서서 소리쳤다. 그러자 벌떡 일어선 검은 곰처럼 무섭고 용맹하게 생긴 공황이 커다란 구환도(九環刀)를 들고 성큼성큼 걸어 나왔다.

"그러자!"

깎아지른 절벽과 깊은 골짜기, 수없이 굴곡져서 길이를 잴 수 없는 그 험한 백장협의 그늘 속에서 두 사람은 밤이 되도록 싸웠다.

칼바람 소리가 협곡을 매섭게 울렸고, 구환도의 고리들이 신이 내린 듯 흔들리며 쩔그렁거렸다.

씩씩거리는 숨소리와 이 가는 끔찍한 소리가 끊이지 않았고, 쩡쩡 하고 부딪치는 칼에서 유성들이 마구 날았다. 쉬지도 먹지도 않고 싸웠지만 결판을 내지 못했다.

"내일 다시 하자!"

"그러자!"

주원장은 지친 숨을 헐떡이며 자신의 진영으로 돌아갔고, 공황도 비틀거리는 걸음을 억지로 버티며 자신의 백성들에게 돌아갔다.

다음날 아침, 그들은 다시 백장협의 그 까마득히 치솟은 벼랑 아래에서 마주 섰다. 한 번 노려보고 이를 간 다음에 구르는 바윗덩이처럼 부딪쳤다.

날이 저문다. 역시 승패는 갈리지 않았다.

다음날도 또 다음날도…….

지루한 싸움이 되었다. 눈을 뜨면 버릇처럼 칼을 쥐고 뚜벅뚜벅 걸어서 만 장의 벼랑 아래로 향한다. 저쪽에서도 뚜벅뚜벅 걸어오는 사람이 있다. 그러면 눈인사를 나눌 필요도 없이 그냥 으르렁거리며 부딪쳐 밤이 될 때까지 싸웠다.

그렇게 백 날.

비가 오나 바람이 부나 아랑곳하지 않고 아흔아홉 번, 석 달 열흘 동안이나 싸웠지만 승부가 나지 않았고, 백 번째 되는 날이 되었다.

주원장은 싸우는 중에 점점 더 기운이 왕성해지고 수법이 매서워져 갔는데, 공황은 기력이 조금씩 빠져나가고 솜씨가 어지러워지기만 했다.

그날 아침, 일출을 보면서 공황은 탄식했다.

"그는 떠오르는 저 태양과 같은 자이고, 나는 다만 이 깊은 골짜기에 머무는 바람 같은 자일 뿐이었구나."

하늘이 주원장을 택했다는 걸 느끼고 싸움터로 나가는 걸음이 어느 때보다 무거웠다.

그날, 공황은 백 번의 싸움을 채우지 못하고 졌다.

그는 부러진 칼을 끌며 정신없이 달아났다. 그리고 문득 뒤를 돌아보니 고작 십여 명의 병사들이 험한 모습으로 따르고 있을 뿐이었다.

"부끄럽구나! 내세에서라도 기필코 이 원한을 풀고 말리라!"

크게 부르짖은 그가 발 아래의 천 길 절벽으로 몸을 던졌다.

토가족의 영웅이자 천자를 자처했던 용사, 향왕천자(向王天子) 공황. 그가 떨어져 죽은 그 산을 토가족들은 천자산(天子山)이라 부르며 그를 잊지 않고 기억했다. 그 아래에 커다란 성읍을 이루고 모여 살면서 주원장의 명 황조와는 어울리지 않았다.

청대에 용미(容美:오늘날 장가계로 불리는 大庸지역)를 다스리던 관리 전민(田旻)이 조정에 올린 상소 중에서 말하길, '용미(容美)와 천성(川省:사천성)을 잇는 경계에 있는 율곡패(栗谷壩) 등지는 그 주민이 토가족과 묘족으로 배치되었다. 지금의 사로대군(四路大軍)이 변방의 길에 있어 반드시 토만(土蠻)을 흥분하게 하여 반역의 죄를 물어 복종시켰다' 라고 하였다.

이를 보면 명대 이후로도 토가족의 반항은 수시로 발생했던 게 틀림없다.

토가족 노인의 집에서 하룻밤 묵으며 그런 전설 같은 이야기를 들었을 때 무진은 그게 이 분란의 씨앗이며, 자신에게 닥친 가혹한 운명의 시발점이었다는 걸 알았다.

노인과 네 명이나 되는 아들딸들. 그리고 며느리와 손자들은 모두 순박하고 다정다감했다. 낯선 이방인을 기꺼이 손님으로 맞아서 온 가족이 환대해 주었던 것이다.

토가족들의 가옥은 모양이나 구조가 중원의 그것과는 판이하게 달랐다. 대부분 산을 배경으로 지은 적각루(吊珏樓)라고 하는 난간식 가옥인데, 나무와 기와, 또는 대나무로 엮어 만든 장방형의 집이었다.

대나무로 받침대를 만들어 계단으로 오르내리게 만든 이층 혹은 삼층의 구조 중 맨 위층에는 사람이 살고, 가장 아래층에는 가축을 기르거나 잡동사니 물건들을 보관해 놓는 용도로 사용했다.

무진은 삼층에 있는 동쪽 상방을 사용했다. 밤이 이슥해 잠을 자려는데, 아래층에서 여인의 구슬픈 울음소리가 들려왔다.

깜짝 놀라 일어난 무진이 가만히 귀 기울여 들어보니, 서럽게 흐느껴우는 중간중간에 자신의 신세 한탄이며 누구에 대한 원망 등을 늘어놓는 것이었다. 그 울음소리가 어찌나 구슬프고 처연하던지 듣고 있는 무진의 가슴마저 뭉클해질 지경이었다.

대체 이 후덕한 노인의 집에 무슨 액이 있는가? 하는 의문이 들어서 아래층으로 내려갔다. 마침 노인은 밖으로 널찍하게 나와 있는 이층의 바깥 회랑에 대나무 의자를 내놓고 앉아서 밤하늘의 별을 바라보고 있었다.

이층으로 내려오자 여인의 구슬픈 울음소리가 더욱 크고 뚜렷하게 들려왔다.

무진을 본 노인이 빙긋 웃었다. 그 얼굴이 여전히 태평하고 온화해서 무진은 더욱 의아해졌다.

"집안에 우환이라도 있습니까?"

무진이 묻자 노인이 빙긋 웃었다.

"좋은 일이지 어찌 우환이겠소?"

"좋은 일이라면 저 울음소리는……."

"낮에 보셨던 큰손녀가 곧 시집을 간답니다. 그래서 저렇게 우는 거지요."

"아니, 시집을 간다면 좋은 일인데 어찌 서럽게 운단 말입니까? 혹시 싫은 사람에게 억지로 가기라도 하는 건가요?"

"하하, 장사가 모르시는군. 우리 토가족의 풍습이라오."

"예?"

무진이 어리둥절해하자 노인이 껄껄 웃었다.

토가족의 혼인은 매우 개방적이고 청춘 남녀 간의 자유로운 연애가 가능하다고 했다. 결혼 풍습 중 독특한 것 하나는 신부가 집을 떠나기 약 보름 전부터 우는 곡가(哭歌)라는 것이었다. 때로는 반년 동안 계속 울기도 한다.

울면서 부르는 곡가의 내용은 부모님과 형제, 자매, 선조들을 떠나는 슬픔과 중매한 사람을 욕하는 등 이별의 정을 표현한 것이 대부분이다. 시집갈 아가씨 혼자서 우는 때도 있고, 어머니와 자매들이 같이 우는 경우도 있었다.

"시집가기 전에 그동안의 서럽고 서운했던 것들을 울음으로 모두 씻어버리는 거라오. 그래야 시집가서는 새로운 인생을 행복하게 살 수 있을 것 아니겠소?"

"그렇군요."

사정을 안 무진이 머리를 끄덕였다. 그들의 풍습에서 인생의 깊은 맛을 엿볼 수 있었다.

시집에서의 새로운 삶은 모든 것을 다 잊어버린 상태에서 새롭게 시작하라는 뜻이고, 결혼하기 전에 가졌던 원망이나 서러움 등의 나쁜 기억을 시집까지 가져가지 말라는 뜻이기도 했다.

시집갈 아가씨가 서럽고 절절하게 울면 울수록 신랑 될 사람의 집에서는 좋아했다. 그래서 아가씨는 억지로라도 소리를 크게 내서 울었는데, 목이 쉬는 건 예사고, 심할 때면 피를 토하기까지 했다.

그 일을 떠올린 무진이 잠시 앞일에 대한 근심을 잊고 피식 웃었다.

'나는 언제나 과거의 업장에서 온전히 벗어나 나만의 삶을 새롭게 시작할 수 있을까?'

그런 생각이 들어 한편으로는 마음이 쓸쓸해지기도 했다.

이제 저 산들을 넘어 노인이 가르쳐 준 길을 더듬어 하루만 더 가면 토가족의 뿌리가 있는 천자산 토왕곡에 이르게 된다.

무진은 그곳이 자신의 과거를 묻고, 태어날 때부터 지고 온 업장을 부려놓을 곳이라고 생각했다.

'죽든지 살든지 거기서 끝내리라.'

그렇게 단단히 결심했다. 아버지의 복수와 중원을 향한 혈겁의 조짐을 그곳에서 다 해결해야 하는 것이다. 그렇지 못하면 머지않아 강호는 토왕곡에 의해 시산혈해를 이루게 될 것이다. 그건 재앙이나 다름없다.

한족과 토가족, 묘족을 따지기 전에 그들 모두 고귀한 생령들이라는 걸 자각해야 했다. 함께 어울려 술과 밥을 나누며 평화롭게 사는 것이야말로 모두가 이루기를 바라야 할 무상의 가치가 아니겠는가.

*　　　*　　　*

소봉은 오래전에 울음이 말라 버렸다.

토왕곡으로 향하는 길이 벌써 석 달째. 강호에서는 흑나찰(黑羅刹)이라는 이름으로 그녀를 불렀다.

검은 옷으로 몸을 가리고, 검은 죽립을 눌러썼으며, 검은 신을 신었다. 온통 검은색뿐인 그녀였기에 창백하고 싸늘하게 빛나는 얼굴은 더욱 눈부시게 아름다웠다.

등에 금룡검을 지고 홀로 강호를 유랑하는 흑의의 소녀. 그 매력에 이

끌린 부나방 같은 사내들이 멋모르고 다가왔다. 그리고 그녀를 희롱한 대가로 그들이 내놓은 건 목이었다.

주루에서, 객잔에서, 그리고 노상에서.

소봉은 사람들의 이목을 꺼려하지 않았고, 살인을 주저하지 않았다. 강호의 내로라하는 고수도 그녀의 금룡검 앞에서는 덧없이 잘려진 검과 칼을 쥐고 놀라다가 목을 잃고 말았다.

그녀의 손속에는 인정이 없었다. 백화검법(百花劍法)은 지울 수 없는 그녀의 한(恨)과 독심(毒心)이 실려 더욱 날카로워지고 매서워졌다. 그 위에 금룡검이라는 절세 신검의 위력이 더해지니 누구도 그녀의 삼 초를 견디지 못했다.

처음 그녀의 미모에 혹해서 부나방처럼 달려들던 자들이 이제는 금룡 검마저 탐내었다. 그러자 그녀가 있는 곳에는 어디든지 늙고 젊은 고수들이 들끓었다. 흑도의 고수는 물론이고 백도의 고수들도 그녀와 금룡검을 탐하여 모여들었지만, 그녀가 지나간 길 위에는 즐비한 주검과 검붉은 피가 깔릴 뿐이다.

흑나찰 소봉, 그녀도 서쪽 산 위에 오연하게 서서 저 멀리 안개와 구름에 가려진 첩첩 산봉우리들을 바라보고 있었다.

"흥! 토왕곡이란 말이지?"

매서운 바람보다 더 싸늘한 음성이 스산하게 흘러나왔다.

'지금쯤 무진도 그곳으로 향하고 있겠지?'

그런 생각이 잠시 그녀의 얼굴에 막연한 그리움으로 떠올랐다.

"정말 가지 않겠어?"

장정이 볼멘소리로 다시 물었다. 잿빛 승복을 입고 있는 수련의 얼굴은 담담하기만 했다.

“나는 호은암으로 돌아가겠어요.”

“쳇, 기껏 중 노릇이라니…….”

장정이 혀를 차고 수련을 이리저리 훑어보았다.

목에는 백팔염주를 걸었고, 그 탐스럽게 길던 머리를 박박 밀었다. 반짝이는 그녀의 두상(頭狀)이 장정의 눈에는 이상하게만 보일 뿐이었다.

“꼴이 그게 뭐야? 소림사에 그 무슨 대라법수인가 뭔가 하는 것만 전해준다고 했지, 아예 중이 될 거라고는 하지 않았잖아?”

“저는 젖먹이일 때부터 무광 노스님 밑에서 불법에 젖어 자랐답니다. 그러니 세상의 번뇌와 번거로움이 낯설고 무서울 수밖에요. 저에게는 이게 가장 편하고 즐겁습니다.”

“무진이는? 그놈을 다신 안 볼 거야?”

그 말에 수련의 고운 볼에 그늘이 어렸다.

한동안 머뭇거리던 수련이 떨리는 음성으로 말했다.

“그는 무사할 거예요. 무사히 살아서 토왕곡을 나온다면 언제든 호은암에 들를 날이 있겠지요.”

“그때가 언제가 될지도 모르고 거기서 무작정 기다리겠다고? 하— 이제 보니 생긴 것만 멀쩡했지 실은 바보였군?”

“맞답니다. 저는 어리석은 바보지요.”

수련이 다시 마음의 평정을 찾은 듯 방긋 웃었다. 꽃보다 더 고운 그 웃음이 장정을 눈부시게 했다.

“호은암이 폐허가 되도록 놔둘 수는 없어요. 무광 노스님의 불법이 깃들어 있는 곳이니까요. 이제 노스님이 그러셨듯 제가 그곳을 지킬 겁니다.”

“쳇, 마음대로 해. 그럼 정말 나 혼자 간다?”

“부디 보중하세요. 당신은 심성이 바르니 반드시 좋은 인연이 있을 겁니다.”

“얼어죽을 인연은 무슨……. 간다!”

장정은 그녀를 한 번 흘겨보고는 미련없이 돌아섰다.

“아미타불.”

저쪽에서 정진 대사가 웃으며 다가왔다.

나이 팔십을 바라보는 노선사로 소림사의 방장이라는 신분이기도 하다.

정진 대사의 뒤에 네 명의 젊은 승려가 공손한 모습으로 따르고 있었다. 하나같이 풍기는 기도가 뛰어나고 번쩍이는 눈에는 정기가 흘러넘치는 것이, 인중룡이라 할 만한 재목들이었다.

수련 앞에서 다시 합장한 대사가 주름진 노안 가득 온화한 웃음을 띠고 말했다.

“사매, 이렇게 서둘러 가다니, 섭섭하기 짝이 없군.”

“사형.”

수련이 합장하고 머리를 숙였다.

나이 차이는 할아버지와 손녀라고 해야 맞을 것이다. 하지만 정진 대사가 무광 노스님의 사질이니 수련은 그에게 사매가 된다.

계율이 엄격하고 법도가 뚜렷하기로 이름 높은 소림사 안에서 수련의 신분은 장로급이었다. 그게 오히려 그녀에게는 불편하기 짝이 없는 일이었다.

젊거나 늙은 중들이 모두 그녀를 보면 쩔쩔매며 사고라든지 사조라 부르며 공경했으니, 그런 일에 익숙하지 않은 수련으로서는 문밖으로 나서기가 두렵기까지 했다.

정진 대사가 동행해 온 네 명의 제자를 가리키며 말했다.

“이들은 이제 사매의 제자나 마찬가지일세. 사매 혼자 호은암에 기거하는 게 늙은 사형으로서는 마음이 놓이지 않으니 이 아이들을 데려가게."

"사형, 그것은……."

"남녀가 유별하다 하나 그건 세상의 일이지. 불법 안에서 남녀는 차이가 없네. 이 아이들은 아직 사매에게서 전해 받은 대라법수를 다 깨우치지 못했으니 앞으로도 몇 년은 사매의 지도가 필요할 것이야."

"하오나 나한의 자리가 비게 되지 않습니까?"

"하하, 십팔나한 중 네 명이 자리를 비웠다고 해서 불법이 쇠약해지는 건 아니지. 그러니 본 사의 일은 사매가 염려할 것 없네."

수련이 그래도 머뭇거리자 정진 대사가 웃으며 말했다.

"비좁은 호은암에 어찌 이 네 명이 기거할 수 있겠는가. 걱정 말게. 이 아이들은 호은암 밖에 별도로 작은 암자 하나를 짓고 거기서 머물 걸세."

십팔나한 중의 네 명인 청년 중이 일제히 수련에게 읍하고 씩씩하게 말했다.

"제자들이 가까이 모시며 가르침을 받겠습니다."

수련의 얼굴이 귀밑까지 붉어졌다.

"이놈아, 좀 천천히 가라."

"그러게 따라오지 말라니까 왜 자꾸 따라와서 귀찮게 하는 거냐?"

"빌어먹을 놈. 너 혼자서 자부동천의 비급들을 독차지하겠다는 심보지?"

"이런 한심한 놈 같으니. 그런 게 있는지 없는지도 모르는데 욕심부터 내다니, 대체 머리가 어떻게 된 거 아니냐?"

"흥! 내 꼴을 봐. 팔 하나를 잃었으니 그걸 대신할 절세신공 한 개는 빼내야 인생의 저울추가 균형을 이루지 않겠어?"

염능파가 헐렁한 오른쪽 옷소매를 펄럭여 보였다. 그의 얼굴에 쓸쓸한 기색이 빠르게 스쳐 지나갔다.

"으음—"

기벽강이 침통한 신음을 흘렸다.

그는 염능파가 이죽거리며 비급 운운했지만, 그게 자신의 모습을 비웃고 자학하는 말이라는 걸 잘 알았다. 실은 무진에 대한 걱정 때문에 막무가내로 따라나선 것이다.

"서두르자. 당문에서 온 전갈대로라면 그놈은 벌써 거의 다 갔을 거야."

기벽강이 어깨에 어긋나게 메고 있는 두 자루의 칼을 들썩이며 재촉했다. 우문강이 지녔던 쌍도였다. 세상에 하나뿐인 보도이기도 하다. 무진이 전해준 것을 무사히 받은 것이다.

"이럴 게 아니라 저자에 들어가 좋은 말을 두 필 사자."

염능파의 말에 기벽강이 크게 머리를 끄덕였다.

■제10장■
또 하나의 안배(按排)
제10장
또 하나의 안배(按排)

또 하나의 안배(按排)

　엄여익(嚴如熤)이 저술한 '묘방비람 도로상사(苗防備覽 道路上四)'에
는 명(明) 청(靑) 시기 묘족과 토가족이 뒤섞여 살던 상황에 대해 비교적
상세한 기록이 있다.

　'묘방비람 험요하(苗防備覽 險要下)'에 따르면, '영순현(永順縣) 우유
산(牛乳山), 성의 동남쪽 백이십 리에 있는 깊은 산 은밀한 계곡이 토,
묘가 뒤섞여 살던 곳이다' 라고 했다. 또 '수산(秀山) 야저평(野猪坪)은
현(縣)과 성(城)의 동북 칠십 리, 평(坪)의 남쪽에는 토인이 거주하고 북
쪽에는 묘인의 마을이 있었다고 한다. 귀주(貴州) 송도(松桃)와 수산(秀
山)의 교차 지역에 백죽산(白竹山)이 있는데, 산 위에는 묘인이 거주하
고 산을 내려와 모평(茅坪)에 이르면 토가인의 마을이었다' 라는 기록도
남아 있다.

　거기에 덧붙여 여러 사람들의 말을 인용했으니……

　'귀계(鬼界)'는 '옛 장평(丈坪) 동쪽 이십여 리에 겹겹이 산봉우리가 이어져 있는 깊숙하고 조용한 깊은 요새에 묘족과 토족이 섞여 거주한다' 고 했고, '왕가동(王家洞)' 은 '성(城)의 서남쪽 백여 리에 토가인의 마을이 있는데, 그들은 민풍(民風)이 힘있고 용감했으나 묘족을 두려워했다' 고 했으며, 보정현(保靖縣)에 살던 '어당(魚塘)' 은 '성(城)의 동쪽 오십일 리에 영보(永保)와 인접한 곳에서 토가족과 묘족이 섞여 거주했다' 고 기록했다.

또한 '제계사(提溪司)' 는 '성(城)의 남쪽에 산이 어지럽게 둘러싸여 있고, 시냇물이 서로 비추는 곳에 묘족과 토가족이 섞여 거주한다' 라고 했으니, 묘족과 토가족은 오래전부터 이와 같이 섞여 살았던 게 틀림없다.

이와 같은 옛 문서에서 알 수 있듯이, 토가족이 있는 곳에는 묘족이 반드시 함께 있었다. 토가족들이 순박한 중에 강인한 기백을 지니고 있었다면, 묘족은 기묘하고 신랄한 데가 있어서 토가족들은 다수이면서도 소수인 묘족에 대한 두려움을 항상 품고 있었다. 때문에 토가족은 그들의 딸을 묘족에게 시집보내 두 종족의 화합을 유지했다.

그렇게 어울려 살다 보니 토가족과 묘족의 속습과 의상이 서로 닮아서 오늘날에는 언뜻 구분할 수 없게 되기도 했다.

그러나 토가족은 토가족이고, 묘족은 묘족이다. 그들은 서로를 꺼려하고 경계하면서도 붙어살 수밖에 없는 소수 민족이었고, 이와 입술처럼 서로 의지해서 자신을 보존했다.

토가족의 땅, 천자산에서 흘러내리는 급한 개울들이 모여 금류하(金流河)를 이루는 곳에 섬 하나가 떠 있었다.

바위에 떠받쳐 우뚝 솟아오른 큰 산봉우리를 가운데 두고 물줄기가 좌우로 갈라져 도도하게 흐르는 것이다. 그러니 그것을 섬이라고 하기에는 무리가 있었지만, 그곳에 살고 있는 토가족과 묘족은 모두 그 산을 섬이라고 불렀다.

함부로 건너갈 수 없고, 그곳에 사는 사람들 또한 함부로 건너올 수 없어서 이쪽과 저쪽의 세상이 금류하를 두고 확연히 갈라져 있으니 그렇게 불리는 것도 이해가 갔다.

수라도(修羅島)인 것이다.

한 바퀴 도는 데 반나절이 걸릴 만한 그 산에는 골짜기와 기험한 바위봉우리가 있고, 논과 밭이 있었다. 무릉원이요, 장가계라고 불리는 드넓은 지형 안에 또 하나의 별천지가 있었던 것이다.

벼랑 위에 겹겹이 포개져 있는 손바닥만한 논들이 햇빛을 받아 반짝거렸고, 비탈을 감고 있는 밭은 산을 두른 긴 띠처럼 보였다.

북쪽, 삼십여 장의 머리 위에서 두 줄기 폭포가 시원스레 쏟아지고 있는 계곡이다.

쌍룡폭 아래에는 맑고 푸른 담(潭)이 구름 몇 조각을 띄워놓고 있었다. 유유히 헤엄치고 있는 금빛 잉어들이 평화로워 보이는 오후인 것이다.

왼쪽으로 이리저리 휘어진 몇 그루의 노송이 운치를 한껏 뽐내고 있는 곳에 용마루 끝으로 날아갈 듯한 처마를 달고 있는 사당 한 채가 고즈넉하게 서 있었다.

신녀가 머무는 수라도의 신당이다.

폭포가 내려다보이는 신당의 뒤쪽 바깥 마루 위에 세 사람이 검은 이끼가 피어 있는 오래된 탁자를 사이에 두고 마주 앉아 있었다.

구름처럼 틀어 올린 머리에 은관을 썼고, 역시 은으로 세공한 봉황과 산과 별의 장식을 꽂고 매달았다. 붉은 치마 저고리에도 은으로 빚은 띠와 장식, 노리개를 매달고, 가슴에는 우주의 별자리를 화려하고 정교하게 새겨 넣은 은판을 달고 있는 여인이 돋보인다.

수라도의 신녀.

뇌정령(雷情玲)이라는 속세의 이름은 모두 잊었다. 이십삼 대를 계승해 신당을 지키고 있는 신녀 화소천(華김天)일 뿐이다.

신녀들은 오직 화소천이라는 그 이름 하나만을 가졌다. 그러므로 그녀는 스물세 명째의 화소천이었다.

"그 아이가 이리로 오고 있다는군요."

신녀가 젖은 음성으로 낮게 말했다.

내 속으로 난 아들이다. 첫돌도 보지 못하고 헤어져서 이십 년이 넘도록 한 번도 만나지 못했다. 수라도로 돌아온 흑풍객에게서 그 아이의 이야기를 듣고 며칠 밤을 소리 죽여 울었던가.

그 아이, 무진이 지금 천자산 토왕곡을 향해 홀로 터벅터벅 걸어오고 있는 것이다. 걱정과 그리움과 애틋함으로 가슴이 미어지는 듯했다. 나와 곽문탁의 피를 나누어 받은 아이. 어떻게 생겼을까? 나를 닮았을까, 제 아비를 닮았을까…….

내 아이이지만 그것을 내색할 수 없고, 인정해서도 안 되는 신녀라는 자신의 신분이 이렇게 원망스러워 본 적이 없었다.

한순간에 쏟아져 들어오는 그런 생각들로 신녀는 목이 메어 숨마저 쉴 수 없었다.

찻잔을 멈추고 아련한 눈길로 신녀를 바라보던 사람이 담담하게 말했다. 흑풍객 이정청이었다.

"들었소."

"좌사자께서 그 아이와 특별한 인연을 맺었다니, 그 사람의 한이 아직 남아서 이끈 거겠지요?"

곽문탁을 말하는 것이다. 얼굴에 문득 어두운 그늘이 드리웠으나 흑풍객은 담담한 표정을 잃지 않았다.

"그 아이가 스스로 문탁이의 한을 짊어진 채 찾아오고 있으니 화가 되든 복이 되든 하겠지요."

신녀의 눈꼬리가 파르르 떨렸다. 흑풍객의 말속에서 서운해하는 그의 마음을 읽었던 것이다. 그녀가 입을 닫고 고개를 돌려 쌍룡폭포를 바라보았다.

하늘에서 흰 비단을 늘어뜨린 듯한 그것은 통쾌한 소리를 내며 변함없이 쏟아진다. 어제와 오늘이 다르지 않고, 천 년 전과 천 년 후가 다르지 않을 것이다. 그러나 짧은 사람의 삶은 어찌 이렇게 자주 변하고 바뀐단 말인가. 어제와 오늘이 다르고, 조금 전과 지금이 다르기만 하다.

신녀가 입을 다문 것처럼 흑풍객도 고개를 약간 숙인 채 침묵할 뿐이었다. 찻잔의 차가 싸늘히 식어버린 지 오래전이다.

두리번거리며 두 사람의 표정을 살피던 금오신(金烏神) 장약탄(壯若嘆)이 껄껄 웃었다.

"내가 데려오리다."

신녀가 무엇을 말하고 싶어하는지 그는 벌써 눈치채고 있었던 것이다. 신녀의 눈꼬리가 다시 파르르 떨렸다. 금오신이 제 가슴을 퉁퉁 두드리며 짐짓 과장을 섞어서 말했다.

"도주께서도 모르는 척하실 거요. 내가 장담하지."

"장 장로님……."

언뜻 신녀의 눈가에 물기가 반짝인 것 같았다.

원래 수라도의 법규대로라면 금오신은 이곳에 출입할 수 없었다. 신당이 있는 쌍룡곡 전체가 수라도에서는 금지인 것이다. 그 안에는 오직 신녀와 신녀의 호법인 두 명의 좌우사자만이 기거할 수 있다.

지금 금오신은 공석인 우사자의 역할을 하는 자가 되어 있었다. 토왕곡의 일이 심상치 않음을 느낀 도주가 비상시에나 내릴 수 있는 보호령을 발동한 것이다. 그래서 금오신에게 한정적으로 우사자의 소임을 하도록 배려했다.

금오신이 넉살 좋게 웃었으므로 신녀와 흑풍객 사이에 생겼던 서먹한 기운이 날아가 버렸다.

"그 어린 녀석은 이곳의 지리를 알지 못하니 잘못하면 함정에 빠져서 붙잡힌 멧돼지 신세가 되기 십상이지. 네 발이 꽁꽁 묶인 채 대나무에 매달려 토왕곡으로 끌려 들어갈 거야. 그러면 그놈들은 가마솥을 걸어놓고 물을 팔팔 끓일걸? 아하하하— 털도 뽑지 않고 우선 삶기부터 하려고 들게 틀림없어."

신녀가 살짝 눈살을 찡그렸다. 금오신은 우스갯소리를 한다는 것이었지만, 그 말이 너무 끔찍했던 것이다.

백장협이 멀리 바라보이는 곳에 험악하게 솟아오른 산이 하나 있다.

대용(大庸)의 평야 지대를 사이에 두고 천자산과 마주 보고 있는 천문산(天門山) 자락이 길게 뻗어나가다 대용을 가로질러 무릉원으로 들어갈 듯 말 듯 망설이며 엿보듯 우뚝 솟아오른 산이다.

사람들이 귀문산(鬼門山)이라 부르는 그 산은 굽이치는 능선들이 마치 용이 꿈틀거리는 것 같기도 해서 항용산(抗龍山)이라고도 했는데, 하늘로 오르려다가 떨어진 용 한 마리가 고통스럽게 몸부림치고 있는 것 같았다. 갑자기 솟아오른 산의 기괴한 모양과 요동치는 능선이 그처럼 괴이하고 음침한 분위기를 띠고 있었던 것이다.

그 귀문산 정상 아래의 분지에 낡은 암자 하나가 있었다. 보광사(寶光寺)라고 하는 유서 깊은 사찰에 딸린 허름한 암자다.

무진은 암자의 깨끗한 뜰에 서서 만장절벽 저 건너에 보이는 희뿌연 산봉우리들을 아득히 바라보고 있었다.

저곳 어딘가에 백장협이 있다. 그리고 그 너머에 천자산이 있고, 토가족의 야망을 감추고 있는 토왕곡이 있다.

사흘째 무진은 서편암(西片庵)이라는 이 작은 암자에 머물고 있었다. 날이 밝으면 산을 내려가 이곳저곳 기웃거리며 천자산과 토왕곡에 대한 정보를 수집했고, 이 사람 저 사람에게 토가족의 유래와 역사에 대해서 묻고 배웠다. 혹시라도 자부동천과 토왕곡의 비밀을 풀 수 있는 단서를 찾게 되지 않을까 하는 기대에서였다.

날이 저물면 다시 암자로 돌아와 지난 낮 동안 수집해 들인 정보들을 서로 비교하고 탐색했다. 같거나 비슷한 것들을 한데 묶고, 새로운 것들을 분류해서 늘어놓는다. 그것들을 전체적으로 조망하면서 앞뒤를 이어 보고, 흐름을 추리해 보았다.

언제나 한족의 등살에 채이고, 천대받고 쫓겨 다니면서 살 수밖에 없었던 소수 민족의 한을 토가족도 지니고 있었다. 오죽했으면 한족의 손이 닿지 않는 이 깊고 험한 산속으로 피신해 와 그들만의 세상을 이루고 살았겠는가.

끝없이 드넓은 중원 대륙에서도 가장 깊고 험한 오지라고 불리는 곳. 무릉원은 바로 그런 곳이다.

외부의 눈이 닿지 않고 외부인의 발길이 미치지 못하는 첩첩산중에 숨어 살았지만, 천하가 요동치는 원 말의 격변 속에서 무사할 수는 없었다.

주원장에 의해 철저히 유린당하고 만 그들의 가슴속에는 참을 수 없는 분노가 쌓였으리라. 그것이 오늘 토왕곡이 중원을 향해 이를 갈고 있는 이유가 분명했다.

이번에는 우리 힘으로 대륙을 질타하고 중원을 정복하자는 대망을 품을 만큼 그들이 그동안 쌓아온 힘은 막중했다.

그것이 바야흐로 한꺼번에 터져 나오려 하고 있었다. 바로 저 흐릿한 산골짜기 어딘가에 있는 백장협을 뛰쳐나오는 순간, 세상은 걷잡을 수 없는 피바람에 휩쓸릴 것이다.

"무엇을 보시오?"

뒤에서 걸걸한 음성이 들려왔다. 돌아본 곳에 낡은 승복을 입고 턱수염을 거뭇하게 기른 장년의 중이 서 있었다. 서편암을 지키는 운각(雲覺)이라는 중이다.

"내가 가야 할 길을 살펴보고 있는 중이었지요."

"하하. 천지에 널린 게 길이고, 도처에 흔한 게 함정이니 잘 가려 보아야 할 거외다."

"불법 또한 그와 같을 터. 스님께서도 눈을 부릅뜨고 잘 가려 보아야 서천극락에 탈없이 이를 수 있을 겁니다."

"제기랄, 극락은 멀고 지옥은 가까우니 먼 길보다는 가까운 길이 쉬운 게야. 나도 부처님을 흉내 내서 지옥에 한번 빠져 볼까?"

운각이 말없이 웃는 무진의 옷소매를 잡아당겼다. 무언가 급한 일이 갑자기 생기기라도 한 듯한 얼굴이었다.

"자, 자, 들어가서 술이나 한 단지 해봅시다. 아, 어서!"

중 같지 않은 중. 술을 좋아하고, 때로는 슬쩍슬쩍 고기도 탐하는 묘한 중. 그게 서편암의 운각이었다.

"나는 말이지, 이 중 노릇은 정말 적성에 맞지 않는다니까? 이게 뭐야? 내 꼴이 이게 사람 꼴이야? 네가 보기에는 어때?"

술에 취한 듯 운각은 말이 많아졌고, 함부로 쏟아냈다. 무진이 빙긋 웃었다. 만약 운각이 반듯한 중이라서 격식 차리기를 좋아했다면 사흘씩이나 이곳에 붙어 있지 못했을 것이다.

파격적인 중. 중이라기보다는 산적 노릇을 하면 더 잘 어울릴 것 같은 묘한 중. 그래서 더 정감이 느껴지는 것이니, 사람의 감정은 이상한 데가 있다.

"중이 어때서? 어딜 가든 존경받고, 조그만 아이들까지 스님, 스님 하면서 따르니 좋지 않소?"

"염병, 그럼 네가 여기서 중 노릇해라. 내가 대신 그 칼을 들고 나갈 테니까."

"강도가 되려고?"

"이놈아, 나는 중 노릇이 정말 맞지 않는다니까 그러네. 그 뭐냐, 옳지, 산문에 들어서면 사천왕을 제일 먼저 만나지? 그중에 악귀야차를 짓이겨 죽이는 그 광목천왕(廣目天王) 노릇을 하라면 잘할 수 있겠다. 좀 통쾌하겠어?"

무진의 눈이 번쩍, 하고 신기를 발했다.

앞에서 횡설수설 떠벌리고 있는 운각이 보통 중은 아닐 거라고 짐작했는데, 그 의심이 더 깊어졌다.

처음 무진이 평수촌을 어슬렁거리며 사람들에게 토왕곡에 대해서 묻고 천자산 가는 길을 묻던 중이었다.

"천자산? 그거야 코앞에 있지. 나를 따라오시려나?"

바랑 하나를 지고 지나가던 이상한 중이 불쑥 그렇게 말하고 무진의 옷소매를 끌었다. 운각이었다.

"천자산을 잘 아시오?"

"알다마다."

"토왕곡은?"

"세상이 모두 부처님 손바닥 안에 놓여 있는데 모른다고 하면 거짓말이지."

그래서 무진은 두말없이 운각을 따라 서편암으로 올라왔다. 하지만 운각은 제가 언제 그런 말을 했냐는 듯 히죽히죽 웃기만 할 뿐 천자산은 물론, 토왕곡에 대해서는 입도 뻥긋 하지 않았다.

무진은 그에게서 수상한 기미를 눈치챘다. 한아름이나 되는 무쇠솥을, 그것도 펄펄 끓는 물이 넘칠 듯 담겨 있는 그것을 힘 하나 들이지 않고 번쩍 들어서 마당으로 내오는 걸 훔쳐보았던 것이다.

솥은 얼마나 뜨거울 것이며, 그 안에서 아직도 끓고 있는 물은 또 얼마나 뜨거울 것인가. 그러나 운각 괴승은 접시 하나 들듯이 가뿐하게 들고 나와서는 마당 한복판에 있는 커다란 나무통에 쏟아 부었다.

무진은 문틈에 눈을 붙이고 운각이 걸어온 곳을 눈여겨보았다. 물방울 하나 튄 흔적이 없었다.

훌훌 옷을 벗어 던져서 알몸이 된 운각이 나무통 속으로 텀벙 뛰어들었다. 그때 무진은 그의 가슴이며 두 팔뚝에 각인되어 있는 거친 용 문양을 보았다. 살갗을 뚫고 새겨진 그것은 화상을 입은 자국 같기도 했다. 말의 엉덩이에 달군 쇠로 낙인을 찍듯이, 그렇게 가슴과 팔뚝에 온통 화상 자국이 찍혀 있는 것이다.

저게 정말 중인지, 아니면 흉악한 도적놈이 중으로 변장해서 제 신분을 감추고 숨어 있는 건지 아리송해졌다.

"인연이라는 것을 믿느냐?"

무진이 그때의 일을 생각하고 있는데 운각이 불쑥 물었다.

"인연?"

"흐흐, 아주 기가 막히고 절묘한 놈이지. 불법이 무언지 알아?"

"뭐요?"

"바로 인연이야. 다른 거 다 필요없어. 인연이라는 놈 하나만 제대로 보면 부처님도 필요없는 게야."

"그래서 스님은 그걸 보셨소?"

"암, 보았지. 그리고 지금도 이렇게 보고 있지 않느냐?"

쇠뭉치 같은 손가락을 펴서 무진의 얼굴을 가리켰다.

"엇?"

무진이 흠칫 놀라 상체를 빼자 중이 흐흐, 하고 음침하게 웃었다. 그러
더니 탁자를 치고 벌떡 일어섰다.

"이제 때가 되었다. 그만 가자!"

술기운으로 얼굴이 벌게진 중은 더운 숨을 씩씩거리며 바쁘게 걸었다.
쿵쿵 울리는 그의 발소리에 고요하던 숲이 흔들리는 듯했다.

"대체 이 밤중에 어디로 가자는 거요?"

그의 우악스런 손에 손을 잡힌 채 끌려가듯 가며 묻자 바삐 걷던 중이
뚝 멈추어 서더니 이상하다는 듯 바라보았다.

"토왕곡으로 가려 한다며?"

"응?"

"이 부처님이 데려다 주겠다는 거다. 싫어?"

"알고 있소?"

"흐흐, 내 공덕이 좀 더 높았다면 오색 구름을 불러 타고 씽 하니 날아
가겠지만, 그럴 수 없으니까 두 발로 바삐 걷자."

중이 다시 무진의 손을 끌며 더욱 빠르게 걸었다. 아예 달리듯 하는
그를 따라가면서 무진은 중의 괴이한 행동에 더럭 의심이 들었다.

'두고 보면 알겠지.'

이 야차 같은 중의 정체가 무엇인지 궁금해진 무진은 그가 하는 대로
놓아두고 지켜보기로 했다.

산 하나를 후딱 넘었다. 뒤에는 떠나온 대용의 평야 지대가 있고, 앞에
는 갈수록 험하고 깊은 첩첩산중이다. 무릉원을 일러 중원에서 가장 깊
고 험한 오지라고 하는 말이 헛말이 아니라는 게 실감되었다.

걸을 때마다 골짜기가 바뀌고 기암절벽의 모습이 바뀌었다. 산을 넘으면 또 산이요, 개울을 건너면 또 절벽이 앞을 막는다. 몇 번 이리저리 도는 사이에 방향을 잃어버렸다. 이제는 어디가 어디인지 더욱 알 수 없게 되었다.

은은한 달빛 아래 우뚝우뚝 솟아 있는 천 장의 바위 봉우리들이 마치 젓가락을 가득 꽂아놓은 듯했고, 하늘에서 떨어진 돌고드름이 빼곡하게 박혀 있는 것 같았다.

"왔다."

운각이 뛰듯이 바삐 걷던 걸음을 뚝 멈추었다. 생전 처음 보는 기묘하고 괴이한 경치에 정신이 팔려서 이리저리 눈길 주기에 여념이 없던 무진의 얼굴도 한순간에 싸늘하게 가라앉았다.

저 앞쪽, 개울 건너 울창한 숲이 있고 그 너머에 거대한 바위 기둥이 하늘을 찌르며 우뚝 솟아 있는데, 그 숲 머리에 검은 옷의 사내 하나가 한가롭게 서서 이쪽을 바라보고 있었다.

"다섯 놈이군. 생각보다 적은데?"

운각이 제 머리통을 툭툭 두드리며 중얼거렸다. 무진은 그가 어떻게 하려는 건지 궁금해졌다. 이건 내 일이 아니라는 듯 뒤로 훌쩍 물러서서 팔짱을 끼고 우두커니 서버렸다.

개울 건너의 사내가 어깨를 움찔거리더니 싸늘한 어조로 말을 건네왔다.

"이 밤중에 어디로 가느냐?"

"그러는 너는 이 밤중에 여기서 뭐 하고 있는 거냐?"

멀리서도 사내가 흰 이를 드러내고 씩 웃는 게 보였다.

"이제 알았다. 너는 서편암의 운각이라는 땡중이지?"

"기특한 놈이구나, 이 부처님을 금방 알아보다니. 이리 오너라. 내가 손수 네 머리카락을 밀고 제자로 삼아주마."

운각이 발가락을 까닥거리며 이죽거렸다. 사내의 눈빛이 더욱 싸늘해 졌다.

"돌아가라. 그러면 못 본 걸로 해주겠다."

"저놈이 바보인가? 네 눈깔은 해태 눈깔이냐? 여기 이렇게 서 있는 나를 보지 못했다니?"

"죽고 싶어서 환장한 미친 중놈이로군."

흑의사내가 싸늘히 웃고 성큼성큼 걸어 개울을 건너왔다. 첨벙거리는 물소리가 더 크게 들리는 건 고요한 밤중의 숲 속이라 그럴 것이다.

"성불시켜 주마."

차갑게 말한 사내가 대뜸 검을 뽑아 후려쳤다. 아직 운각과는 열 걸음 떨어져 있는데, 차가운 검기 한 가닥이 쏴아아, 하는 휘파람 소리를 내며 쳐들어왔다.

"아미타불."

운각은 보지 못한 듯 합장하고 불호를 중얼거렸다.

"앗!"

무진이 다급성을 터뜨렸다. 운각에게 무언가 특별한 수단이 있으려니 하고 믿었기에 멀찍이 떨어져서 태연히 구경만 하고 있었는데, 그가 아무 대책도 없이 그저 서 있으니 당황한 것이다.

그의 굵은 몸뚱이가 검기에 잘려 버릴 듯해서 무진이 더 참지 못하고 몸을 날렸다. 하지만 이미 코앞에 닥쳐든 검기보다 빠를 수는 없다. 무진은 운각의 몸이 두 동강나는 걸 차마 볼 수 없어서 질끈 눈을 감아버리고 말았다.

카캉―!

요란한 금속음이 귀를 찔렀다.

“엇?”

사내의 놀란 외침 소리도 들렸다. 눈을 뜨고 바라본 무진도 ‘아!’ 하고 경악성을 터뜨렸다.

운각은 여전히 두 손을 합장한 채 아미타불을 중얼거리고 있었다. 예리하게 베어진 옷자락이 펄럭이고, 붉은 자국이 남아 있는 맨살이 보였다.

“금강불괴?”

무진의 입이 딱 벌어졌다. 믿을 수 없었던 것이다.

흑의사내도 그건 마찬가지여서, 그는 ‘이 중놈이?’ 하는 외침과 함께 다시 바람처럼 달려들며 횡소천군의 초식으로 검을 휘둘렀다.

카캉—!

운각의 옆구리에서 요란한 소리가 났다. 검이 부러질 듯 휘더니 윙윙거리며 튕겨 나갔고, 사내는 찢어진 손아귀에서 피를 흘리며 주춤거렸다.

그때 운각이 합장하고 있던 손을 불쑥 내밀어 사내의 멱살을 움켜쥐었다.

“성불하거라.”

우지직 하고 목뼈 부러지는 소리가 뒤따랐다. 검기를 날릴 정도로 막강한 고수였던 흑의인이 비명 한 번 지르지 못하고 무너졌다.

“아!”

무진은 너무 큰 놀라움으로 멍해졌다. 설마 금강불괴를 이루고 있는 중이었다니.

운각이 개울 건너의 숲을 향해 손짓하며 태연하게 말했다.

“거기, 네놈은 안 나올 거냐? 이리 오너라. 이 부처님이 자비를 베풀어서 속히 성불시켜 주마.”

파라랑—

대답은 기묘하고 날카로운 파공성이 대신해 왔다. 번쩍이는 두 개의 금륜이 바람을 가르며 유성처럼 쏘아져 나온 것이다.

개울을 건너오는 그것은 빠르게 회전하고 있었다. 윙윙거리는 소리가 귀를 따갑게 했다. 일월쌍륜(日月雙輪)이라고 하는 기병이다.

동시에 네 개의 검은 그림자가 숲을 박차고 단숨에 개울을 뛰어넘어 쏘아진 살처럼 부딪쳐 왔다. 번쩍이는 검광이 흐린 달빛을 튕겨내며 흔들렸다.

"꼼짝 말고 있어!"

운각의 호통이 몸을 날리려 하는 무진의 발목을 붙들었다. 동시에 그가 두 손을 빠르게 뻗어 눈앞에 밀려든 금륜을 낚아챘다.

가가가각—

운각의 손아귀에서 쇠와 돌을 긁어대는 것 같은 끔찍한 소성이 터져 나왔다. 단번에 쌍륜을 움켜쥔 운각의 손놀림도 놀라웠지만, 그것을 던져 낸 자의 힘 또한 놀랍기만 했다. 운각의 손아귀 힘으로도 금륜의 회전을 멈추게 할 수 없었던 것이다.

그 날카로운 날이 무섭게 돌며 손바닥을 갉아댔지만 운각은 끄떡없었다. 저것이 살과 뼈로 된 사람의 손이라고는 믿을 수 없는 일이었다.

창!

드디어 회전을 멈춘 금륜을 휘둘러 동시에 두 자루의 검을 쳐내고 발을 번쩍 들어 또 한 자루의 금창을 걷어차는 몸놀림이 원숭이보다 재빨랐다. 운각의 덩치에서 나온 움직임이라고는 믿어지지 않는 솜씨였다.

"정말 소림사의 중놈이었구나!"

한 걸음 뒤에 도착한 놈이 소리치며 쌍장을 맹렬하게 뻗어냈다. 금륜을 던진 자가 틀림없었다.

쿠우웅! 하는 기음이 터졌다. 사내의 쌍장에서 뻗어 나오는 암경이 순식간에 운각과의 공간을 압축한 것이다.

운각이 쌍륜을 높이 치켜든 채 껄껄 웃으며 가슴을 불쑥 내밀었다. 무진은 경악으로 눈을 부릅뜬 채 그 모든 것을 지켜보았다.

펑! 하는 육중한 소리가 운각의 가슴에서 터졌다. 그리고 장력을 뻗어냈던 자가 '우욱!' 하는 신음을 흘리며 비틀거렸다. 그 머리통을 노리고 금륜이 날았다.

서걱―

그자의 목이 하늘로 떠오르더니 핏줄기를 뿜어내며 멀리 날아갔다. 연이어 두 번의 서걱! 하는 절삭음이 들려왔고, 검을 찔렀던 두 놈의 목도 그와 같이 허공을 날았다.

무진은 눈앞의 중이 과연 제가 알던 그 운각인가? 하는 의문이 들었다. 자비를 근본으로 하는 중과는 너무나 달랐던 것이다. 피에 굶주린 야차고, 나찰이었다.

"가라. 가서 서편암의 부처님이 왔다고 해!"

운각은 넋이 나간 채 우두커니 서 있는 놈에게 버럭 소리치고 일월쌍륜을 내던졌다. 그것이 땡그랑 하고 떨어지는 소리에 번쩍 정신을 차린 놈이 두려운 눈으로 운각을 한 번 바라보고는 바람처럼 내달려 어둠 속으로 사라졌다.

"으음, 이제 보니 지독한 중이었군."

무진이 눈살을 찌푸린 채 말하자 운각이 껄껄 웃었다.

"서방정토는 너무 멀어 가기 힘드니 발 앞에 있는 지옥을 택한 거야. 내가 지옥에 가지 않으면 누가 가겠느냐?"

"도대체 어떻게 된 거요? 스님의 정체가 대체 뭐요?"

"나? 서편암의 운각."

"조금 전 죽은 놈이 소림사의 중이라고 소리치던데?"

"흘흘, 나한당의 대라한 법명이 운각이었지."

"엇? 그렇다면 당신이 소림사 십팔나한 중의 대라한 운각이란 말이오?"

무진이 깜짝 놀라 외쳤지만 운각은 피식피식 웃기만 할 뿐이었다. 그가 콧구멍을 후비며 남의 일을 말하듯 중얼거렸다.

"그 운각이 서편암의 운각이라고 하면 세상이 달라진다더냐?"

세상과 무릉원과의 경계를 지키던 호천부(昊天府)의 순찰조 다섯 명 중 네 명이 죽었다는 급보가 날아들었다.

막 잠자리에 들려던 토왕 공상기가 눈살을 찌푸렸다. 문밖에는 그의 수신호위인 호접대의 위사가 서 있었다.

"어떻게?"

"역시 서편암의 운각이란 중놈이었습니다. 무진이라는 놈과 동행하고 있다는 보고입니다."

"흘흘, 재미있군. 죽은 듯 처박혀서 꿈짝하지 않더니 이제 본색을 드러낸 건가?"

"금강불괴지신이었답니다."

"그놈이 그래도 소림사 십팔나한의 우두머리라는 놈인데, 그 정도는 되어야지."

"경계를 넘어 들어오고 있습니다. 처치할까요?"

지금 토왕의 침소 밖에서 보고하고 있는 자는 호접대의 십이호접 중 가장 냉혹한 사호접이었다. 오늘밤 야간 경계를 맡은 서쪽 호천부로부터 급한 보고를 받은 즉시 몸소 운각과 싸우고 싶어 몸이 달았다.

토왕이 머리를 저었다.

"이 일은 호천부 소관이다. 상관하지 마라."

"존명."

사호접이 아쉽다는 듯 살짝 눈살을 찌푸렸으나 이내 깊이 고개를 숙이고 소리없이 물러났다.

"하하, 상운춘이 바빠지겠군."

재미있다는 듯 웃음을 흘린 토왕이 머리를 갸웃거렸다.

"둘이서 사흘을 붙어 있었다던데, 그동안 이런 무모한 계획을 세웠던 모양이군. 생각보다 화통한 데가 있는 놈들이야. 흐흐흐."

그들은 서편암의 운각이라는 존재에 대해서 이미 알고 있었으며, 항상 감시했던 게 틀림없었다.

"역시 무광 노스님의 계획이었군요?"

"무림의 큰 별이시자 소림사의 기둥인 분이셨다."

야차 같은 운각의 얼굴에 문득 슬픈 기색이 어렸다. 잠시 핏발 선 눈을 끔벅이던 그가 한숨을 쉬고 말했다.

"무려 이십 년이다. 나이 서른 살에 소림을 떠나 이곳에 와서 이름없는 중으로 살았다."

무광 노스님의 지시로 소림은 가장 뛰어난 고수인 운각을 서편암에 보냈던 것이다.

운각은 어려서 소림에 입문한 이래 가장 영특한 재능을 지닌 자로 주목받았다. 무골을 타고난, 찾아보기 힘든 기재였던 것이다. 그것은 그가 겨우 스물을 넘긴 나이로 십팔나한에 들었고, 나이 서른 전에 십팔나한 중에서도 으뜸이 되었다는 사실이 충분히 증명했다.

무광 노스님의 가르침이 그의 무골을 더욱 빠르고 크게 성장시킨 덕이었다.

그리고 그는 노스님의 지시를 받고 은밀히 소림사를 나와 서편암에 눌러앉아 있으면서 지난 이십 년 동안 토왕곡의 발호를 감시하고 지켜왔다. 그들이 강호로 나가지 못하도록 소림사의 이름을 등에 업고 견제해 오고 있었던 것이다.

토왕곡으로서는 운각이 껄끄럽기 짝이 없는 존재였다. 하지만 아직 준비가 끝나지 않았는데 그를 제거해서 소림사의 분노를 살 순 없었다. 그렇게 되면 강호의 이목을 끌 것이고, 계획을 실행하기도 전에 커다란 어려움에 직면할 것이기 때문이다.

운각은 토왕곡의 턱 아래 자리잡은 비수 같은 존재였고, 눈에 든 가시처럼 신경 쓰이는 존재였다. 그러나 뽑아버릴 수도 없는 존재. 그래서 토왕곡에서는 그가 잠시 실수하거나, 판단력을 잃어서 제 주제를 잊고 토왕곡의 경내로 침입해 들어오기만을 기다렸다.

일단 무릉원의 영역 안으로 들어온다면 감쪽같이 제거해 버릴 작정이었던 것이다. 그가 분란을 일으켰다는 명분도 내세울 수 있다.

그러나 운각은 지난 이십 년 동안 토왕곡과 세상의 경계 지대에 머물러 있으면서 단 한 번도 금을 넘지 않았다. 그러던 그가 무슨 생각이 들었는지 오늘은 과감하게 무진을 이끌고 타도 토왕곡을 외치며 뛰어든 것이다.

무진은 그가 이처럼 이십 년의 금기를 갑자기 깬 데에는 이유가 있을 것이라고 짐작했다.

"당신은 나 때문에 서편암에서 내려온 게 아니로군요?"

"흐흐, 그렇다."

"그렇다면 이미 계획되어 있던 일이란 말입니까?"

"그들이 그렇게 말해 주었지. 지금이 아니면 다시는 기회가 오지 않을 거라고 말이다."

“그들이라면?”

“수라도.”

“억!”

무진이 크게 놀라 걸음을 멈추자 운각이 빙긋 웃었다.

“나는 너를 그리로 데려가는 것이다.”

“그렇다면 수라도가 토왕곡 안에 있단 말이오?”

“토왕곡의 세력권 안에 있는 거라고 해야지. 그들은 묘족이다. 토가족과는 항상 붙어살고 있으면서 서로 협력하기도 하고 견제하기도 해왔어. 그게 그들 두 종족의 역사이면서 전통이었다. 지금도 마찬가지인 셈이지. 토왕곡과 수라도로 나뉘어 있으면서 서로 으르렁거리고 있으니 말이다.”

“아, 그런 일이 있었군요. 하지만……”

무진이 머리를 갸웃거렸다. 토왕곡의 왕이라던 백의인의 말이 생각나서다. 그는 자신에게 토가족의 피가 흐르고 있다고 하지 않았던가. 하지만 흑풍객은 수라도의 신녀가 어머니라고 했다. 아버지가 토가족일 리는 없으니 이건 뭔가 이상하다는 생각이 들었다.

무진이 그런 말을 하자 운각이 웃으며 가르쳐 주었다.

“그렇군. 네가 신녀의 아들이었어. 그렇다면 토왕의 말이 맞는 셈이다.”

“어째서지요?”

“신녀는 토가족의 딸이었니까.”

“아!”

비로소 머리 속이 밝아졌다.

“어렸을 때 선택받은 계집아이가 묘족의 마을로 와 신녀의 교육을 받으며 자란다. 나이 열다섯 살이 되면 신녀가 되어 평생을 수라도에서 살지. 그게 전통이다."

본능적으로 묘족을 두려워하는 토가족이 자신들의 딸 중에서 가장 총명하고 아름다운 아이를 뽑아 묘족의 신녀로 보냈던 것이다. 그럼으로써 두 종족은 서로 화합하고 평화롭게 살 수 있었다. 종교와 제의를 공유한다는 것은 종족의 이질성을 극복할 수 있는 동기가 되기에 충분했다.

그러던 중에 언제부터인가 토가족의 힘이 이상하리만큼 강해졌다. 자부동천에서 흘러나온 비급 때문이다. 그러자 그들은 더 이상 묘족의 눈치를 보지 않았다.

묘족은 점점 삶의 터전을 빼앗기더니 급기야 수라도라 불리는 산 하나에 모여 살게 되었다. 토왕은 그들에게 수라도 밖으로 나와 토왕곡의 영역을 어지럽게 하지만 않는다면 상관하지 않겠다는 약속을 했다. 힘은 강해졌지만 아직도 묘족에 대한 뿌리 깊은 두려움과 경계심이 남아 있었던 것이다.

묘족이 지닌 전사로서의 타고난 기질은 토가족뿐 아니라 어느 누구라도 두려워할 만했다. 그 위에 수라도의 묘족들은 특이하고 기묘한 그들만의 절기를 지니고 있어서 토왕은 그들과 싸워 서로 피해를 보는 걸 원치 않은 때문이기도 하다.

산굽이 하나를 돌았을 때 사방에서 날카로운 호각 소리가 들리고, 새가 우는 듯한 기묘한 피리 소리도 들렸다.

운각이 코웃음을 쳤다.

"흥! 드디어 나타나시는군."

"토가족이오? 아니, 묘족인가?"

"두고 보면 알겠지."

긴장하고 있는 무진과 달리 운각은 태연하기만 했다. 붉은 혀를 내밀어 입술을 핥는 것이 바야흐로 잔뜩 맛보게 될 피 맛에 벌써 취한 것 같아서 더욱 끔찍해 보였다.

"제기랄, 당신은 과연 중이라기보다 야차라고 하는 게 더 어울리겠어."

"흐흐흐, 내 안의 흉성을 무광 사조께서도 잘 아셨던 게야. 때문에 나를 소림사에서 내쫓아 이 궁벽한 오지에 유배시키신 것 아니겠느냐?"

"당신이 죄다 해치울 테니 나는 또 구경이나 하고 있으면 되겠군요?"

"바로 그거야. 흐흐흐, 나는 짐승이 될 테다. 야차가 되고 아수라가 될 테다. 내 먹이에 손을 대면 그게 내 부모라고 해도 물어뜯을지 몰라."

부르르 몸을 떤 무진이 그에게서 뚝 떨어졌다.

텅 빈 길 위에 운각이 핏발 선 눈을 부릅뜬 채 떡 버티고 섰다. 그리고 십여 명이나 되는 흑의괴인들이 구름을 타고 온 듯 갑자기 머리 위에서 뚝뚝 떨어져 내렸다.

그 신법의 고명함이 무진을 더욱 긴장하게 했다. 단지 곡을 지키는 자들이라고는 믿을 수 없을 만큼 민첩하고 힘있는 움직임을 보여주는 자들이었던 것이다. 하나같이 절정의 고수라 할 수 있는 괴인들.

토왕곡에는 얼마나 무서운 고수들이 숨어 있단 말인가? 하는 의문이 무진을 더욱 긴장하게 했다.

"뭐냐? 고작 호천의 잡귀들이냐?"

앞뒤를 가로막고 선 흑의괴인들을 둘러본 운각이 버럭 소리쳤다. 과연 흑의인들의 가슴에는 호천의 수하임을 뜻하는 '호(昊)' 자가 선명히 새겨져 있었다.

그들은 말이 없었다. 번쩍이는 살기만 가득할 뿐이다.

"호천의 수하들이라고?"

무진이 정신을 차리고 그자들을 하나하나 훑어보았다. 그러나 호천의 천주라던 귀면탈 상운춘(商雲春)은 보이지 않았다.

무엇 때문인지 호천의 수하들은 서두르고 있었다. 그들이 일제히 검을 뽑아 운각을 들이쳤다. 수십 가닥의 검기가 뇌전처럼 뿌려졌지만 운각은 두려워하기는커녕, 오히려 신이 난다는 듯 껄껄 웃음을 터뜨렸다.

"좋아, 좋다! 오늘 이 부처님이 너희들에게 자비를 베풀어 모두 해탈시켜 주마!"

버럭 외친 그가 두 손을 활짝 벌린 채 성큼 검기의 폭풍 속으로 걸어 들어갔다. 흑의인들이 더욱 공력을 집중해서 검을 흔들고 후려쳤다. 우와왕, 하는 날카로운 파공성이 골짜기에 가득했고, 번쩍이는 검광이 유성우처럼 쏟아졌다.

그것들이 운각의 온몸에 떨어지자 쇠못 한 줌을 철판에 뿌린 것 같은 소음이 어지럽게 터져 나왔다. 귀 따가운 그 소리와 함께 운각의 몸에 쏟아졌던 검들이 일제히 튕겨졌다. 윙윙거리고 우는 그것들의 소리가 아직 남아 있는 소음에 뒤섞여 더욱 귀를 긁어댔다.

"우얍!"

운각이 크게 외치며 두 손을 맹렬하게 휘둘렀다. 초식의 정교함 따위는 기대할 수 없고, 수법의 고명함도 없다. 오직 팔방을 후려치는 거대한 손 그림자가 하늘을 덮었고 땅을 가렸을 뿐이다.

콰우우우─

압축되었던 기파가 일제히 터져 나가는 굉음이 뇌성처럼 울렸다. 운각의 장력은 상상을 초월할 만큼 무시무시한 힘을 지닌 것이었다.

제일 먼저 그것에 머리통을 맞은 자가 비명도 지르지 못하고 날아갔다. 산산이 으깨져 버린 뇌수와 골편이 비처럼 허공에 뿌려졌다.

운각의 야차무(夜叉舞)는 그렇게 시작되었다.

"잡아라! 저놈을 잡지 못하면 여태까지의 계획이 틀어진다!"

검을 거꾸로 꽂아놓은 듯한 바위 봉우리 위에서 저 아래의 광풍을 바라보던 상운춘이 분노로 볼을 떨며 소리쳤다.

"존명!"

그를 호위하고 있던 열 명의 흑의인이 망설임없이 백 장의 바위 봉우리 위에서 몸을 던졌다. 두르고 있던 피풍이 활짝 펼쳐지자, 바람을 잔뜩 품은 그것이 찢어질 듯 펄럭이며 흑의인들을 커다란 박쥐처럼 보이게 했다.

그들은 마치 어기비행(御氣飛行)의 절정 경공술을 발휘하는 것 같았다.

쏴아아—

어두운 하늘 가득 바람 소리가 높이 울렸다. 파라락거리는 옷자락 소리와 함께 흑의인들이 일제히 운각의 머리 위로 떨어져 내렸다.

"심심하지 않으냐?"

운각이 맹렬하게 주먹을 날려 한 놈의 머리통을 부수어놓으며 불쑥 소리쳤다. 무진은 이십여 장 떨어진 저쪽에서 눈살을 잔뜩 찌푸린 채 운각이 연출해 내고 있는 처절한 도살극을 지켜보고 있는 중이었다.

"이것들은 내가 시작했으니 내 거다. 너는 저 박쥐 새끼들을 성불시켜주는 게 어떻겠느냐?"

부지런히 장력을 날리고 권각을 쳐대면서도 운각에게는 여유가 있었다. 그의 말을 들은 무진이 머리를 들어 허공을 뒤덮을 듯 떨어져 내리고 있는 흑의인들을 바라보았다.

'이놈들을 물리쳐야 어쩔 수 없이 천주라는 놈이 나서겠지?'

그런 생각이 전의(戰意)를 불러일으켰다.

"그럽시다."

담담하게 말한 그가 선뜻 등에 지고 있던 척가보도를 뽑아 들고 성큼성큼 걸어왔다.

"하하하하—"

무진에게 뒤를 맡긴다는 듯, 운각이 호쾌한 웃음을 터뜨리며 맹렬히 앞으로 치고 나갔다. 그를 가로막았던 자들이 쏟아지는 운각의 장력을 견디지 못하고 비명과 함께 던져진 돌덩이처럼 날아갔고, 운각은 아직 남아 있는 여섯 명을 꼬리처럼 매단 채 저 앞쪽으로 사라져 갔다.

화라락거리는 요란한 소리와 함께 열 명의 흑의인이 날개처럼 활짝 폈던 피풍을 접고 떨어져 내렸다. 그 즉시 무진이 땅을 박차고 그들과 어깨를 부딪치기라도 할 듯 뛰어들었다. 기합성도 없이 맹렬하게 돌진해 간 무진이 척가보도를 힘껏 휘둘렀다.

씨이잉—

자부신공의 진기를 넘치도록 실은 칼이 날카로운 파공성을 남기고 떨어졌다. 눈앞이 번쩍한 순간, 세 놈이 검을 뽑아 들고 그것을 가로막았다.

창! 하는 높은 쇳소리가 났다. 그리고 세 자루의 잘려진 검이 반짝이며 허공으로 솟구쳐 올랐다.

"크악!"

"컥!"

두 마디의 참혹한 비명성이 터졌다. 목이 반쯤 벌어진 놈은 비명도 지르지 못하고 쓰러졌고, 가슴과 어깨를 깊이 찍힌 자들이 고통을 참지 못해 터뜨린 비명이다.

운각의 무자비한 살행을 지켜보면서 어느덧 무진의 마음속에도 잔인한 충동이 고개를 들고 있었다. 자신도 모르게 숨어든 파괴의 본능이다.

냉혹한 비웃음 한 가닥을 입가에 매단 채 이번에는 무진이 아수라가 되었다.

그는 지옥의 도귀가 된 듯했다. 번쩍이는 칼이 치고 나갈 때마다 어김없이 피가 솟구치고 비명이 뒤따랐다.

"저놈!"

암봉 위에서 상운춘이 지나친 분노로 부르르 떨었다. 저놈을 막지 못한다면 여기가 자신이 마지막으로 딛는 땅이 될 수밖에 없다. 상운춘은 이것저것 생각할 새도 없이 훌쩍 몸을 날렸다.

■ 제11장 ■
혈전(血戰), 혈전(血戰)

혈전(血戰), 혈전(血戰)

"호호호, 드디어 나타났구나."

피를 흠뻑 뒤집어써서 악귀처럼 변해 버린 무진이 핏발 선 눈으로 상운춘을 노려보았다.

"죽일 놈!"

아끼는 수하들의 죽음에 눈이 뒤집힌 상운춘이 포효하듯 외치고 공력을 남김없이 끌어올려 갑자기 장력을 쳐냈다.

"흥! 낙화신장(落花神掌)이냐!"

아버지의 가슴을 치던 바로 그 장법이다. 이날까지 한시도 잊어본 적이 없는 장법이고, 원수인 것이다.

이를 부드득 간 무진이 두려움없이 허공을 가득 뒤덮고 쏟아지는 장법 속으로 뛰어들었다.

씨잉—

그의 칼이 뇌전이 되어 흑운을 찢었다. 한 가닥 신공이 칼을 통해 무지막지하게 흘러나오자 천신의 보도처럼 날카로운 강기가 되었다.

콰콰콰콰—!

상운춘의 폭풍 같은 장력을 가르는 칼이 부르르 떨고, 터져 나가는 충격파가 폭죽을 터뜨린 것처럼 굉음을 쏟아내며 비산했다.

무진의 칼은 비단폭을 찢듯 상운춘의 낙화신장 한복판을 그대로 가르고 뻗어나갔다.

"혹!"

상운춘이 급히 숨을 들이켰다. 그의 움직임이 뚝 멎었다. 무진과 이마를 맞댈 듯하고 있었는데, 부릅뜬 눈에 경악과 분노가 가득했다.

"이것이 시작이야."

무진이 악다문 이 사이로 스산하게 말했다. 상운춘의 가슴을 뚫고 등으로 삐져 나와 있는 칼끝에 맺혀 있던 핏방울이 떨어졌다. 그리고 무진이 척가보도에 실었던 신공을 힘껏 뿌렸다.

"끄아아악!"

처절한 비명이 밤하늘 끝까지 치솟아올랐다.

파아앗—!

조각난 상운춘의 몸뚱이가 폭발한 것처럼 사방으로 팅겨져 날았고, 이제 더 이상 무진의 앞을 막아선 자는 없었다.

*　　　　　*　　　　　*

"그래?"

토왕 공상기가 짜증스럽다는 얼굴로 침상에서 몸을 일으켰다. 그의 침상 주위에는 어느덧 열두 명의 호위대가 모두 모여 있었다.

잠시 인상을 찌푸리고 머리를 갸웃거리던 공상기가 히죽 웃었다.

"차라리 잘된 일인지 몰라. 그놈들이 시작했으니 더 시간 끌 것 없이 빨리 끝낼 수 있겠군."

잠시 후, 토왕은 호접대마저 멀찍이 떼어놓은 채 홀몸으로 산중의 낡은 묘 앞에 서 있었다. 공손히 두 손을 모으고 머리를 조아린 것이 묘당 안에 있는 인물을 극히 공경하는 듯했다.

"대라천주님의 명을 기다립니다."

토왕이 물었지만 묘당 안에서는 아무 대꾸가 없다.

대라천주.

구중천을 다스리는 천주이면서, 하늘 밖의 하늘이라는 그 고귀한 명칭을 쓰는 자. 토왕곡의 모든 힘을 지니고 있는 그가 묘당 안에 있었던 것이다.

향 한 자루가 다 탔을 만한 시간이 흘렀다. 그동안 공상기는 숙이고 있는 고개를 들지 못했다.

묘당 안에서 한 사람이 걸어 나왔다.

"사부님께서 들어오시랍니다."

공손하게 말하는 자의 얼굴이 달빛을 받아 부드럽게 반짝였다. 그를 본 공상기가 흰 이를 드러내고 환하게 웃었다.

"이게 얼마 만이냐? 그동안 보지 못했더니 더욱 훤칠해졌군."

빙긋 웃는 걸로 인사를 대신하는 자는 철옹방의 소방주인 상여상이었다.

토왕이 묘당 안으로 들어가자 상여상은 문밖을 지키고 서 있었다. 그가 어두운 하늘 저쪽을 바라보았다. 그 하늘보다 어둡고 우울한 얼굴이었다.

"무진, 이 친구야. 어쩌자고 이렇게 서둘렀단 말이냐. 이미 지나간 일인 것을……. 돌이킬 수 없을 바에야 차라리 모르는 척 외면할 수는 없었단 말이냐? 그래서 너와 내가 강호를 떠나 한갓진 곳에 초당을 지어놓고 밭 갈고 씨 뿌리며 시름없이 한세상 살 수는 없었단 말이냐? 하—"

그의 한숨에 땅이 꺼질 듯했다.

"뭐라고요?"

신녀의 얼굴이 창백하게 질렸다.

"아니, 그 아이가 어쩌자고 그렇게 무모한 짓을……."

무진을 마중 나간다고 했던 금오신이 헐레벌떡 뛰어 돌아와 쏟아놓은 말에 신녀는 물론 흑풍객마저 크게 놀라 낯빛이 변했다.

"지금 난리가 아니라오. 호천은 벌써 무너졌고, 상운춘이라는 놈도 그 아이의 칼질 한 번에 가루가 되어버렸지. 운각 그 땡중 놈이 그처럼 무서울 줄은 미처 몰랐어. 금강불괴라니……. 아무튼 판이 벌어졌으니 우리도 이대로 있을 수는 없잖아?"

"도주께는 보고드렸소?"

흑풍객이 벌떡 일어서며 그것부터 물었다. 그 대답은 뜰에서 들려왔다.

"아무도 나갈 수 없다."

"어?"

깜짝 놀라 돌아본 금오신이 즉시 허리를 숙이고 손을 모았다. 뜰에는 언제 왔던 것인지 남색 장포를 입고 머리에 황금 관을 쓴 신선 같은 노인이 엄숙한 자태로 서 있었다.

"도주님!"

신녀와 흑풍객이 놀란 외침을 터뜨리고 즉시 한쪽으로 비켜서서 허리를 숙였다. 도주가 신당까지 찾아오는 일을 처음 겪는 터라 적잖이 당황한 기색이 역력했다.

성큼 당 위로 올라온 도주가 근엄하게 말했다.

"수라도는 약속을 지킨다. 그들이 남아 있는 한 한 발짝도 그들의 땅을 밟지 않는다."

"하오나 그 아이가, 그 아이가……."

신녀의 음성이 떨려 나왔다. 눈가에 걱정이 가득하고 맑은 눈물이 맺혀 반짝였다. 그런 신녀를 바라보는 도주의 얼굴에 연민과 애정이 그윽했다. 그가 낯빛을 부드럽게 하고 달래듯 말했다.

"그들이 아직까지 약속을 깬 적이 없으니 우리가 경거망동할 수 없지. 사필귀정이라. 토왕곡은 멸하겠지만 그것이 토가족의 멸망은 아닐 터. 결국 우리는 그들과 어울려 살 수밖에 없으니 원한을 살 필요가 없지 않겠느냐?'

"하오나……."

신녀가 이제는 어깨마저 가늘게 떨었다. 안쓰럽게 그것을 바라보던 도주가 빙긋 웃었다.

"그러나 여기 흑풍객은 원래 외지인이니 내가 상관하지 않아도 되겠지."

신녀의 얼굴이 밝아지고, 흑풍객의 입가에는 희미한 미소가 떠올랐다.

도주의 눈길이 금오신에게 향했다. 그가 잔뜩 기대하는 얼굴로 침을 꿀꺽 삼키며 도주의 말을 기다렸다. 한동안 생각하던 도주가 가볍게 탄식했다.

"금오신은 역시 이곳을 지키고 있는 게 좋겠다."

"아!"

신녀와 금오신이 동시에 한탄했다. 하지만 도주의 명을 거역할 수도 없고, 그가 생각을 바꿀 리도 없다.

도주가 어둡고 우울해진 얼굴로 다시 말했다.

"이 일은 곽문탁 그 아이가 말을 듣지 않고 토왕곡의 보물을 훔쳐 달아난 데에서 비롯되었으니, 역시 무진이라는 녀석이 제 아비를 대신해 마무리하는 게 순리겠지."

신녀는 감히 뭐라고 말을 할 수 없었다. 신당을 버리고 문탁을 따라 달아났던 전력이 있는 터라 도주 앞에서는 언제나 죄를 지은 심정이 될 수밖에 없었던 것이다.

그때 곽문탁을 뒤쫓기 위해 토왕곡에서 구중천의 천주들이 쏟아져 나갔을 때, 도주는 딱 한 번 토왕 공상기를 만났다. 그리고 문탁이의 일에 대한 정중한 사과를 했다.

토왕은 유쾌하게 웃었다.

"좋습니다. 도주님께서 이처럼 부탁하시는데 거절하는 건 도리가 아니겠지요. 신녀를 데려다 드리겠습니다. 단, 문탁이의 일에 대해서는 어떻게 처리하든 상관하지 마시기 바랍니다."

도주는 머리를 숙이고 물러났다. 지금은 토왕곡의 힘이 수라도를 능가하니 굴욕을 참을 수밖에 없었던 것이다.

그때의 생각에 잠시 젖어 있던 도주가 문득 엉뚱한 이야기를 꺼냈다.

"얼마 전에 토왕을 배신하고 떠났던 동청강이라는 자가 돌아왔다고 한다. 토왕은 웬일인지 그를 벌하지 않고 받아들였지."

"……?"

"그자의 기억력은 어려서부터 경외의 대상이었다. 신이 내려준 축복이라고들 했지."

무슨 의도로 도주가 갑자기 엉뚱한 말을 하는지 의아할 뿐이다. 도주가 신녀와 흑풍객, 금오신의 어리둥절해하는 눈길을 무시하고 말했다.

"그동안 유명판관 최홍이라는 자의 그림자가 되어서 살았다더군. 그런데 그 최홍이 만들어서는 안 되는 마정지체를 만들어냈었다지?"

"억!"

흑풍객과 금오신이 놀라서 비명을 터뜨렸다. 그들도 마정지체가 무엇인지 알고 있었던 것이다. 그리고 도주가 무엇을 말하고자 하는 것인지도 비로소 똑똑히 알았다.

＊　　　　＊　　　　＊

"너의 주인이 누구냐?"

토왕 공상기의 음침한 음성이 어두운 밀실 안에 낮게 깔렸다. 그 어둠 속에 웅크리고 앉아 있던 자가 눈을 떴다. 번쩍이는 신광이 무섭게 뻗어 나오더니 곧 사라졌다. 그자가 천천히 말했다.

"토왕이십니다."

공상기의 얼굴에 웃음이 번졌다.

"그렇다. 나만이 오직 너의 주인일 뿐이다. 너는 이제 내 명령을 받아 이행하겠느냐?"

"저는 주인의 명을 따를 뿐입니다."

"좋다, 아주 좋아."

어둠 속에 웅크리고 있던 자가 천천히 몸을 일으켰다. 창틈으로 스며든 희미한 달빛 한줄기가 그의 무표정한 얼굴을 비추었다. 흑룡보의 사표였다.

＊　　　　＊　　　　＊

"늦었다!"

소봉이 발을 굴렀다. 그 곁에서 장정은 퉁방울 같은 눈을 뒤룩거리며 발 아래 널려 있는 참혹한 주검들을 세고 있었다.

"아까 것까지 합해서 모두 마흔 개나 되는데?"

"바보야, 지금 그걸 세고 있을 때야?"

날카롭게 외친 소봉이 핏자국을 따라 쏜살같이 달려갔다. 그녀의 뒷모습을 바라보던 장정이 철괴를 두드리며 히죽 웃었다.

그들은 오늘 아침 무릉원 입구에서 만났다. 비록 서로 달려온 길은 달랐지만 목적지가 같았으므로 결국 만나게 되었던 것이다.

무진은 또 한 사람의 광인(狂人)을 보고 있었다. 운각이다.

그의 옷은 무수한 도검에 찢기고 너덜거려서 옷의 형태를 잃은 지 오래전이었다. 벌거벗은 것과 다름없는 몸이 은은한 금광을 띠고 번쩍거렸는데, 지금 수십 명의 흑의인들을 상대해서 미친 멧돼지처럼 좌충우돌하고 있는 중이었다.

금강불괴지신의 무서움이 여실히 드러나고 있었다. 도검이 소용없는 청동상 같은 몸과 그 안에 깃들어 있는 소림신공의 어마어마함. 아무렇게나 내뻗고 흔드는 권장이 그 어떤 절정의 초식보다 무섭다. 슬쩍 가리키는 손가락에 바윗돌이 뚫리고, 무릎을 들었다 내려 땅을 디디면 대지가 진동한다.

그런 운각의 행보를 가로막을 수 있는 자는 아무도 없을 것이다.

"대단하군, 대단해."

무진이 피로 번쩍이는 칼을 흔들며 감탄성을 터뜨렸다. 한바탕 살육의 시간 속에 빠져든 두 사람은 인성을 잃은 마인(魔人)들로 화해 있었다. 뿌리 깊은 증오와 원한이 무진을 그렇게 만들었다면, 운각은 그의 말대로 타고난 본성이 그런 것인지 모른다. 불법이라는 이름으로 오랫동안 억눌러 두었던 마성이 한 번 폭발하자 이제는 관음보살도 머리를 설레설레 흔들고 말 악귀로 변해 버린 것이다.

그런 운각을 필사적으로 가로막고 있는 건 구중천 중 유천(幽天)과 창천(蒼天)의 수하들이었다.

"음!"

무진의 악다문 이 사이로 무거운 신음이 흘러나왔다. 저쪽, 삭정이처럼 뚝뚝 꺾이며 부질없이 죽어가고 있는 흑의인들 너머에 오연히 서 있는 두 사람을 본 것이다.

"단문도(斷門刀) 이목기(李木起)! 매종칠검(梅從七劍) 손숙숙(孫熟肅)!"

원래 유천의 천주 이목기는 토왕곡을 배신할 뜻을 품고 있었는데, 토왕이 중원에 한 번 다녀온 뒤로 변천(變天)의 천주 엄가경(嚴加耕)과 함께 다시 토왕곡으로 돌아와 있었다.

위기를 느꼈기 때문일 것이다. 토왕의 무서움 때문만이 아니라, 서서히 다가오고 있는 무진에 대한 본능적인 두려움을 갖게 된 탓이다. 그건 천외쌍도 우문강의 비참한 죽음을 알게 된 뒤부터였다.

곽문탁에 대해서 지니고 있었던 두려움이 무진에게 전이되어 이제는 그를 두려워하게 되었으니, 쥐가 늘 고양이를 의식하며 살아야 하듯 할 수밖에 없다. 그러니 그들의 삶이라는 것도 겉으로 보기와는 다르게 고단하고 가엾은 것이라고 해야 하리라.

우문강을 죽였고, 조금 전에는 귀면탈 상운춘을 죽여 원수를 갚았다. 아직 세 놈이 남아 있는데 그중 두 놈이 드디어 무진의 면전에 나타난 것이다.

부드득 이를 가는 무진의 눈에서 무시무시한 살광이 번뜩였다.

"이얍!"

그가 뇌성벽력 같은 괴성을 터뜨리며 힘껏 땅을 박차고 몸을 날렸다. 쉬아앙, 하고 바람을 찢는 소리가 허공을 갈랐다. 무진은 쏘아진 화살이 되었고, 내리 꽂히는 매가 되었다.

그가 단숨에 운각과 흑의인들을 뛰어넘었다. 굶주린 범이 사슴을 덮치고, 웅크리고 있던 살쾡이가 꿩을 덮치는 형상이다.

"엇?"

그때까지 운각의 무시무시한 폭력에 압도당해 눈을 떼지 못하고 있던 참이라 이목기와 손숙숙은 막 숲을 나온 무진에게 신경을 쓰지 못하고 있었다.

갑자기 머리 위에서 덮쳐 오는 송곳 같은 살기를 느끼고 놀랐을 때 허공을 격하고 뿌린 무진의 칼 빛이 목전에 닥쳐들고 있었다.

"이놈!"

단문도 이목기가 즉각 반응했다. 상대가 누구인지 확인할 겨를도 없이 칼을 뽑아 후려친 것이다.

콰앙―!

칼을 타고 뻗어나간 두 사람의 기운이 부딪치자 화탄을 터뜨린 것 같은 폭음이 터졌다. 우르릉거리며 밀려 나가는 기파의 회오리가 돌과 흙먼지를 자욱하게 말아 올렸다.

눈을 뜰 수 없는 상황에서 무진의 칼이 다시 허공을 격하고 후려쳐 왔다. 이목기와 손숙숙이 재빨리 갈라서며 칼과 검을 뽑아 어지럽게 휘저었다.

콰앙, 쾅, 쾅―!

엄청난 기의 폭발이 연거푸 터졌다.

무진은 오직 눈앞의 원수를 죽이고 말겠다는 흉악한 살기에 사로잡혀 날뛰었다. 그가 쏟아내는 칼바람이 그 어느 때보다 흉흉했고, 그것에 실려 있는 자부신공이 배는 더 광포했다.

비로소 상대가 누구인지 알아본 이목기와 손숙숙이 이를 갈았다.

"이놈이 기어이 죽을 데를 찾아왔구나!"

이목기가 으르렁거리며 번쩍이는 칼을 휘둘러 단문도법을 쏟아내기 시작했고, 손숙숙도 이를 악문 채 매종칠검을 펼쳤다.

그들 두 사람은 도법과 검법에 있어서 이미 절정을 뛰어넘은 자들이다. 아무렇게나 휘둘러 대는 칼에도 태산 같은 위엄이 실렸고, 가볍게 뻗어내는 검끝에도 절세의 신공절학이 담겨 있다.

그러나 무진의 눈에는 아무것도 보이지 않았다. 오직 아버지의 어깨를 찍던 이목기의 칼이 보이고, 아버지의 가슴을 꿰뚫던 손숙숙의 검이 보일 뿐이다.

바드득―!

이 가는 소리가 칼과 칼이, 칼과 검이 긁어대는 소리보다 더 끔찍하게 들렸다. 무진의 핏발 선 눈에는 광기가 가득했다. 넘치는 살기를 주체하지 못해 이성을 잃은 듯 보였다. 그 무시무시한 증오가 이목기와 손숙숙을 두렵게 했다.

욕설이나 호통이라도 터뜨렸다면 두려움이 덜할 것이다. 그러나 무진은 오직 이를 갈며 부딪쳐 올 뿐 한마디의 말도 하지 않았다. 기합성도 없다. 그 침묵과 씩씩거리는 뜨거운 숨소리는 종횡으로 거침없이 떨어지고 쓸어가는 척가보도보다 더 끔찍한 두려움이었다.

이목기의 칼이 세 번 몸을 훑었고, 손숙숙의 매종칠검법이 세 번 긁고 찔렀다. 그러나 무진은 그런 것도, 아픔도 느끼지 못했다. 몸이 뚫리고 심장이 찢어져도 깨닫지 못할 것이다. 지금 그의 영혼을, 정신을 지배하고 있는 건 분노의 힘일 뿐이었다. 복수심이 그를 악마처럼 만들었다.

"끼야아앗!"

처음으로 그의 입에서 괴수의 울부짖음 같은 기합성이 터져 나왔다. 하늘이 울리고, 무수한 바위 봉우리들이 들썩이는 것 같은 착각이 들었다.

콰우우우—

칼을 타고 뻗어 나오는 자부신공이 수십, 수백 개의 뇌전이 되었다. 두려움으로 부릅뜬 이목기의 눈에 자신과 평생을 함께해 온 단문도가 산산이 부서져 흩어지는 게 보였다. 그리고 머리통 속으로 파고들어 콧잔등을 가르며 떨어져 내리고 있는 칼등이 보였다.

"아!"

손숙숙이 창백해진 얼굴로 비명을 터뜨렸다. 두 쪽으로 갈라진 머리를 건들거리며 주저앉고 있는 이목기의 모습이 꿈결에 보는 것만 같았다. 현실감이 느껴지지 않았다. 온통 멍해진 머리 속에 죽는다는 생각이 불쑥 들었다.

피이잉—!

낚싯줄을 힘껏 휘두른 것 같은 소리가 귓전에 스쳤다. 그리고 손숙숙은 검을 들어올릴 생각마저 잊은 채 덧없이 머리통을 잃었다. 허공 높이 날아가는 그의 눈이 아주 잠깐, 목이 없어서 밋밋해진 어깨를 하고 어색하게 서 있는 자신의 몸뚱이를 보았다.

두 명의 천주가 무진의 칼에 죽는 걸 본 흑의인들이 투지를 잃고 흔들렸다. 그것을 느낀 운각이 쿵쿵거리며 달려가 닥치는 대로 쳐 넘기자 남은 자들이 전의를 잃고 뿔뿔이 흩어져 달아났다.

힐끗 무진을 바라본 운각이 개울을 따라 달리기 시작했다. 그를 놓치면 안 된다는 듯 무진도 칼을 든 채 뛰었다. 저만큼 앞쪽에 검은 협곡이 입을 벌리고 있는 게 보였다. 어둠 속에 하늘을 찌를 듯 솟아 있는 기암괴봉(奇巖怪峰)들이 이 세상의 것이 아닌 듯하다.

"백장협이다."

앞서 달리던 운각이 우뚝 멈추어 서더니 그렇게 말했다.

“백장협…….”

무진이 멍한 얼굴로 중얼거렸다. 바로 저곳이 토가족의 영토로 들어가는 입구다. 저곳을 지나면 토왕곡이 있고 수라도가 있는 것이다. 옛적 주원장은 저곳을 지나가기 위해 백 일 동안이나 싸웠다지 않는가. 그렇다면 나는 얼마나 많은 싸움을 해야 저곳을 지나갈 수 있을 것인가…….

한순간에 많은 생각들이 떠올라 머리 속이 어지러워졌다.

무진의 얼굴이 어두워졌다. 이제 원수는 한 놈이 남았을 뿐이다. 어쩌면 저곳에서 그자가 기다리고 있을지 모른다.

돌이켜 보니 우문강 이후 상운춘이나 손숙숙, 이목기와의 싸움은 시시했다. 그건 그만큼 무진 자신이 강해져 있다는 반증이었지만 왠지 허전하고, 무언가 부족하기만 했다. 아버지의 복수는 좀 더 극적이고 처절하게 하고 싶었는데, 지금 상황이 그렇지 못하다는 게 아쉬웠던 것이다.

지금은 토왕을 만나야 한다. 그래서 벽옥소를 되찾고 그의 야욕을 잠재우며, 자부동천의 비밀을 해결해야 한다. 어쩌면 그 중요한 일 앞에서 복수는 부차적인 것으로 하락해 버린 건지도 몰랐다. 그것이 무진의 마음에 남아 있는 허전함의 이유였다.

백장협까지는 한 마장 정도의 거리가 남아 있었다. 그리고 다시 한 무리의 흑의인들이 길을 막아섰다. 그들은 끝까지 무진과 운각이 백장협으로 들어오지 못하도록 하려는 것 같았다.

“이놈들이 시간을 끌고 있는 거야.”

운각이 서른 명이나 되는 흑의인을 노려보며 말했다. 무진은 토왕곡의 무리가 자신과 운각의 기습적인 행동에 적잖이 당황하고 있다는 걸 알았다. 그건 또 본격적인 싸움은 아직 시작되지 않았다는 말이기도 하다.

그자들이 아직 준비를 갖추지 못했을 때 저 깊고 음침한 골짜기를 지나가 토왕곡까지 밀고 올라가는 게 좋을 것이다.

"두려워하는 거요?"

무진의 충동질에 운각이 쳇, 하고 콧방귀를 날렸다.

"서른 놈 아니라 삼천 명이 있다고 해도 눈 하나 깜짝할 내가 아니다!"

버럭 소리친 운각이 "이야아—!" 하고 외치며 무작정 달려나갔다. 아무 대책도, 준비도 없이 온몸으로 그냥 부딪쳐 깨뜨리겠다는 무모한 짓이다. 그러나 그는 금강불괴의 몸 아니던가. 어쩌면 그에게 있어서는 그런 방법보다 더 좋은 게 없는지도 모른다.

운각이 선두에 있는 자와 부딪치는 걸 본 무진도 보도를 휘두르며 "야아—!" 하는 고함과 함께 달려나갔다.

"저기다!"

소봉이 기쁜 듯 소리쳤다. 백장협으로 오는 동안 몇 군데 치열한 싸움의 흔적을 보았다. 칼에 맞은 자는 적고, 바윗덩이에 눌린 듯 부서져서 죽은 자가 더 많았다. 그렇다면 누군가가 무진과 함께 싸우고 있다는 것이리라. 그리고 그 흔적으로 보아 무지막지하고 대단한 자가 틀림없었다. 그 사실에 소봉은 조금 마음이 놓였지만, 그렇다고 조급함이 사라진 건 아니다.

"소봉이다!"

막 절벽 모퉁이를 돌아나온 염능파도 소리쳤다. 저 앞에 장정과 함께 있는 사람이 그토록 짝사랑하던 소봉이라는 것을 한눈에 알아본 것이다. 기벽강도 반가운 마음이 들어 입을 크게 벌리고 웃었다.

"소저! 소저!"

염능파가 손을 마구 저어 부르며 이제는 기벽강을 떼어놓고 달려갔다.

소봉이 그를 돌아보았다. 그녀의 얼굴에도 반가워하는 기색이 떠올랐지만, 이내 다시 쌀쌀하고 냉정한 모습으로 되돌아갔다.

“쳇, 정말 질긴 사람이라니까?”

입술을 삐죽 내밀었던 그녀가 쌀쌀맞게 몸을 돌리더니 앞을 바라보고 미친 듯이 달려갔다. 기벽강과 염능파를 돌아보고 히죽 웃어준 걸로 반가움을 표현한 장정이 손을 허우적이며 소봉의 뒤를 따랐다. 몸이 무거운 그로서는 뒤처질 수밖에 없었다.

“기다려! 좀 천천히 가자고!”

그가 소리치며 부지런히 뛰었다. 허리춤에 매달려 덜렁거리는 철괴가 지금처럼 귀찮고 거추장스러워 본 적이 없다.

멀어져 가는 그들을 물끄러미 바라보는 염능파의 얼굴에 서운한 기색이 가득해졌다. 기벽강은 누구보다 그의 마음을 잘 안다. 그가 염능파의 어깨를 두드려 주었다.

“무진에 대한 걱정 때문에 마음이 급한 거야. 우리도 그것 때문에 이렇게 쉴 새도 없이 달려오지 않았어?”

“맞다. 여기서 이러고 있을 때가 아니지!”

깜짝 놀란 염능파가 저 멀리 보이는 소봉의 뒤를 쫓듯이 마구 달려나갔다.

서른 명이던 흑의인이 어느새 쉰 명 가까이나 되었다. 그리고 저 앞, 어둠 속에 지옥의 입구처럼 입을 벌리고 있는 협곡에서 쉴 새 없이 흑의인들이 쏟아져 나오고 있는 중이었다.

백장협의 그 기묘하고 음침하면서도 위험해 보이는 경관을 감상할 새도 없다. 소봉은 무진과 한 명의 낯선 중이 흑의인들 속에 파묻혀서 미친 듯 날뛰고 있는 걸 볼 뿐이다.

아무리 절정의 공력을 지닌 고수라 할지라도 무한정 내력을 끌어올릴 수는 없다. 신체의 한계라는 장벽을 뛰어넘을 수 있는 건 신만이 가능한 일이리라.

무진의 자부신공이 절정에 이르렀고, 운각의 신공 또한 소림 제일이라 불릴 만했으나 쉴 틈 없이 거듭되는 싸움으로 인해 그들은 심각한 체력의 한계를 느끼고 있었다. 비 오듯 땀이 흘러 옷과 몸을 적시는 건 내력이 소진되고 있다는 증거다.

무진이 점점 제 칼의 무게를 느끼고 힘들어하게 되었다면, 운각 역시 뻗어내는 장력의 힘이 현저하게 떨어지고 있었다. 금강불괴의 몸이 제 위력을 발휘하는 것도 내력이 뒷받침되어 줄 때의 일이다. 뼈와 살이 청동으로 바뀐 게 아닌데, 내력과 무관하게 여전히 도검불침의 위용을 뽐낼 수는 없는 것이다.

한 번 베고, 한 번 후려쳐서 죽일 수 있었던 것을 이제는 세 번, 네 번 베고 후려쳐야 겨우 그렇게 할 수 있었다. 힘은 서너 배가 더 들고, 지쳐가는 것도 그만큼 빨라졌다.

"제기랄, 벌 떼가 따로 없구만!"

운각이 잠시 손을 멈추고 서서 헐떡이며 불만을 터뜨렸다. 그와 무진의 주위에는 이십여 구의 주검이 널브러져 있지만, 그들을 에워싸고 있는 자들은 그 수가 더 늘어날 뿐 조금도 줄어들지 않았다. 지금도 백장협에서는 흑의인들이 병장기를 번쩍이며 쏟아져 나오고 있는 중이었다.

그처럼 신나하던 운각의 얼굴이 어두워졌다. 닥치는 대로 두들기고 걷어차 주면 될 거라고 여겼던 자신의 무지막지함에 화가 났다. 도검불침이던 그의 몸에 지금은 십여 군데나 상처가 나 붉은 피를 천천히 흘리고 있었다. 무진의 처지도 그보다 나을 게 없다.

이목기와 손숙숙을 단번에 베어버릴 때가 절정이었다. 그때 한꺼번에 쏟아낸 자부신공은 시간이 지날수록 점점 쇠해져 갔다. 그리고 이제는 스스로 버티고 서 있기조차 힘든 지경으로 떨어져 있었다. 운기행공으로 원기를 되찾을 시간이 절실히 필요한 시점에 와 있는 것이다.

그러나 운각의 말처럼 벌 떼처럼 달려들고 있는 자들이 그런 여유를 줄 리가 없었다. 거친 숨을 헐떡이면서 운각은 다시 권각을 휘저을 수밖에 없었고, 무진 또한 들고 있기조차 힘든 칼을 휘두를 수밖에 없었다.

"크윽!"

운각의 입에서 처음으로 신음이 흘러나왔다. 그의 등이 쩍 벌어졌다. 돌아선 운각이 이를 악물고 막 자신의 몸에 흔적을 남기고 물러서는 자의 목을 움켜쥐었다. 있는 힘껏 조여 목뼈를 꺾어 던져 버리는 것으로 화풀이를 했으나 그 직후 그의 몸에는 다시 세 개의 검상이 생겼다. 금강불괴가 깨지기 직전인 것이다.

무진의 몸에도 검상이 새로 생겼다. 둔해진 그의 칼은 수시로 달라붙는 흑의인들의 검과 단창을 다 막아낼 수가 없었다. 점점 틈이 벌어지고, 이제는 검이 지나가고 난 뒤에 칼이 따르는 형세가 되어갔다.

절체절명의 위기가 두 사람에게 찾아왔을 때 뒤쪽이 소란스러워졌다.

"이얏!"

날카로운 기합 소리가 들려왔다.

"빨리 못 비키지!"

귀에 익은 호통 소리도 들린다.

무진이 땀과 피로로 인해 흐려진 눈을 끔벅거렸다.

"소봉? 장정?"

금룡검을 휘둘러 닥치는 대로 베고 찔러 넘기며 빠르게 다가오고 있는 사람은 소봉이었다. 그리고 그녀를 호위하듯 떨어지지 않으며 무식한 쇠뭉치를 휘둘러 대고 있는 자는 장정이 틀림없다.

새로 나타난 두 사람의 용맹이 흑의인들을 크게 흔들었다. 그리고 또 다른 두 사람이 저쪽에서 어둠을 뚫고 미친 듯 달려오고 있었다. 소봉보다 한발 늦게 당도한 기벽강과 염능파다.

"백장협에 왔습니다."

사호접의 말에 토왕 공성기가 탁자의 팔걸이를 두드리며 유쾌하다는 듯 크게 웃었다.

"하하하— 그놈들이 생각했던 것보다 잘해주고 있구나."

"들여보내시겠습니까?"

"그 네 놈은?"

"셋이 죽었고, 변천의 천주 엄가경 한 명만 남았습니다."

"그놈도 곧 정리되겠지."

토왕의 무심한 말에 냉혹하기로 이름 높은 사호접의 눈길마저 흔들렸다. 구중천의 아홉 천주 중 네 자리는 묘족에게 내주었던 터라 지금 그들은 수라도에 있었다. 토왕곡의 일에 나설 리가 없으니 있으나마나다. 그래서 다섯 천주가 구중천주의 명을 받고 토왕곡을 대신해 강호에 나가 활동했다.

그런데 언제부터인가 그들의 충성심에 의심이 가기 시작했다. 곽문탁이 현천무경을 훔쳐서 수라신녀와 함께 중원으로 달아난 뒤부터일 것이다. 곽문탁을 통하여 그들 다섯 천주는 자부동천의 비밀을 알게 되었던 것이다.

이제 자부동천의 존재는 비밀이라고 할 수도 없는 게 되어버렸다. 토왕곡 내에서도 대부분의 사람이 알았다. 그게 모두 그들 다섯 천주 때문이었다.

"해놓은 건 하나도 없다. 모두 제 욕심만 채우려다가 일을 망쳐 놓았을 뿐이지."

토왕의 말에 증오가 담겨 있었다. 사호접이 조심스럽게 말했다.

“하오나 손숙숙과 상운춘은 본래의 모습으로 되돌아온 듯싶었습니다만…….”

“그들의 죽음이 아깝다는 거냐?”

사호접이 감히 대꾸하지 못하고 가볍게 머리를 숙였다. 토왕이 코웃음을 쳤다.

“흥! 나는 한 번 배신한 자를 다시 믿지 않는다.”

그래서 토왕은 우문강을 제외한 그들 네 명의 천주를 선봉으로 내몰아 무진과 운각을 상대하게 했던 것이다.

토왕은 무진과 운각에 의해 그들의 세력이 모두 사라지게 될 것임을 짐작했고, 무진과 운각 또한 탈진하게 되리라고 계산했다. 그리고 그것은 잘 맞아떨어졌다.

토왕 자신의 본래 힘과 세력은 고스란히 남아 있다. 이제 그 힘을 휘몰고 이것을 기회 삼아 내처 중원으로 쳐들어갈 작정이었다.

“때가 되었다.”

토왕이 차가운 미소를 매달고 그렇게 말했다.

“우선 강호를 손에 넣은 다음에는 천하다. 무림을 발 아래 굴복시킬 것이다. 흑도와 백도를 가리지 않고 하나씩 하나씩 짓밟아줄 것이야.”

토왕은 자신이 있었다. 소림과 무당이 가장 큰 세력을 지닌 무림의 방파라고 해도 자신이 거느리고 있는 힘이라면 하루를 보내기 전에 짓밟아줄 수 있다. 그런 다음에는 천하를 도모하는 것이다. 비로소 원통하게 죽은 향왕천자 공황의 원수를 갚고, 중원을 차지하고 있는 한족들에게 토 가족의 복수가 무엇인지 알게 해주는 것이다.

‘내게는 마정지체가 있다.’

그 생각이 토왕 공상기의 가슴을 한껏 부풀렸다. 그것만으로도 천하의 무적이 될 수 있다. 강호에서 누가 마정지체의 상대가 될 것인가.

게다가 가마꾼으로 부리고 있는 네 명의 역사가 모두 금강불괴지신을 이룬 자들 아니던가.

운각이 구천주의 수하들을 짓밟으며 날뛸 수 있었던 건 그가 소림사의 십팔나한 중 으뜸으로서 금강불괴지신을 이루었기 때문에 가능한 일이다. 하지만 토왕에게는 그런 자들이 네 명이나 있지 않은가. 그들만으로도 무당산을 폐허로 만들기에 충분할 것이다.

토왕은 마정지체가 홀로 뚜벅뚜벅 소림사로 걸어 들어가는 모습을 그려보았다.

청동의 역사 같은 네 명의 금강불괴가 저벅저벅 무당파의 산문을 향해 다가가는 모습을 상상했다.

절로 가슴이 흥분되어 뛰었다. 산문을 박살 내고 태연히 들어가는 마정지체. 그것을 막기 위해 쏟아져 나온 자들이 차례차례 쓰러져 짓밟힌다. 무당파라고 다르지 않을 것이다.

'아주 통쾌할 거야.'

토왕의 얼굴에 잔인한 미소가 짙어졌다.

*　　　*　　　*

"여기가 내 뼈를 묻을 자리다."

주위의 지형을 둘러본 흑풍객이 담담하게 중얼거렸다.

토왕곡에서 백장협으로 나가는 길목이었다. 좁은 길 좌우로 천 길의 바위 봉우리가 송곳처럼 솟아 있고, 그 사이로 맑은 계곡 물이 흘러가는 곳. 어디에서 오든 길은 흑풍객이 막아서고 있는 그곳 하나일 뿐이다.

뒤에는 백장협의 음산하고 기괴한 봉우리들이 펼쳐져 있고, 앞에는 토왕곡의 바위 봉우리들이 빼곡하다.

그 봉우리들을 돌아가면 거기에 수라도가 있다. 이 개울물들이 합쳐져 하나의 강이 되고, 그것이 다시 둘로 나뉘어 돌아가는 그곳에 신녀 화소천이 있는 것이다.

"정령……."

흑풍객이 가만히 그 이름을 불러보았다. 뇌정령, 신녀의 속세 이름이다. 나이 오십을 넘긴 지 오래전이고, 곧 육십이 된다. 하지만 정령이라는 이름을 불러보자 가슴이 아리고 쓸쓸해졌다.

"여기까지인 게야."

흑풍객이 제 자신에게 우울하게 말해 주었다. 그리고 눈을 들어 저 앞쪽, 새벽의 짙은 안개를 뚫고 천천히 다가오고 있는 한 사람을 보았다.

"사표?"

흑풍객이 눈을 크게 떴다. 믿을 수 없다는 듯했다. 하지만 다시 바라보고 또 보아도 저기 태연하게 걸어오고 있는 자는 흑룡보주의 넷째 제자인 사표가 틀림없었다.

"어떻게 된 일이냐?"

흑풍객이 묻자 사표가 우뚝 걸음을 멈추었다. 표정 없는 얼굴에 한줄기 싸늘한 살기가 지나갔다.

"이 대협이십니까? 이곳에서 무엇 하고 계신 거지요?"

말소리가 또렷하다. 흑풍객이 머리를 갸웃거리고 백장협을 가리키며 말했다.

"이곳은 네가 한가롭게 어슬렁거릴 곳이 못 된다. 어서 가 무진을 도와주거라."

"나에게 명령을 내릴 수 있는 분은 오직 토왕뿐입니다."

사표의 엉뚱한 말이 흑풍객을 당황하게 했다.

'설마, 정말 저놈이란 말인가?

그런 의문이 드는데, 사표가 다시 천천히 다가오기 시작했다.

"가로막는 자는 누구든지 죽이라는 명을 받았습니다. 무진을 죽이고, 운각이라는 중놈을 죽인 다음에 소림사로 갈 것입니다. 그러니 거기서 비켜서는 게 현명할걸요?"

사표의 이지력은 분명했고, 말소리도 어물거리는 데가 없었다. 우문강이 최홍을 시켜 만들어냈던 것보다 더욱 완벽한 마정지체를 이룬 것이다. 절세영약이라는 수라환(修羅丸)의 효능 덕일 것이다.

문득 흑풍객이 개울 건너에 우뚝 솟아 있는 거대한 암봉 꼭대기를 바라보았다. 무의식적인 행동인 듯하지만 그는 신호를 보낸 것이다.

"정말 할 작정이로군!"

암봉 위에 앉아서 아래를 내려다보던 금오신이 놀라 외쳤다. 그의 추괴한 얼굴 가득 주저하는 빛이 떠올랐을 때 흑풍객과 사표는 서로를 향해 손을 뻗어내고 있었다.

꽝―!

전력을 다한 흑풍객의 일장이 사표를 주춤거리게 했다. 그것뿐이다.

"과연!"

흑풍객이 뻐근해진 가슴을 문지르며 감탄성을 터뜨렸다. 천하제일이라 하기에 부족함이 없는 내력을 지닌 그였다. 최고의 신공이라고 자부하는 자신의 단옥강(斷玉罡)을 저렇게 거뜬히 받아내고, 오히려 반탄지력으로 튕겨낼 정도라면 당할 수가 없다.

흑풍객의 입가에 떠오른 미소가 짙어졌다. 한 번 시험해 본 것으로 그는 과연 마정지체라는 대마물이 상상을 초월하는 존재임을 절실히 느낄 수 있었다. 그렇다면 역시 이와 같은 결과를 예상하고 준비해 놓은 마지막 수단을 사용할 수밖에 없다. 저 암봉 위에 몸을 숨기고 있는 금오신이 해줄 것이다.

"이얍!"

버럭 외친 흑풍객이 비표충룡(飛豹衝龍)의 신법으로 몸을 날렸다. 흐릿한 잔상이 허공에 남겨지고, 그의 두 손은 어느새 사표의 목을 움켜쥐고 있었다. 사표가 무표정한 눈으로 코앞에 있는 흑풍객의 얼굴을 물끄러미 바라보았다. 목을 조여오는 억센 힘이 강철이라도 짓이겨 버릴 만하건만, 사표에게서 고통을 느끼는 기색은 없었다.

"어리석군요, 이 대협."

또렷하게 말한 사표가 천천히 손을 뻗어 흑풍객의 허리를 둘렀다.

뿌드득—

조금씩 조여오는 그의 팔 안에서 흑풍객의 허리가 꺾여갔다. 그가 가까스로 암봉을 올려다보며 힘겹게 말했다.

"어서, 바로 지금이야."

암봉 위에서 금오신은 그 모습을 똑똑히 보았다. 그의 볼을 타고 뜨거운 눈물이 흘러내렸다. 그도 흑풍객이 택한 이와 같은 방법 외에는 저 마물을 쓰러뜨릴 어떤 수단도 없다는 걸 잘 알았다.

"저승 가는 길도 이 형과 내가 나란히 손잡고 간다면 심심치는 않을 게야. 이 형, 그럼 우리 내세에서 다시 만나세."

눈물을 훔친 금오신이 손가락을 비볐다. 그리고 파랗게 인 삼매진화의 불꽃을 곁에 떨어져 있는 심지에 옮겼다.

금오신은 딛고 선 암봉이 조금씩 진동하는 걸 느꼈다. 그리고 그것이 매우 빠르게 퍼져 나갔다. 그러던 어느 순간, 지진이 일어난 듯 더욱 격해진 진동이 암봉을 흔들었다. 기어이 중심을 잃고 쓰러지는 금오신의 귀에 뇌성이 치는 듯한 소리가 들렸다.

우르르르—

돌 부스러기가 우박처럼 쏟아지더니 이내 천지를 뒤엎는 듯한 굉음이 터져 나왔다.

쿠아앙―!

하늘을 찢고 땅을 조각낼 듯한 폭발음이 무릉원 전체를 뒤흔들었다. 불길이 치솟고, 새파란 섬광이 동심원을 그리며 사방으로 밀려 나갔다. 그 뒤를 따라 검은 화약 연기가 폭풍처럼 빠르게 휘몰아쳤다.

그리고 거대한 암봉이 서서히 주저앉기 시작했다.

드드드드―

바위와 바위가 서로 부딪치며 쏟아지는 소리가 천지를 뒤덮었다. 그러더니 다시 한 번 쾅! 하는 엄청난 굉음과 함께 암봉이 산산이 터졌다. 바윗덩이들이 소나기처럼 쏟아지는 그 아래에서 흑풍객은 마지막 숨을 끅끅거리면서도 여전히 사표의 목을 움켜쥐고 있었다.

사표의 눈에 처음으로 두려워하는 표정이 떠올랐다. 그가 '우악!' 하는 고함을 터뜨리며 흑풍객의 허리를 단번에 꺾어버렸다. 하지만 몸에 매달려 있는 그를 떼어내지는 못했다. 죽어서까지도 목을 조르고 있는 흑풍객의 힘은 여전히 남아 있었던 것이다.

그들의 머리 위에 커다란 바윗덩이들이 퍼붓듯 쏟아졌다.

꽈드드드―!

순식간에 개울과 길이 사라졌다. 아직도 허공에서는 바윗덩이들이 쏟아져 내리고 있었고, 사표는 흑풍객과 함께 모습이 사라졌다. 그를 짓이기고 덮어버린 돌무더기들이 자꾸 커지더니 어느덧 거대한 무덤처럼 되어버렸다.

엄청난 폭발의 진동은 백장협 밖에서도 느껴졌다. 하늘을 울리는 폭음과 지진처럼 흔들리는 지표.

무진과 운각을 가운데 두고 사방을 경계하며 서 있던 소봉과 장정, 기벽강, 염능파가 흔들리는 몸을 바로잡지 못하고 쓰러지며 비명을 터뜨렸다.

"이게 뭐지?"

무진이 눈을 뜨고 소리쳤다.

"대폭발이다!"

눈을 뜬 운각도 백장협을 가리키며 크게 외쳤다. 그들이 바라본 백장협은 그 거대한 산 전체가 몸부림을 치듯 흔들리고 있었다. 바위 봉우리가 무너지고, 돌덩이들이 쏟아져 내리고 있는 모습이 멀리서도 뚜렷이 보였다.

■제12장■
귀향(歸鄉)

드디어 백장협의 입구다.

옛적, 주원장은 이 길을 넘어 토가족의 땅을 빼앗았다. 그리고 오늘은 무진이 일행과 함께 백장협을 지나 토가족의 땅에 들어가려 하고 있었다.

그러나 그들이 원하는 건 이 척박하고 기험한 땅이 아니다. 무진은 복수를 원했고, 자부동천이 토왕곡의 손에 들어가는 걸 막기 원할 뿐이다. 기벽강과 염능파는 무진에 대한 염려와 의리 때문에 왔고, 소봉도 그랬다. 하지만 그녀에게는 사부의 원수이자 사형인 사표에 대한 증오가 있고, 또한 사문을 멸문시킨 토왕에 대한 원한이 있다. 장정은 아무 관계도 없지만, 소봉이 토왕곡을 증오하니 따라서 증오할 뿐이다.

그리고 소림의 운각은 중원의 안위에 대한 커다란 염려지심 때문에 지금 이 길을 가고 있는 중이었다.

소봉과 기벽강 등의 호법 아래 두어 식경 남짓 운기조식한 것만으로도 무진과 운각은 소진했던 기력을 되찾았다. 그들의 공부가 그만큼 깊고 정심하다는 증거였다.

평범한 사람이 열흘을 쉬어야 할 일도 강호의 고수라면 하루의 휴식으로 충분히 회복된다. 그리고 무진이나 운각 같은 절정의 고수에게는 아무리 탈진한 상황에 처했더라도 두어 식경의 운기조식이면 충분히 원래의 원기를 회복하고 진기를 되돌릴 수 있었다.

음침한 골짜기라는 말이 딱 어울릴 만큼 백장협은 험하고 스산했다. 마차 한 대가 간신히 지나갈 만한 외길이 천 길의 벼랑을 끼고 나 있을 뿐이다. 아래는 깊은 계곡이요, 위는 하늘을 덮을 듯 깎아지른 절벽이다.

나는 새라고 할지라도 한 번 들어서면 오직 외길을 따라갈 수 있을 뿐, 어디로도 벗어날 공간이 보이지 않는 곳. 치솟은 절벽이 하늘을 가려서 낮에도 햇빛이 들지 않아 어두운 곳.

기험(奇險)이라는 말과 기묘(奇妙)라는 말로 표현할 수밖에 없는 그곳을 무진 등은 빠르게 지나가고 있었다. 그렇게 몇 개의 급한 굽이 길을 돌았는지 모른다. 절벽을 따라 이리저리 휘어진 굽이가 삼백육십이라 하니, 인간의 번뇌를 구분한 것보다 더 많다. 그러니 세상의 질곡이요, 인생의 굽이를 축소해 놓은 길 아니랴.

그 길 중간쯤이다. 튀어나온 암봉을 옆에 끼고 돌자 길 복판에 홀로 우뚝 서 있는 한 사람이 있었다.

깡마른 몸에 긴 채찍을 말아 쥐고 땅에서 솟아오른 것처럼 흔들림없이 서 있는 사람.

"염라편(閻羅鞭) 엄가경(嚴加耕)!"

그를 본 무진이 버럭 소리쳤다.

네 명의 원수를 차례로 죽였을 때도 보이지 않던 그가 홀연히 눈앞에 나타난 것이다.

엄가경의 강퍅해 보이는 얼굴이 어두웠다.

"결국 이곳까지 왔구나."

"홍! 지옥인들 찾아가지 못할 것 같으냐?"

"그렇겠지."

더 말이 필요없다는 듯 엄가경이 채찍을 풀어 한 번 휘둘렀다. 그것이
바위를 치자 짝! 하는 소리와 함께 깊이 패인 자국이 남고, 돌가루가 뽀
얗게 날렸다.

"이제부터 나는 토왕곡의 사람이 아니다."

엄가경의 말이 의외다.

"너의 원수로서 내 스스로 이곳에 왔다. 나를 죽여 네 원한을 풀어라.
아니면 내가 너를 죽이고 자유로워지리라."

"걱정할 것 없다. 다른 사람의 도움을 받아 원수를 갚을 생각은 처음
부터 없었으니까."

무진이 칼을 뽑아 들고 성큼성큼 걸어 다가서는 걸 물끄러미 바라보던
엄가경이 자조적인 웃음을 흘렸다.

"흐흐흐. 인생의 끈이란 참 묘해서 반드시 묶은 자가 풀어야 하니, 이
걸 거부할 수 있는 사람은 아무도 없지."

"무슨 말이냐?"

"살아보면 알게 된다."

엄가경은 인과(因果)와 응보(應報)에 대해서 깊이 깨닫고 자신의 지나
온 삶을 후회하는 듯 보였다. 업보(業報)의 시작이 욕심이고, 그 끝에 있
는 것 또한 욕심이라는 걸 비로소 느끼게 된 것이다.

죽어야 없어질 은원이고 업보다. 죄와 한을 짊어지고 업해(業海)를 어
찌 건널 것인가.

부귀영화를 말하는 토왕의 유혹에 빠져 구중천에 몸을 담은 것부터가

욕심이 발로였고, 이제 그에게서도 버림받은 채 여기 이처럼 홀로 서서 죽음을 기다리는 것이 그 욕심의 끝이었다.

'업보의 바다를 비로소 건너는 거다.'

엄가경은 그렇게 생각했다. 더 이상의 미련도, 한도 남겨두지 않고 내가 지나온 길을 내 손으로 깨끗이 지우는 것. 그게 자신이 이 땅에서 마지막으로 해야 할 일이라고 여겼다.

파앙—!

그의 채찍이 엄청난 암경을 싣고 빗살처럼 뻗어나갔다.

무진은 그것에서 아버지의 목을 휘감던 그때의 그 채찍을 보았다. 입을 틀어막은 채 숨어서 지켜볼 수밖에 없었던 그때의 절망과 한. 이제 그 한을 풀 때다.

정수리 끝으로 짜릿한 흥분과 노여움이 치솟아오르더니 살갗에 소름이 돋았다. 이것이 마지막이다. 무진은 그렇게 생각했다. 이를 악물어서 덜덜 떨리는 근육의 흥분을 억제하며 힘껏 칼을 쳐냈다.

그 순간, 무진이 이것이 마지막이라고 생각하던 그 순간에 엄가경은 가엾다는 눈으로 무진을 바라보았다. 그의 눈은 '너의 업장은 이것으로 시작된 것이다' 라고 말하는 듯했다. 내가 업장의 바다를 건널 때 너는 그 바다에 들어섰으니, 네가 나를 증오하는 만큼 이제 나는 너를 불쌍히 여기겠다는 듯했다.

그리고 무진을 향해 창처럼 꼿꼿이 뻗어나가던 채찍이 힘을 잃고 툭 떨어졌다. 갑자기 그것에 실었던 내력을 거두어들인 것이다.

"왜?"

무진이 놀라서 주춤거렸다. 하지만 그의 놀람과 상관없이 척가보도는 싸늘한 빛을 남기고 떨어져 엄가경의 몸통을 비스듬히 갈라놓고 있었다.

　　　　＊　　　　＊　　　　＊

"이럴 수가!"

사인교(四人轎)에 앉아 있던 토왕 공상기의 얼굴이, 온몸이 굳어버렸다.

그는 넋을 잃고 거대한 돌무덤을 바라보았다. 허공에는 아직도 화약 냄새가 짙게 남아 있었고, 주변 반 마장이나 되는 곳이 온통 폐허가 되어 버렸다. 아름드리 나무들이 뿌리째 뽑혀 누웠으며, 여기저기 불길이 타오르고 있다.

개울도 돌무더기에 가로막힌 채 흐르지 못했다. 커다란 인공의 둑이 한순간에 만들어진 것이다. 물이 자꾸 쌓여서 저수지처럼 변해 갔다.

그러한 믿지 못할 광경보다도, 토왕은 자신이 그토록 믿었던 마정지체가 토왕곡을 벗어나자마자 생매장당해 버렸다는 사실이 더욱 기막히고 어처구니없었다.

"흑풍객이란 말이지……."

그가 중얼거리듯 말했다. 마정지체를 가로막았던 게 흑풍객 이정청이라고 했다. 그 보고를 받았을 때, 토왕은 그놈이 수라도로 돌아와 있다더니 이제 죽을 때가 된 모양이라며 좋아했다. 그런데 그자가 마정지체와 함께 저 돌무덤 속에 묻혀 버렸다.

"그렇다면 누가 화약을……?"

토왕이 멍하니 돌무덤을 바라보며 중얼거렸다. 흑풍객은 아니다. 그는 사표를 필사적으로 붙잡고 있었다니 도화선에 불을 당길 여유가 없었을 것이다. 그렇다면 수라도 놈들이다.

토왕의 눈빛이 무섭게 이글거렸다. 그의 뒤에는 수신호위인 열두 명의 호접과 서른 명의 구천사자(九天使者)들이 따르고 있었다. 토왕곡의 전력 중 가장 막강한 전력이고, 지난 사백여 년 동안 키워온 토가족 힘의 핵심이라 해도 과언이 아닌 자들인 것이다.

강호에 이 힘에 대항할 문파나 세가는 있을 수 없다. 우선 그들만으로 강호의 세력들을 하나씩 깨뜨릴 작정이었다. 그런 다음에 토왕곡에 남겨두고 온 전사들을 모두 불러내 강호의 지존에 등극한다. 그 다음에는 천하다.

마정지체가 사라져 타격이 크지만 여전히 토왕곡은 막강한 전력을 보유하고 있었다.

토왕이 뒤를 돌아보았다. 그가 지나온 십 리 뒤에 수라곡이 있다.

"이럴 줄 알았다면 먼저 수라곡을 짓밟아준 다음에 나왔을 것이다."

후회가 되었지만 다시 돌아가는 건 내키지 않았다. 이제부터는 오직 앞으로 나가는 걸음이 있을 뿐, 되돌아가는 걸음은 없다.

"돌아오는 길에 철저히 짓밟아주리라."

토왕 공상기는 그렇게 결심했다. 이 기회에 아예 무릉원에서 묘족의 씨를 뿌리 뽑아 버리고 말리라.

*   *   *

무진과 소봉은 저 돌무덤 속에 묻혀 있는 게 흑풍객이고 금오신이며 사표라는 걸 알지 못했다. 아니, 왜 갑자기 거대한 바위 봉우리가 돌무덤으로 변해 버렸는지 그 자체를 이해하지 못했다.

"어떤 놈이 잘못 터뜨린 게야."

운각이 그렇게 말했다.

"우리가 지나갈 때를 기다렸다가 터뜨려서 저 안에 묻어버릴 작정이었는데, 미련한 놈이 졸다가 깜짝 놀라 저도 모르게 도화선을 당겼던 게

지. 틀림없어. 아미타불······."

그렇게 된 것도 다 부처님이 보우하신 일이라고 여긴 건지 합장하고 불호마저 외웠다.

말이 안 된다는 걸 알지만 달리 반박할 수도 없는 것이, 무진 역시 왜 이렇게 큰 폭발이 갑자기 일어나 바위 봉우리 하나가 돌무덤이 되어버린 건지 짐작조차 할 수 없었기 때문이다.

그들은 사표와 흑풍객이 묻혀 있는 돌무더기를 딛고 넘었다. 그리고 저 앞에 우뚝 서 있는 토왕의 행렬과 마주쳤다.

토왕이 품에서 음룡벽옥소를 꺼내 들었다.

"마지막 기회다. 나에게로 온다면 모든 것을 얻고, 머지않아 무림의 제왕이 될 것이다. 내가 너를 그렇게 만들어주지."

그의 눈에는 오직 무진이 보일 뿐, 운각은 물론 다른 사람들은 안중에 도 없었다.

무진은 동정호를 떠나기 전, 강운사 밖 불회림에서 그를 만났던 때를 떠올렸다. 그와 말하는 중에 자신도 모르게 섭혼대법에 넘어가 자칫 큰 위기를 맞을 뻔하지 않았던가. 때마침 당연실이 뛰어들어 일깨워 주지 않았더라면 오늘 이렇게 이 자리에 있지 못했을지도 모른다.

그 생각을 하자 증오와 적개심이 더욱 불타올랐다.

"저자는 교활하기 짝이 없어서 섭혼대법으로 사람의 신지를 제압한 다. 그러니 저자의 달콤한 말에 결코 귀를 기울이거나 대꾸해서는 안 돼!"

무진이 일행에게 소리쳐 일깨워 주었다.

운각이 무진 곁으로 성큼 나섰다.

"아미타불. 이렇게 토왕을 만나게 되었으니 소승의 영광이로소이다. 그런데 겨우 이것뿐이오?"

"하하, 소림의 대라한이 대단하다는 말은 귀가 따갑게 들었지. 그렇다면 나의 이 네 명의 종과 한번 놀아보시려오?"

토왕의 말이 끝나기 무섭게 교자를 내려놓은 네 명의 청동 역사가 쿵쿵거리며 다가왔다. 소봉이 금룡검을 뽑아 들고 먼저 뛰쳐나가며 소리쳤다.

"사부님의 원수를 갚겠다!"

그녀의 부르짖음이 뜻밖이다. 무진이 어리둥절해서 바라보자 장정이 빠르게 말해 주었다. 소봉과 만난 뒤 그녀에게서 들었던 것을 다시 무진에게 전해준 것이다.

사표가 토왕의 섭혼술에 넘어가 흑룡보주를 찔렀고, 토왕이 거느리고 온 자들에 의해 흑룡보가 멸망했다는 말을 들은 무진은 한동안 멍한 얼굴이 되어서 우두커니 서 있기만 했다.

흑풍객 이후 자신에게 아낌없이 정을 베풀어주었던 사람이다. 겉으로는 냉랭하고 도도했지만, 그 가슴속에 따뜻한 정이 흐르고 있는 영웅이었다.

아버지가 화산 문하였을 때 대사형이었던 사람. 그러니 무진에게는 사백이기도 한 그 흑룡보주가 덧없이 죽었다는 말이 무진을 충격 속으로 빠뜨렸다. 그것도 가장 아끼고 신뢰하던 제자의 손에 의해 그렇게 되었다는 게 믿기 힘들었다.

영웅의 말로가 그처럼 초라하고 비극적이었다는 데에 가슴이 저려왔다. 그러나 무진은 방금 자신이 밟고 넘어온 등 뒤의 거대한 돌무덤 속에 바로 그 사표와 흑풍객이 묻혀 있다는 건 알지 못했다. 흑풍객의 죽음은 더욱 장렬하고 처참한 것이 아니던가.

사표는 무진을 질투하고, 그래서 반드시 너에게 나의 무서움을 알려주고 말겠다고 소리치더니, 결국 무진에게 있어서 잊을 수 없는 두 사람을 차례로 빼앗아가 버렸다. 그의 다짐처럼 무서운 복수를 한 것이라고 해야 하리라.

장정이 소봉을 뒤따르고, 운각이 그들과 한 덩어리가 되어 부딪쳐 갔으며, 기벽강이 만도를 뽑아 들고 가세했으므로 네 명의 청동 역사와 뒤엉켜 치열한 싸움이 벌어졌다.

꽝꽝꽝―!

운각의 주먹과 청동 역사의 주먹이 서로의 가슴을 사정없이 두드렸다. 쇠북을 친 것같이 요란한 소리가 터져 나왔고, 두 사람이 쿵쿵거리며 물러섰다.

"음? 네놈도 금강불괴지신이었더냐?"

운각이 놀라서 눈을 크게 뜨고 소리쳤다. 그러더니 비로소 상대할 자를 만났다는 듯 우렁찬 기합성을 터뜨리며 재차 달려들었다.

그들은 서로 누구의 몸뚱이가 먼저 깨지는지 보겠다는 듯 막무가내의 주먹질을 해대기만 했다. 막고 피하는 법이 없다. 청동의 역사가 머리통을 치면 운각 또한 그놈의 정수리에 떡메 같은 주먹을 내려쳤다. 그때마다 커다란 굉음이 터져 나오고 땅이 흔들렸다.

소봉의 검법은 놀랍게 발전해 있었다. 한(恨)이 그녀를 그렇게 만든 것이다. 게다가 금룡검의 위력이 더해지니 금강불괴가 두렵지 않았다. 그녀를 상대하는 놈이 두 팔을 뻗고 휘둘러 때리고 잡아올 때마다 날렵한 신법으로 주위를 맴돌며 날려대는 검격이 청동 역사의 몸에 셀 수 없이 많은 검흔을 새겼다.

살이 쩍쩍 갈라져 철철 피를 흘려대면서도 그자는 고통을 모르는 듯 오직 달려들 뿐이다. 그 무서운 기세에 소봉은 조금씩 지쳐 가는 듯했다.

장정은 마음이 급해졌다. 그의 철괴가 더욱 거센 힘을 싣고 떨어져 한 놈의 어깨를 때렸다. 꽝! 하는 어마어마한 충돌음이 터졌지만 금강불괴지신은 깨지지 않았다. 충격을 받은 듯 고통스런 신음을 흘리며 주춤 물러섰을 뿐이다. 그것만으로도 장정의 힘과 철괴가 금강불괴지신 못지않다는 게 충분히 입증되었다.

타고난 힘이 사람의 것이라고 믿어지지 않는 장정. 그는 이제 쇠사슬의 중간을 쥐고 두 개의 철괴를 바람개비처럼 윙윙 돌려대고 있었다. 그 위협적인 시위에 금강불괴가 겁을 먹은 듯 주춤거렸다.

콰앙―!

그의 철괴가 한 놈의 머리통에 사정없이 부딪쳤다. 금강불괴지신이나 다름없는 무혼불괴시의 머리통도 깨뜨려 버리던 철괴다. 그 위력이 줄었을 리가 없다.

장정을 상대하던 놈의 머리통이 산산이 부서져 피와 뇌수를 허공에 뿌렸다.

“엇!”

그것을 본 토왕이 놀란 외침을 터뜨렸다. 설마 자신의 금강불괴를 저렇게 무참히 깨뜨려 버리는 자가 있으리라고는 생각지 못했던 것이다.

기벽강도 분발했다. 장정이 한 놈의 머리통을 박살 내는 걸 보자 오기와 호승심이 그에게 더 큰 힘을 불어넣은 것이다.

천산평에서 무혼불괴시의 단단한 몸뚱이를 쪼갰던 기벽강이다. 금강불괴라고 그렇게 하지 못할 리가 없다.

“이얍!”

그의 기합성이 쩌르릉 울려 퍼졌다. 그리고 힘차게 내려친 칼에 어깨를 깊이 찍힌 놈이 전의를 잃고 물러섰다. 가슴까지 벌어진 상처가 워낙 깊어서 그는 곧 숨이 끊어질 것이다.

꽝!

장정의 철괴에 소봉을 잡아가던 놈의 뒤통수가 박살나 흩어졌다. 그리고 마지막까지 남아 있던 놈이 운각의 손에 붙잡혀서 팔이 꺾이고 있었다. 우두둑 하는 소리가 나며 팔이 완전히 뒤로 꺾인 놈이 비명을 터뜨렸다. 운각이 다시 그놈의 목을 잡아 비틀었다. 금강불괴의 신공이 깨지자 이제는 허수아비나 다름없었다.

"이 여세를 몰아! 그대로 몰아치는 거다!"

뒤에서 지켜보던 염능파가 소리쳤다. 그는 동료들의 싸움을 보면서 온몸을 달구는 흥분에 떨고 있었다.

기벽강이 하는데, 소봉이 하는데 제가 뒤처져 있을 수만은 없다는 충동이 그를 떠밀었다. 염능파가 섭선을 꺼내 들고 번쩍 몸을 날렸다. 다른 놈들은 다 필요없다. 토왕, 저자를 잡으면 승기를 잡는 거라는 생각이 그를 미칠 듯 급하게 내몬 것이다.

무진이 앗! 하고 놀라 소리쳤을 때, 염능파는 이미 토왕의 면전에 떨어져 내리며 섭선을 휘둘러 후려치고 있었다. 그의 헐렁한 오른쪽 옷소매가 바람에 펄럭였다.

"훙!"

토왕이 여전히 거만하게 교자에 앉은 채 코웃음을 터뜨렸다. 도화곡의 신공인 현무진기(玄武眞氣)는 무림의 오대신공에 꼽히는 것이다. 그것을 십이성 실은 염능파의 섭선이 정수리에 떨어지건만 토왕은 보지 못한 듯 반응이 없었다.

깡—!

그의 정수리에서 쇠를 두드린 것 같은 소리가 터져 나왔다.

"우욱!"

염능파가 섭선을 타고 어깨와 가슴에 밀려드는 반탄지력에 신음을 터뜨렸다. 토왕의 호신강기는 금강불괴를 압도하고도 남을 만큼 굉장했다.

비틀거리며 물러서는 염능파를 향해 그가 손가락을 가볍게 튕겼다. 한

줄기 푸른 기운이 소리없이 뻗어나가 염능파의 가슴속으로 파고들었다.
그리고 화탄처럼 폭발했다.

꽝! 하는 소리가 들렸을 때 염능파의 몸뚱이는 흔적도 없이 꺼져 버렸
다. 금강지와 같은 수법이고, 흑풍객의 단옥강과 같은 수법이었다.

"능파!"

무진과 기벽강이 동시에 비명 같은 외침을 터뜨렸다. 그리고 동시에
몸을 날려 토왕에게로 덮쳐 갔다.

토왕을 호위하고 있던 열두 명의 호접이 달려들었지만 그들은 무진과
기벽강보다 장정과 소봉, 운각을 먼저 만나야 했다.

"저리 비켜!"

무진이 기벽강에게 버럭 소리쳤다.

그때까지도 태연히 앉아 있던 토왕이 벌떡 일어선 것과 무진이 품에
넣었던 손을 빼내더니 힘껏 뿌린 것이 동시였다.

토왕은 그가 암기를 던진다고 생각했다. 어떤 암기가 자신의 몸을 상
하게 할 수 있을 것인가. 육합구천신공(六合九天神功)은 무적신공이다.
그것을 십이성 대성한 토왕이었다. 신공을 부술 수 있는 건 아무것도 없
다. 오히려 금강불괴지신을 우습게 여기는 자신에게 암기 따위를 던진다
는 건 모욕이라는 생각마저 들었다.

"흥!"

토왕이 비웃음을 날리며 가볍게 손을 흔들었다. 그의 눈앞에서 두 개
의 호두알 같은 물체가 서로 부딪치더니 팍! 하는 가벼운 소리와 함께 깨
졌다.

거기서 쏟아져 나온 액체가 손과 얼굴에 튀고 옷자락을 적셨다.

그 즉시 치지직— 하고 살이 타 들어가는 소리와 역겨운 냄새가 확 퍼
졌다. 토왕이 눈을 부릅뜨고 자신의 손을 바라보았다. 피부를 태우고 녹

인 진물이 흘러내렸다. 그것이 닿는 곳이 또 녹아들어 가며 부글부글 끓는다.

'독?'

그런 생각이 든 순간 콧잔등을 타고 역하고 뜨거운 진물이 흘러내렸다. 이마가 녹아서 허연 뼈를 드러내고 있었지만 토왕은 그게 믿어지지 않았다.

무진에게는 상운춘이 그를 회유하기 위해서 내주었던, 화혈독이 담겨 있는 다섯 개의 독탄이 있었다. 상운춘은 그것을 주면서 무혼불괴시로부터 다섯 번은 목숨을 구해줄 것이라는 말도 했다.

무진은 그중 세 개를 흑룡보주를 죽이기 위해 쳐들어왔던 마정지체에게 사용했다. 그것의 살을 녹여 버렸고, 이칠이 제 목숨과 함께 화탄을 뻥 뚫린 눈구멍 속에 집어넣어서 터뜨려 결국 그 마물을 산산조각으로 만들어 버리지 않았던가.

그리고 두 개를 아직 품에 지니고 있었는데, 이제 그것을 모두 토왕에게 던져 버린 것이다.

토왕은 무진과의 통쾌한 싸움을 기대하고 있었다. 저의 힘으로 무진을 꺾고, 자부신공이 토왕곡의 육합구천신공보다 못하다는 걸 스스로에게 증명해 보이고 싶었다.

그런데 덧없이 몸이 녹아내리고 있었다. 살을 녹인 독물이 뼈에 닿더니 그것마저 흐물흐물하게 녹이기 시작했다.

"끄아아악—!"

토왕 공상기가 비로소 포효 같은 비명을 터뜨렸다. 이것이 꿈이 아니라는 것을 자각하자 참을 수 없는 고통과 끔찍한 두려움이 밀려들었던 것이다.

그의 얼굴은 이미 다 녹아버려서 해골이 드러나 있었다. 그 상태로 길길이 날뛰는 모습이 끔찍함의 도를 넘어섰다.

고통과 두려움의 처절한 비명이 울려 퍼지는 동안에도 그의 몸은 빠르게 녹아내렸다. 신공절학이 소용없고, 호신강기가 쓸데없었다.

위에서부터 녹아내렸으므로 그의 상체는 앙상한 뼈만 남았다. 그리고 하체가 부글거리며 녹는 중이었다. 그것이 방향을 잃고 펄쩍펄쩍 뛰었다.

■ 부기(附記)

　장정과 기벽강, 그리고 소봉의 분노 앞에서 십이호접은 덧없이 무너졌다. 아무리 막강한 무공을 지닌 절정의 고수라 할지라도 토왕을 잃어버리고 나자 전의가 꺾여 우왕좌왕할 수밖에 없었던 것이다. 거기에 운각까지 가세하니 당할 수가 없었다.

　무진은 냉혹하고 잔인한 얼굴이 되어서 끝까지 토왕을 지켜보았다. 날뛰던 그가 드디어 무너졌고, 뼈마저 녹아 한 줌 혈수로 변해 버릴 때까지 지켜보았을 때 십이호접들도 모두 불귀의 객이 되었다.

　무진이 땅에 떨어져 반짝이는 벽옥소를 집어 들었다. 강탈당했던 아버지의 유품을 찾았다는 기쁨도 염능파의 죽음 앞에서 빛이 바랬다.

　형체마저 온전히 남기지 못한 참혹한 그의 죽음보다 한 줌 혈수로 녹아버린 토왕의 죽음이 훨씬 더 행복할 것이다. 하체만 남아 있는 염능파의 주검 앞에 무릎을 꿇고 앉아 어깨를 들썩이는 기벽강의 등이 넓어서 더욱 안타까워 보였다.

토왕곡을 부수어야 한다고 길길이 날뛰는 운각의 팔을 무진이 완강하게 붙잡았다. 야욕을 꺾었으니 그들은 이제 다시 그들의 삶으로 돌아가게 해야 한다는 생각에서였다. 그리고 그런 무진의 생각이 정당한 것이라고 모두는 믿었다.

그들 앞에 두 사람이 나타났다. 우선 낯익은 상여상이 눈에 띄었다. 그가 말없이 포권하고 쓸쓸한 눈길을 보냈지만 무진은 반가워할 수 없었다. 토왕곡에서 나왔다는 걸 짐작했기 때문이다.

상여상은 한 사람을 모시고 있었다. 호호백발의 학처럼 고고해 보이는 노인이다.

무진은 그가 상여상의 사부라는 것을 알았다. 오래전부터 강호에서 권신(拳神)으로 불린 신려착번(神儷斬飜) 종자령(鍾滋翎)인 것이다. 젊었던 시절, 강호에 넘쳐 나는 고수들 중 그만한 고수가 없다고 모두가 인정한 바로 그 사람이다. 하지만 그도 이제는 죽을 날을 눈앞에 두고 있는 백발의 노인이 되었다.

옛적의 추억을 회상하는가. 한동안 멍하니 무진과 운각 등을 바라보고 소봉과 장정, 기벽강을 물끄러미 바라보던 종 노사가 한숨을 쉬고 말했다.

"허망하구나. 나의 운명과 종족의 운명이 하늘의 뜻을 거스르기에는 너무나 보잘것없구나. 무엇이 한(恨)이고, 무엇이 정(情)이란 말인가."

"종 노사께서 구중천주이셨습니까?"

무진의 물음에 노인이 다시 물끄러미 그를 바라보았다. 주름 가득한 얼굴에 남아 있는 건 자부심도 오만도 아니었다. 무진은 짓무른 그의 노안에서 허무함을 읽었다.

"구중천은 꿈속의 일이었던 게지. 향왕천자의 한과 멸시받는 종족의 한을 이 가슴에 품었던 것도 다 한바탕의 꿈이었던 게야."

무진에게도 허탈한 감정이 가득 들어찼다. 운각도, 기벽강도 마찬가지다. 그들은 구중천의 천주가 암중에서 이 모든 일을 주관한 사람이라는 걸 잘 알았다. 하지만 그는 이미 기력이 쇠약해져서 지팡이에 의지하는 몸이다.

한때의 개세적이라던 무공보다 지혜와 경륜으로 토왕을 부리고 토왕곡의 신비한 천주가 되어 군림했지만, 이제 그의 곁에 남아 있는 사람은 상여상 한 명뿐이었다.

"보내주겠는가?"

"어디로 가시렵니까?"

"파양호의 물이 맑고 여산의 풍광이 수려하니 베개 삼아 눕기에는 그만한 데가 또 없지."

"영복사로 가시렵니까?"

그가 파양현(波陽縣)의 영복사(永福寺)에 은거하고 있었다는 걸 떠올린 무진이 그렇게 묻자 종 노사가 희미하게 웃었다.

"부처님의 눈을 속이고 염치없이 신세를 진 것도 부끄러운데, 다시 돌아갈 수 있을까?"

"곽 형."

상여상이 어색한 얼굴로 머뭇거리며 불렀다.

"사부님을 여산으로 모셔가려 한다오. 아버님은 물론 나 또한 그곳에서 다시는 나오지 않을 셈이오."

"철웅방으로 돌아가려고 하는군?"

"나에게 내 집밖에 달리 돌아갈 곳이 또 있겠소?"

그의 말이 쓸쓸하기 짝이 없었다. 이 넓은 천하에서 그를 받아줄 곳은 오직 제 집밖에 없는 것이다.

상여상은 타고난 재목이다. 총명함이 여산오웅으로 불린 벗들 중 가장 뛰어났고, 무골 또한 그렇다고 해야 하리라. 늘 쾌활하고, 꾸밈없이 솔직 담백한 데다가, 다정다감해서 풍류남아의 기질이 충분했다. 무진은 속으로 그런 상여상을 부러워했었다. 태생이 고귀하고 성정이 활달하니 자신에게 부족한 것을 그가 모두 갖고 있다고 여겼기 때문이다.

그런 상여상의 얼굴에 깃든 쓸쓸함이 무진의 마음을 아프게 했다.

"가끔 찾아가도 되겠소?"

"정말이오?"

상여상의 얼굴에 수심이 사라지고 기쁨이 반짝였다. 그들을 무거운 낯으로 바라보고 있던 기벽강도 머리를 끄덕이고 나지막이 말했다.

"빌어먹을 상가 놈아, 그때 영웅각에서 마셨던 술은 반드시 남겨둬라. 안주도."

"기 형!"

상여상의 얼굴에 웃음이 활짝 번졌다. 하지만 그런 그들을 바라보는 종 노사의 신색은 더욱 어둡고 적막해질 뿐이었다.

노인이 문득 생각났다는 듯 무진이 손에 쥐고 있는 벽옥소를 가리키며 물었다.

"그런데 너는 이제 자부동천을 열 작정이냐?"

긴장한 탓인지 무진의 입을 바라보는 노인의 눈이 파르르 경련을 일으켰다.

"아!"

모두는 잠시 잊었던 것을 떠올리고 깜짝 놀랐다. 그들의 시선이 모두 무진의 얼굴로 향했다. 꿀꺽, 하고 운각이 마른침 삼키는 소리가 유난히 크게 들렸다.

멍하니 제 손에 들려 있는 음룡벽옥소를 바라보던 무진이 한참 만에야 긴 한숨을 쉬고 천천히 말했다.

“그곳은 이 모든 비극의 원천이었고, 앞으로도 분란의 씨앗이 될 곳입니다. 그러니 영원히 세상에서 사라져 다시는 나타나지 않는 게 제가 원하는 바입니다.”

실망과 아쉬움, 그리고 안타까운 탄식이 쏟아졌다.

아버지가 남긴 유일한 물건, 벽옥소를 쓰다듬는 무진의 손이 가늘게 떨렸다. 그리고 드디어 자부동천의 비밀을 간직하고 있는 그것이 산산이 부서져 사라졌다. 이제 세상에 자부동천의 비밀을 밝힐 단서는 없다. 무진의 머리 속에도 그것만은 들어 있지 않았다.

*　　　　*　　　　*

무진은 수라도에서 어머니를 만났다. 아무 말도 하지 못했다. 신녀 또한 마찬가지여서 그를 하염없이 바라보기만 할 뿐이었다. 그렇게 얼마 동안이나 서 있었는지 모른다.

“애, 애야…….”

신녀가 잠긴 음성으로 그렇게 불렀다.

“한 번, 한 번만 안아봐도…… 되겠니?”

천천히 다가간 무진이 활짝 벌린 그녀의 품에 안겼다. 아니, 이제는 어머니보다 훨씬 크고 단단해진 무진이 그녀를 안았다고 해야 하리라.

“나? 뭘 하겠어? 여기서 살지 뭐. 그런데 좌사자라는 게 높은 벼슬이냐? 헤헤헤헤―”

징징이 속없이 웃었다.

그는 수라도의 금지인 쌍룡곡 안에 머물기로 작정한 것이다. 소봉이 그곳에 있기로 했기 때문이다. 그녀는 이십사대 신녀가 될 것이다. 뇌정령(雷情玲)이 제 이름을 버리고 이십삼대 화소천(華김天)이 되었듯, 소봉은 이제 소봉이 아니라 화소천(華김天)이 되는 것이다.

떠나는 무진을 보며 신녀는 울었지만 소봉은 울지 않았다. 억수같이 쏟아지던 폭우가 핏물과 섞여 흑룡보의 넓은 연무장을 붉게 물들였던 그날, 그녀의 눈에서 눈물은 말라 버렸다.

"소림사로 돌아가시려오?"

등 뒤에 백장협을 둔 곳에서 묻자 운각의 산도둑 같은 얼굴에 웃음이 떠올랐다.

"장문 사부님이 반가워하지도 않을 텐데 가면 뭐 해? 어리버리한 사제며 사질 놈들을 달달 볶아서 못살게 하기밖에 더하겠어?"

"그럼?"

"생각해 보니까 서편암이 편하고 좋아. 내가 무슨 짓을 해도 뭐라고 할 사람이 없잖아?"

"언제는 유배지라고 투덜거리더니……."

"그때는 그때고. 그나저나 어디 가서 이별주라도 한잔해야 하는 거 아니냐?"

갈림길에서 한사코 붙잡으려는 운각을 떼어놓고 무진과 기벽강은 왼쪽 길을 택해 마구 달렸다. 뒤에서 운각이 침을 뱉고 소리쳤다.

"그래, 가라, 가! 쩨쩨한 놈들 같으니! 하지만 네까짓 놈들이 가봐야 어디로 가겠어? 세상이 부처님 손바닥보다 좁은데 말이다. 하하하하─"

기벽강은 그가 떠나온 기련산(祁連山)으로 돌아갔다. 장문영부를 지녔으니 그는 사문에 돌아간 즉시 사부로부터 장문 직을 물려받아 신비 문파인 기련파의 장문인이 될 것이다.

그와 작별한 무진에게도 갈 곳이 있었다. 아버지의 초라한 무덤이 있는 곳. 일곱 살 나던 그날의 비극이 있고, 유년의 동무들에 대한 추억이 있는 곳. 청량산 아래의 이름도 없는 화전민 마을이다.

한 달 뒤, 폐허가 되어버린 그 집으로 무진이 다시 돌아왔다. 떠난 지 이십 년 만이다.

마을에 그를 알아보는 사람은 남아 있지 않았다. 낯선 사람들은 무진이 나무를 베어 기둥을 세우고, 흙을 발라 벽을 손질하는 걸 지켜보며 오갈 데 없이 천하를 떠돌던 뜨내기 한 명이 어쩌다 이곳까지 흘러들어 와 발붙이고 살 모양이라고 수군거렸다.

그렇게 두 달이 지나자 무진을 경계하던 마을 사람들은 과묵하고 성실한 그에게서 따뜻한 정을 느끼고 좋아했다. 아까운 총각이라고 수군대는 초라한 아낙들의 안타까움이 하늘에 전해졌던 것일까?

어느 날 천상의 선녀 같은 여인이 사뿐사뿐 걸어 그 외지고 궁벽한 산비탈의 마을로 찾아왔다.

"곽무진이라고 아세요? 여기가 고향이라던데……."

당연실이었다.

산에서 나무를 한 짐 해 지고 내려오던 무진이 멀리서 그녀를 보았다. 그 즉시 그의 얼굴이 사색이 되었다. 엉덩이를 뒤로 빼는 것이, 달아나야 할지 말아야 할지 언뜻 판단이 서지 않는 모양이었다.

"이런, 제기랄! 또 꽁꽁 묶여서 밤을 지새워야 한단 말이냐?"

〈終〉